五十部

——电影与 60 年人生随笔

鄢敬诚　著

中国海洋大学出版社

· 青岛 ·

图书在版编目(CIP)数据

五十部:电影与 60 年人生随笔 / 鄢敬诚著 . -- 青岛:中国海洋大学出版社,2023. 11

ISBN 978-7-5670-3575-1

Ⅰ. ①五… Ⅱ. ①鄢… Ⅲ. ①随笔-作品集-中国-当代 Ⅳ. ①I267.1

中国国家版本馆 CIP 数据核字(2023)第 145653 号

五十部——电影与 60 年人生随笔
WUSHIBU —— DIANYING YU 60 NIAN RENSHENG SUIBI

出版发行	中国海洋大学出版社	
社　　址	青岛市香港东路 23 号	邮政编码　266071
出 版 人	刘文菁	
网　　址	http://pub.ouc.edu.cn	
订购电话	0532-82032573(传真)	
责任编辑	邹伟真　刘　琳	电　　话　0532-85902533
本书摄影	鄢敬诚	
插图原创	鄢长骏	
印　　制	青岛国彩印刷股份有限公司	
版　　次	2023 年 11 月第 1 版	
印　　次	2023 年 11 月第 1 次印刷	
成品尺寸	145 mm × 210 mm	
印　　张	13.25	
字　　数	321 千	
印　　数	1～700	
定　　价	76.00 元	

发现印装质量问题,请致电 0532-58700166,由印刷厂负责调换。

谨以此书
敬献给我亲爱的父亲母亲

《往日时光——老电影放映机里的故事》 摄影：鄢敬诚

　　愿我的同龄人，能从《五十部——电影与 60 年人生随笔》中寻见一缕人生岁月的印痕和往日时光的影子！

序言
PREFACE

　　一刹那就到了花甲之年,这既在预料之中,也是始料不及的,读一些经典作品,比如曹操的《龟虽寿》《短歌行》、王羲之的《兰亭序》、庾信的《枯树赋》、王勃的《滕王阁序》、李白的《将进酒》、刘禹锡的《陋室铭》、苏轼的《赤壁赋》、杨慎的《廿一史弹词》,总感觉历史的岁月离自己很遥远,一百年的人生之路也感到很漫长,但是,真正临近自己的60岁到来之际,却有一种恍然若梦的感觉,年轻时的"竹杖芒鞋轻胜马,谁怕?"不经意间变成了"一蓑烟雨任平生"的中年,继而又呈现"也无风雨也无晴"的老年心境。短短人生就这样在岁月的"转场"中,留下了印痕。

　　1963年7月28日,我出生于青岛八大关太平角一路7号。这里是青岛著名的疗养区。居住在这里的30年,最得意、最难忘的,是观看了若干部电影,接触到一大批曾经在此拍摄影片的我国著名电影艺术家,感受到拍摄现场的气氛。敬业精神与影片主题思想所带给我的是对整个人生,甚至是对电视新闻记者职业追求的深刻影响。这种影响与中国经典文学所带给我的思想启迪是相辅相成、相得益彰的。2023 年 7 月 28 日,我将进入"花甲之年",该"解甲归田"了。屈指可数的 365 天,我按照自己的创作规划,今天正式开始创作《五十部——电影与 60 年人生随笔》。我感到 60 年来,所观看的电影与自己的人生进行了一次综合性的随笔式人生回顾。所留下的文字,不仅仅是电影的概述、观感,也应当成为一种人生精神层面的历史性的归纳。当然,我在此可以肯定地说,这不是一部电影的历史教科书。我从 2017 年开始筹划这部书的创作,用了 5 年多的时间,反反复复构思并拟定了数以百计的书名,《视觉岁月》《视听经典》等都不如最初的书名《五十部——电影与 60 年人生随笔》概括起来明确和简要。

众所周知,世界电影诞生于 1895 年 12 月 28 日的法国。在法国巴黎卡普新路 14 号大咖啡馆的地下室,卢米埃尔兄弟第一次放映了影片《火车进站》,标志着电影的诞生。随后在 1905 年,中国拍摄了《定军山》,正式开创了中国的电影事业。细细算来,1895—2023 年,世界电影经历了 128 年的历史,1905—2023 年中国电影也经历了 118 个春秋。在中国和世界电影事业发展的百余年来,几代电影人创作了各式各样风格的艺术作品。从黑白无声电影到黑白有声电影再到彩色有声电影、3D 电影,从小银幕到宽银幕再到水幕电影,从露天观影到俱乐部观影、电影院观影再到街头小帐篷观影、家庭观影,从 35 毫米胶片和 16 毫米胶片放映到录像带放映、VCD 机放映、DVD 机放映、投影仪放映,再到现在的智能手机放映、投屏放映;从电影事业的创立、拍摄、获奖的一路艰辛,演员的备受观众喜爱,到明星们名利双收的演化;从拎着小板凳占地方到拥挤到一票难求;从学校组织观看时的优惠票价,到市场的昂贵票价,从电影朴素的表演方式,到夸张的演绎和穿越的特技,电影经历了飞速发展。

从19世纪电影艺术诞生以来,横跨20世纪,直到21世纪,100多年来,从拍摄制作到放映和观影都在发生着巨变,这也符合宇宙变化的规律。我相信一句这样的话:"不变的永远是在变化中。"

因而,我必须在此再一次地向读者说明,《五十部——电影与60年人生随笔》这部书的创作,不是一部专业、规范的电影史。这不仅仅因为我不具备电影专业领域的知识储备,也因为我只是一名电影爱好者,职业是电视新闻记者,业余喜欢摄影、电影、思考和写作。所以,100多年的电影史,我只是亲身经历了其中的60年。在这60年人生中,又经历了孩童时代,少年及学生时代,部队服役,北京广播学院(现中国传媒大学)电视系专业进修,从事电视新闻记者,业余摄影采风,专著创作出版等。在此期间,尽管利用一切可以利用的时间,观赏并收藏过大量的电影、电视作品,但是,鉴于篇幅所限,不能一一展现其艺术思想和创作手法所带给我的人生感悟。我只能把记忆中影响人生最深刻的电影,结合我的人生经历和所见所闻,分"中国电影篇"和"译制电影篇"进行分享,其中涉及故事片、新闻纪录片与科教片、美术片、舞台艺术片,还会涉及一些年代引进的特有外国各类型影片,中外电影共计100部,以随笔的写作方式记录下来,算是人生60年经历和思考的一次回顾吧。在其成书后,首先敬献给我亲爱的父母双亲。然后与我同时代的"同道中人"分享,听取读者们的意见和建议,来一次思想与人生经历的"大碰撞",进行一次心灵的交流与对话。

我想,这本《五十部——电影与60年人生随笔》,应该是我在 2022 年创作完成，由中国海洋大学出版社出版《入镜还素》一书之后，于 2023 年 60 周岁退休前，需完成创作出版的一本专著，也是我退休时的最好纪念与见证。60 周岁后，我将按照人生规划，开启又一次崭新的征程。

是为序。

2022 年 7 月 28 日凌晨 2 点 56 分
子实初稿创作于青岛逍遥轩东窗书屋
2023 年 3 月 3 日深夜 11 点 19 分
子实二稿修改于青岛逍遥轩东窗书屋

目录

CONTENTE

中国电影篇

《小兵张嘎》

　　今天是 2022 年 8 月 29 日,离满 60 周岁退休之日还有十月余。处暑后的岛城,尽管秋雨连绵,但天气仍很热。2022 年是一个奇特的年份,天气特别异常,今年岛城的暴雨是若干年以来所少有的,持续整个夏天的高温也达到了 1961 年以来的历史记录之最。而南方却罕见地缺雨干旱,干涸的湖底居然裸露出千年古建筑,四川盆地 43 ℃以上的高温导致大面积停电断水,山火频发,热射病严重威胁人们的生命安全。

今天下班的路上，遇见同事徐花主任，我们撑着雨伞在雨中聊了许久，话题很多。徐主任也是一位读书爱好者。如今智能化文化快餐时代，真正能够静下心来读书和写书的人并不多。人们多半时间用于经商、社交，智能手机不离左右，碎片化信息满天飞。我们讲到在今年 8 月间刚刚送走的两位同事，一位刚刚退休，一位才 52 岁。在现在这样一个长寿时代，他们的离世令人痛惜。我们讲到医务工作者中的害群之马，利用手中的权力昧着良心赚钱，严重违法。我们谈到文化艺术界的一些不良之人，用垃圾文字谋取名利，引发网络热议，损害人们对艺术文化作品的欣赏和自身精神世界的纯真。于是，我们谈到了诗歌、小说、散文、随笔的创作，也谈到了一首传唱已久的歌曲《往日时光》：

> 人生中最美的珍藏，
> 正是那些往日时光。
> 虽然穷得只剩下快乐，
> 身上穿着旧衣裳。
> …………
> 如今我们变了模样，
> 为了生活天天奔忙。
> 但是只要想起往日时光，
> 你的眼睛就会发亮。

每当我听到这首《往日时光》，眼前就会浮现出 60 年过往岁月中的诸多人生画面，就像电影一样，一幕一幕，呈现并记载着我们的往日时光。从 1963 年至 2023 年的 60 年间，各个时期的电影承载了我们的人生轨迹。我们曾经提着小板凳，早早来到海军北海舰队门诊部的操场上看露天电影,也曾到八大关太平角一路家门口的山东省青岛疗养院体疗部,坐在光洁的地板上安静地看室内电影。在我的记忆中,曾为看电影而不惜远路风程的故事有很多,看电影是我一生的最爱,因此我的心总是被电影艺术、电影故事、电影人物影响着、熏陶着。于是,我的人生中也就有了电影里的一些情结。

为什么这部书要从《小兵张嘎》写起呢?因为《小兵张嘎》不仅是一部反映抗日战争的儿童故事片,而且,这部电影与我同岁,它拍摄于1963年,距2023年整整60年了。60年的岁月,多少往事已如云烟散尽,但是北京电影制片厂拍摄的这部《小兵张嘎》却恍如昨日,令我记忆犹新。

《小兵张嘎》的故事发生在抗日战争时期冀中的白洋淀,张嘎子、胖墩、小英子等一群少年,在共产党领导的八路军的培育下,机智勇敢地同日伪军进行不屈的斗争,最终成长为八路军队伍中一名真正的小侦察员。张嘎子的主演叫安吉斯,内蒙古人,当时13岁,并非专业演员,却把张嘎子的形象演得出神入化,成了我们一代人心中的小英雄。他掩护受伤的八路军钟连长安全转移,从秘密地道送饭。为掩护钟连长,张嘎子的奶奶和村里其他群众在关键时刻挺身而出,奶奶被日本鬼子夺去生命,体现了中国军民在共产党领导下的军民团结、抗击日寇侵略的斗争精神。

在抗日烽火中,张嘎子在锻炼中成长,他配合八路军侦察员罗金宝,缴获了胖翻译的枪,这一段尤为精彩。罗金宝与胖翻译有一段精彩对话,在路旁的大树下,罗金宝和张嘎子以卖西瓜为掩护,这时,胖翻译出场了,他戴着高度近视眼镜,目中无人地砸开西瓜就吃。

罗金宝:哎,你怎么拿起来就吃啊?

胖翻译:怎么,你这不是卖的吗?

罗金宝:卖的,你得问个价儿啊。

胖翻译:什么? 别说吃你几个烂西瓜,老子在城里吃馆子也不问价儿! 哼!

罗金宝:这年头做事得留点后路啊!

胖翻译:什么?

罗金宝:你没听说吗,别看今天闹得欢,就怕将来拉清单!

胖翻译:你,你是干什么的?

罗金宝:你看呢?

胖翻译:我看你像八路!

罗金宝:哦? 呵呵呵呵呵……

胖翻译:啊,你是八路!

罗金宝:你算说对啦!

这时候,罗金宝向张嘎子使了一个眼色,张嘎子拿起半个西瓜砸在胖翻译头上,用钟连长刻赠给他的木头手枪,顶在了胖翻译腰眼上,并迅速缴获了胖翻译的真手枪。

无论看多少遍,当年的我们总是被侦察员罗金宝的沉着、张嘎子的机智以及胖翻译这个汉奸从不可一世到被俘屈服的下场中感受到中国人民抗日战争斗争的伟大力量。一切侵略者和卖国贼都不会有好下场! 从而,为我们幼小的心灵注入了强大的正能量,这种正能量将伴随我们一生。因此,一部好的影片,之所以称为经典,就在于影片真正地带给了我们什么,这个话题很重要!

侦察员罗金宝的扮演者是著名演员张莹,1924 年出生于奉天(今辽宁),曾出演过《白毛女》《董存瑞》《平原游击队》等许多著名影片。令人痛惜不已的是,在出演《小兵张嘎》6年后的1969年,张莹老师不幸病逝,那年他年仅45岁。

《小兵张嘎》由崔嵬、欧阳红樱导演。崔嵬1912年出生于山东诸城,是我国著名电影艺术家和剧作家、导演。他早年曾就读青岛礼贤中学,后入山东省立实验剧院学习编剧,并在青岛组织海鸥剧社。1932年在青岛参加中国共产党领导的左翼戏剧运动。1938年奔赴延安,加入中国共产党,任教于鲁迅艺术学院。崔嵬一生参演影片,并导演了许多著名戏剧和影片。1962年,他曾凭借《红旗谱》获得第一届电影百花奖最佳男演员奖。1963年,他导演的这部《小兵张嘎》获得第二届中国少年儿童文艺创作一等奖。1979年,他在北京不幸因病去世,年仅67岁。

60年前的1962年,也就是拍摄《小兵张嘎》影片的前一年,评选并悬挂出了"新中国人民演员"(俗称"新中国二十二大电影明星")的照片,他们是白杨、陈强、崔嵬、金迪、李亚林、庞学勤、秦怡、上官云珠、孙道临、田华、王丹凤、王晓棠、王心刚、谢芳、谢添、于蓝、于洋、张平、张瑞芳、张圆、赵丹、祝希娟。

"新中国二十二大电影明星"中的两位,崔嵬参与导演了《小兵张嘎》,张平在《小兵张嘎》中扮演钟连长。钟连长在负伤后,在面对敌人逼迫群众交出八路军,否则就枪杀群众的危难时刻,他大义凛然,挺身而出,保护了乡亲们的生命,体现了八路军与人民群众血肉相连的军民深情。钟连长也是张嘎子从一个懵懂少年真正走向八路军的引路人。

《小兵张嘎》中众多演员的精彩表演,都给大家留下了极其深刻的印象,比如李健扮演的张嘎子的奶奶。李健1917年出生于山东青岛,曾在青岛读过小学和中学。她曾参演过多部著名影片。这位老艺术家 2008 年在北京去世,享年 91 岁。还有扮演区队长的于绍康,扮演胖墩父亲的王炳彧,扮演胖翻译的王澍,扮演龟田少佐的葛存壮。葛存壮曾在 20 世纪 70 年代来青岛拍电影,居住在离我家较近的太平角一路 11 号,由于他曾饰演的《决裂》中讲授"马尾巴的功能"的角色而被大众所熟知。我经常会与居住在此的北影厂、八一厂、上影厂、长影厂的许多艺术家相遇,他们非常谦逊,从不张扬,态度和蔼,不摆架子,也没有现在所谓的"私人助理"。

如果现在的人们要问,《小兵张嘎》这部经典影片 60 年来究竟带给了同时代的人们什么?那么,在此我要真切地告诉大家,《小兵张嘎》是一部非常经典、优秀的黑白国产电影,它告诉我们什么是中国人民的反法西斯斗争,什么是爱国主义教育,什么是英雄主义的精神。它告诉我们同时代的人,理想信念根植于新中国少年儿童的心中是多么的重要。我当侦察兵的梦想也源于《小兵张嘎》,18 岁时进入特种部队当侦察兵,我的梦想也终于变成了现实。

2022 年 8 月 30 日凌晨 3 点 27 分
子实创作于青岛逍遥轩东窗书屋

《地道战》

　　说起《地道战》这部影片，真可谓是陪伴一生、百看不厌的抗战经典之作。1965 年由八一电影制片厂拍摄时，我才 2 岁。虽然这是一部军事教学片，但是所讲述的故事却生动传神，给观众传递出抗战的必胜信心和敌后武装斗争的机智勇敢，影片里满满的正能量。特别是毛泽东《论持久战》中的战略方针，给反对日本军国主义和法西斯暴行的中国共产党领导下的八路军武工队和广大人民群众指明了坚持斗争、敢于斗争的方向。

影片的导演任旭东,用故事片的拍摄手法,讲述了抗日战争时期,中国共产党领导的敌后抗日根据地不断发展壮大的故事。1942 年,日寇对冀中根据地进行了"大扫荡"。根据地人民采用地道战的方式,巧妙地与敌人周旋,并适时打击歼灭敌人,取得了胜利的战果。

由朱龙广饰演的高家庄民兵队长高传宝,在张勇手饰演的区长赵平原的指导帮助下,带领民兵和全村的男女老少齐上阵,利用黑夜掩护,悄悄把家家户户的地窖改造成可以隐蔽和作战的地道,使地道村村通、家家通,水井和大树以及院墙都成了消灭侵略者的有利战场,并且把地道一直修到鬼子的炮楼底下,狠狠打击了日本陆军队长山田和伪华北治安军司令汤丙会。山田是由著名反派演员王孝忠扮演,汤司令则是由著名反派演员刘江扮演。他们所饰演的残暴角色的恶劣行径,很好地反衬出冀中人民在毛泽东思想的指引下不畏强暴、敢于斗争的精神。

由王炳彧饰演的高家庄党支部书记高老忠,时时爱护人民群众,带领群众守护家园,具有作为党员的高度政治觉悟和忘我的牺牲精神。当他发现日伪军偷袭高家庄时,拼命跑向村口,敲响挂在大槐树上的老铁钟,及时为全村群众报信,使全村其他人通过地道安全转移,而他却倒在了敌人枪口之下,最终壮烈牺牲。临终时,他还在仅仅抓住手中的敲钟绳索。高老忠是一位优秀共产党员。无论何时何地,总是把人民群众的安危挂在心间。他拥有崇高、无私的情怀,宁肯牺牲自己也要保护群众。在艰苦卓绝的抗日战争中,正是千千万万个像高老忠那样的共产党员,带领人民群众挺起了民族救亡的脊梁,可歌可泣,可美可赞!相比较之下,那些像汤丙会一样的汉奸,是那么的龌龊、卑鄙、无耻、数典忘祖,为中国人民所不齿,也必将受到历史的审判和惩罚。

　　各小组注意,各小组注意!

　　你们各自为战!

　　打一枪换一个地方,

　　不许放空枪,

　　开火!

　　开火!

　　开火!

　　此刻,影片《地道战》的主题歌曲,以排山倒海之势骤然响起,气势宏大,彰显出人民战争中抗击一切侵略者的强大力量。高家庄民兵和其他男女老少一起上阵,利用自己修建出来的地道,展开了游击战,在街头巷尾,处处都是人民的武装,土枪、大刀、红缨枪,人人都是战士,样样都是武器,处处都是战场,有力地配合八路军主力和地方武装,一举拔掉了黑风口据点,消灭了进犯高家庄的敌人,取得了这场战斗的胜利。

　　由朱龙广、张勇手、王炳彧、王孝忠、刘江等著名演员参演的这部影片,尽管已经拍摄、放映接近 60 年了,创造出 30 多亿观众观看的纪录,但时至今日,人们仍在时时观看,赞不绝口。影片带给我们的是永远的正能量。

　　中国自 1840 年鸦片战争以来,屡屡遭受帝国主义的入侵。1949 年新中国成立后,中国人民时时铭记曾经遭受侵略的苦难,党和国家不断教育人民"深挖洞、广积粮、不称霸""备战备荒为人民""提高警惕,保卫祖国"。记得 20 世纪 70 年代我在青岛嘉峪关学校上小学,大人们轮流挖防空洞。我们学生放学后"打石子",就是捡来石头,用铁条圈成一个碗口大小的铁圈,再钉到一个木头做的把上;把捡来的石头放在铁圈里,用铁锤砸成统一规格的小石子;第二天上学时,交到班级,集中收集后以备建造防空洞的混凝土材料之用。我们每天干得非常认真和起劲,总是开展"打石子"劳动竞赛。我们把这样的活动视作一件课业之外非常光荣的事情来做,因为我们接受党和国家的教育,心中总是装着党和国家,总是装着集体和人民。如今,那些往日时光,已经成为我们人生精神的亮点,凝聚在我们人生的经历之中,凝聚着我们爱祖国、爱人民、爱劳动的人生精神,永恒铭记,不可磨灭!

《地道战》中有一首著名的插曲《毛主席的话儿记心上》。这首脍炙人口的电影插曲,是由傅庚辰作词、作曲,由邓玉华演唱。无论什么时候听到它,总是给人们带来一种清晰的方向感和不惧艰难、努力向上的无穷力量。

太阳出来照四方,毛主席的思想闪金光。太阳照得人身暖哎,毛主席思想的光辉照得咱心里亮,照得咱心里亮。

主席的思想传四方,革命的人民有了主张。男女老少齐参战哎,人民战争就是那无敌的力量,是无敌的力量。

主席的话儿记心上,哪怕敌人逞凶狂。咱们摆下了天罗地网哎,要把那些强盗豺狼全都埋葬,全都埋葬,把它们全埋葬。

2022 年 8 月 31 日凌晨 1 点 53 分
子实创作于青岛逍遥轩东窗书屋

《地雷战》

　　《地雷战》由八一电影制片厂拍摄于 1962 年,这部当年的军事教学电影,虽然跨越数十年,但依然是我们心中永远的经典故事片。

　　故事发生在 1942 年山东的胶东地区。这一年是我国抗日战争非常艰苦的一年,日本侵略者连续对我抗日根据地进行疯狂扫荡,缺少武器装备的胶东抗日根据地的人民在中国共产党领导下,广泛开展多种形式的游击战,在八路军选派的雷连长组织指导下，赵家庄民兵队长赵虎同志与村里的乡亲们一起动手，男女老少齐上阵，并联合起周边各村的力量，运用各种材料，因地制宜，试制了多种地雷，狠狠打击了不可一世的来犯之敌。

电影是一种以视觉为主的综合艺术，不仅有镜头语言，而且还需要编剧、导演、演员、配音师、音乐人、美术师、灯光师、拟音师、剪辑合成师等众多艺术工作者的通力合作。自1895年诞生电影以后，中国也随即于1905年诞生了第一部影片《定军山》。100多年来，电影从无声到有声，从黑白到彩色，从胶片到数字化，似乎是一种瞬息之间的发展变化，令人目不暇接。1993年，我在北京广播学院（今中国传媒大学）电视系进修，考察学习了电视新闻和电视艺术作品拍摄、编辑、制作、播出等前期和后期的过程。2006年，我首次寻访了长春电影制片厂，参观考察了电影的模拟生产过程，发现电影和电视艺术有相通之处，也有巨大差别。它们的共同之处在于宣传、教育、娱乐的功能，其化育的效果非常明显。不同之处也是多方面的，从前期的摄制到后期制作，首先是运用拍摄的设备及材料不同，生产的作品和播出的渠道也就不同。

现在，我要说的是影视作品的化育效果，也就是为什么许多经典影片能让我们终生难忘，甚至能对我们的"三观"和生产、生活、意识形态产生非常大的影响。我想这主要是与编剧、导演、演员、摄影、音乐、音效等集体创作智慧分不开。这些岗位尽管分工明确，但必须通力合作，团结一心，形成统一有效的"硬核"，这个"硬核"就是这部影片的创作思想。这个创作思想下所产生的作品，会让观众们产生许多反思，从而指导生活。

还是从20世纪的经典电影《地雷战》说起吧。尽管这部影片是一部黑白电影，但却真实地再现了胶东军民在中国共产党的领导下,在毛泽东军事思想的指引下,克服困难,团结一心,群策群力,运用地雷战、游击战打击日寇的历史场景。

影片开场就是从军分区学习地雷爆炸技术归来的赵家庄民兵队长赵虎背着地雷,遭遇了驻扎在黄村并进山扫荡的大队日本鬼子。这时的赵虎迎敌而上,巧妙地把刚刚学习的地雷爆破技术用在了战场上,不仅炸的日本鬼子魂飞魄散,而且有效地牵制了进山扫荡的日本鬼子,保护乡亲们安全转移。这就叫"学习中的实践"。

20 世纪六七十年代的孩子们课余生活丰富,作业量不大,在学校或学习小组很快就写完了。剩下的大部分时间,除了完成学校布置的"打石子"等劳动,帮助父母做一些家务,或搂柴草、拣煤核,或拉风箱烧火做饭,就是各种疯玩儿。玩什么呢?基本上就是模仿电影里的表演或台词,玩"抓特务""挖地雷"。

我们会在地上挖一个个的小洞,然后铺上树枝或草,用橡皮筋缠绕在小木棍上,把它隐蔽在小洞洞中,然后学做"工兵挖地雷"。挖得好的,就会妥善处置,不让皮筋弹起,一旦皮筋弹起来,就算是"地雷"爆炸了。这就是电影的教化作用,我们的模仿会玩儿得很开心,时间也过得飞快。这种儿童的欢乐游戏,既没有金钱充当诱饵,也几乎见不到什么霸凌。邻居或同龄的孩子,总是结伴而行,几乎没有现在某些孩子的孤僻与自闭倾向,集体性游戏活动还是比较多的。而且还会伴随着口语化的电影台词:"不见鬼子不挂弦!"

说说这句《地雷战》中台词的来历吧。日本鬼子和伪军被抗日军民的地雷战打得晕头转向。于是,他们化装成村民,骑着毛驴偷地雷,有的伪军汉奸混入村民中刺探情报。他们哪里知道,鬼子汉奸的阴谋诡计,早就被我军民识破,故意放出"不见鬼子不挂弦"的话来震慑敌人，又故意让鬼子偷走"化学雷"。当鬼子以为偷雷成功，扬扬得意的用放大镜"研究"地雷时，放大镜的聚光效应最终引燃了"化学雷"，有鬼子当场毙命。地雷战真正体现出"人不犯我，我不犯人；人若犯我，我必犯人"！

驻扎在胶东黄村的日本鬼子，被地雷炸得无处藏身，他们还从青岛调来工兵排雷开道，企图扫荡抗日武装。在中国共产党领导下的抗日武装，按照毛主席的军事思想，发动群众，依靠群众，不断研究发明了各式各样的地雷，粉碎了敌人一次又一次的扫荡，"铁西瓜"（土地雷）发挥了巨大的作用，做到了陷敌于人民战争的汪洋大海之中。

说起《地雷战》中的演员，一个个角色扮演的那是惟妙惟肖。无论是正面角色，还是反面角色，个个都出彩。但是他们中绝大多数人都是从各部队或地方文艺团体抽调来参演的，而非专业的电影演员。

由于电影的拍摄地是在山东海阳，因此，民兵队长赵虎的扮演者白大钧、女民兵玉兰的扮演者鲁在蕴、八路军雷连长的扮演者张长瑞、石大爷的扮演者吴健海（他还是《地雷战》的导演之一）、赵庄村民三叔的扮演者张杰、赵庄民兵大勇的扮演者张汉英，都是来自济南军区前卫话剧团。

还有化装成农妇偷地雷最终被炸死的日本鬼子渡边大尉的扮演者隋鸿祺，曾被儿童团员铁蛋告知"不见鬼子，不挂弦！"这句著名电影台词的汉奸扮演者牟长令，每次扫荡都高喊"杀给给！"标志性台词的日本鬼子龟田小队长的扮演者徐福昌，也都是来自济南军区前卫话剧团。

剧中的一号反面人物是由董元夫扮演的中野少佐。《地雷战》中董元夫的演绎，使中野少佐成为 20 世纪中国抗战题材影片中日本鬼子的典型形象之一。

特别值得一提的是,《地雷战》中女民兵二曼的扮演者田芝侠与田嫂的扮演者杨雅琴,曾携手演绎了绕山戏耍鬼子的精彩一幕。《地雷战》中的二曼,是田芝侠一生中唯一留下的银幕形象。而田嫂的扮演者杨雅琴,16 岁考入济南军区前卫话剧团,18 岁参演《地雷战》初登银幕时,将田嫂这一角色演绎的十分精彩,随即调入八一电影制片厂,曾塑造了许多银幕形象,成为20 世纪 70 年代的著名演员。我曾在青岛八大关太平角一路 7号居住,她随上海电影制片厂剧组长期居住在与之比邻的太平角一路 11 号,因而会与她经常相遇,并多次观看她在摄制现场的表演,对其印象非常深刻。可惜她年仅 53 岁去世,观众痛失了一位山东籍的电影明星。关于对杨雅琴的印象,我将在随后的《第二个春天》一文中,作一次特别的叙述。

《地雷战》这部八一电影制片厂拍摄的军事教学片,是由唐英奇、徐达、吴健海联合执导的。影片中《民兵都是英雄汉》的插曲,更加衬托出中国共产党领导下的抗日军民英勇不屈的斗争精神。

民兵都是英雄汉,
不怕艰苦不怕难。
打日本,
保家乡,
地雷是咱好伙伴。
没有铁雷造石雷呀,
没有炸药自己碾呀,
满山石头开了花,

炸得那鬼子心胆寒。

《地雷战》所带给我们的化育作用是充满正能量的,体现了人民战争思想的重大意义。60 年来,我曾无数次地观看这部影片,每看一遍都会有相同的观后感:不忘历史,毋忘国耻,保卫家乡,捍卫和平,坚决消灭一切胆敢来犯之敌。

正是从小一次又一次的电影熏陶,铸就了我日后从事电视工作的梦想!

2022 年 9 月 1 日凌晨 2 点 36 分
子实初稿创作于青岛逍遥轩东窗书屋
2022 年 9 月 2 日凌晨 1 点 46 分
子实二稿修改于青岛逍遥轩东窗书屋
2022 年 9 月 3 日凌晨零时 11 分
子实三稿修改于青岛逍遥轩东窗书屋

《平原游击队》

今天是 2022 年 9 月 3 日,是一个特别值得纪念的日子——中国人民抗日战争暨世界反法西斯战争胜利 77 周年纪念日。

记得父亲和母亲健在的时候,他们经常会给我们讲述抗日战争烽火岁月中的故事。我的父亲鄢天祥与母亲曲凤侠结为伉俪时,正是父亲于 1943 年光荣加入中国共产党,秘密地做中共地下工作者的第二个年头。那时,正是中国共产党领导下的八路军、新四军等抗日武装力量与日本侵略者展开殊死搏斗的艰苦卓绝的岁月。中共地下工作保密甚严,一不留神"就会掉脑袋"的。
父亲曾三次被捕,经受严刑拷打,始终保守党的秘密,坚贞不屈。
父亲常常这样说:"那时我们的工作是把脑袋别在裤腰带上的!"
起初,孩提时代听到父辈们讲述这样的故事,只是当故事来听,后
来渐渐长大,在大量的历史记载和众多抗日题材电影的熏陶中,
懂得了中国抗战胜利来之不易,真正是无数革命先烈流血牺牲
换来的,应当铭记历史。2014 年和 2018 年,母亲和父亲以 93 岁
和 99 岁高龄先后离世。父亲生前于 2005 年和 2015 年两次荣获
中共中央、国务院、中央军委颁发的纪念抗日战争胜利 60 周年和
70 周年金质纪念章,成为我们这个家族中父辈参加抗战的佐证
以及后代们永远值得珍惜和珍藏的历史与荣耀!

在今天这样一个特别的纪念日子里,我要讲述的电影是
1955 年由长春电影制片拍摄的《平原游击队》。这部电影可以
说是我的同时代人从小就无数次观看的、耳熟能详的经典国产
故事片。电影的导演是苏里、武兆堤,这两位可是长春电影制片
厂的著名导演。苏里 1960 年曾执导电影《刘三姐》,该片获得
第二届大众电影百花奖 4 项大奖。武兆堤 1964 年曾执导经典
影片《英雄儿女》,对于我们几代人都产生过非同凡响的化育和
思想引领。这两位著名导演的影片,随后篇章会做专题叙述。

2022 年 9 月 3 日的今天,是中国人民纪念抗日战争胜利的
日子,我们就先来讲述著名经典抗战片《平原游击队》。这部电
影拍摄过两次,一次是 1955 年拍摄的黑白版,另一次是 1974 年
翻拍的彩色版,区游击队长李向阳的扮演者分别是郭振清和李
铁军,日寇中队长松井的扮演者两次拍摄都是著名演员方化。
1974 年彩色版影片中的李向阳扮演者李铁军,当年曾与演员唐
国强同是青岛话剧团演员。李铁军参演《平原游击队》和唐国

强参演《南海风云》后，这两位青岛籍的话剧演员都离开了青岛话剧团，转为专门从事电影拍摄工作。唐国旗参加了《小花》《高山下的花环》等拍摄，李铁军参加了《暗礁》等拍摄，在当时都有比较出色的电影形象。1995年，位于市南区宁夏路200号的青岛广播电视中心奠基仪式，由我来拍摄了新闻报道，当时我在青岛电视台新闻中心任时政记者，办公地址是在青岛市南区单县路21号青岛广播电视局大院内。1992年，青岛日报社副总编姜作杰同志调任青岛广播电视局，任党委书记、局长、总编辑；1992年，青岛市也仅有三家主流媒体，那就是青岛日报社、青岛人民广播电台和青岛电视台。

我是1991年由电视台新闻中心鞠侃彬主任亲自去青岛市人民医院院长办公室借调到电视台新闻中心工作的。1987年我从海军北海舰队转到人民医院院长办公室工作开始，多年兼任《健康生活报》特约记者，是青岛三大主流媒体的优秀通讯员，是《中国特区时报》特约通讯员，在部队期间也是《人民海军》报社特约通讯员，一直与报社、广播、电视台保持密切联系与合作。

我借调到青岛电视台新闻中心工作后，1992年便参与了青岛电视台作为东道主，由电视新闻中心在飞天大酒店（今海景花园大酒店）主办的华东电视会议，此时的姜作杰局长刚刚担任青岛广播电视局领导工作。随即于1992年进行了青岛经济广播电台的创办招聘，1993年青岛有线电视台在贮水山开始组建，1995年在"青岛纺疗"组建青岛电视二台。

1993年3月，我与时任新闻记者李蔚老师、新闻编辑刘吉老师，一起赴北京广播学院（今中国传媒大学）电视系进修。在鞠侃彬主任的具体策划和姜作杰局长、青岛电视台王德艳副台长的大力支持下，由鞠侃彬主任等9人组成的创作小组创办了青岛电视台自 1971 年 9 月 15 建台以来的第一个电视新闻专栏节目——《视新 20 分钟》。这档电视新闻专栏节目，在当时全国城市电视台乃至央视新闻同类专题节目中都是首开先河的，被观众誉为"青岛的《焦点访谈》"，多年后产生的影响仍甚大，真正发挥了新闻的舆论监督作用。当时我在栏目组担任主摄像和部分节目的策划与编辑工作，受益匪浅。1995 年在接近 100 期的节目制作播出后，栏目被改版，人员相继离开，从事不同岗位的工作，我进入《青岛新闻》时政采访部，担任时政新闻记者。屈指算来，从 1993 年《视新 20 分钟》电视新闻专栏创办到我 2023 年退休，已经整整过去了 30 年。30 年在人生中真的是恍若昨天，弹指一挥间！

1998 年，青岛广播电视局在贵州路的"教师之家"举行青岛电视台、青岛电视二台、青岛有线电视台的"三台合一"动员大会。

1999 年初，三家电视台的新闻中心在"青岛纺疗"原电视二台租借的疗养楼里开始了"合署办公"。

2000 年，青岛广播电视中心正式投入使用，在办公主楼附属的演播区，曾仿照"新中国二十二大电影明星"在各大电影院悬挂大幅演员照片的模式，在青岛广电中心设立了"明星大厅"，将青岛籍的明星大幅照片悬挂在"明星大厅"里，并印制了手模。明星涉及电影、电视、话剧、音乐等多个门类。后来，青岛电视台、电视二台和有线台于 1999 年初合并为青岛电视台，2000 年进驻新建青岛广电大厦办公后，也在青岛电视台新闻中心和广播电台的部分区域悬挂主持人大幅照片。但随着人员更迭，墙上的照片也在更换。

至 2022 年 9 月，随着明星金迪、秦怡的先后离世，当年的

"新中国二十二大电影明星"只有6人健在,分别是于洋、王心刚2位男明星和田华、谢芳、王晓棠、祝希娟4位女明星。他们均已进入耄耋之年,令人唏嘘岁月对每个人的无情。无论是谁,芳华都将成为历史的过往,淹没在滚滚红尘中,只有明星们当年曾经倾情演绎的精彩角色,带给人民美好精神世界的永久享受。他们创造出的各类银幕形象,都将成为不朽的永恒。他们辛勤的创作劳动,理应受到人民的尊重和理解,因为他们的劳动与创作,带给了我们丰富的精神食粮,让我们的思想受到鼓舞和教化,分辨善恶与美丑,激发心灵的正义与呐喊,这就是电影带给我们的人生意义。

因而,在今天纪念中国人民抗战胜利77周年的日子里,总是让我想起经典影片《平原游击队》中著名演员郭振清扮演的游击队长"双枪李向阳"和他的对手松井的扮演者方化。虽然郭振清和方化并不在"新中国二十二大电影明星"行列,但是他们塑造了诸多银幕形象,因此并不妨碍他们作为优秀的电影艺术家在我心目中不可替代的地位。

《平原游击队》讲述的是1943年秋,日本侵略者疯狂扫荡华北抗日根据地,我抗日军民进入了最为艰苦的年月,缺少武器弹药和粮食的同时还要反扫荡。八路军某军分区司令员(《小兵张嘎》中侦察员罗金宝的扮演者张莹饰)部署游击队长李向阳(郭振清饰)组织游击队进城,打乱松井部队的扫荡计划,并打掉其军火仓库,借机把敌人抢夺百姓的粮食运进山里,支援大部队对敌人的反击准备。

李向阳在接受任务后,与著名演员梁音扮演的游击队负责人,分别带领一路游击队从城里城外对驻扎的松井部队开展了一系列打击。李向阳化装进城后,在饭庄里狠狠地教训了汉奸,让他们不要为日本鬼子卖命，同时放出口风，就说李向阳进城了。

方化饰演的松井虽然摸不清李向阳的动向，但是他却很狡诈，"杀一个回马枪"，对村民实施疯狂的报复并抢夺粮食。李向阳组织队伍里应外合，化装成日军，炸毁了敌人的军火库。他手持双枪，弹无虚发，威震敌胆，机智果敢地指挥游击队，沉重地打击了敌人，炸掉炮楼，夺回敌人抢去的粮食。

面对多次交手的日本鬼子松井，他把满腔仇恨压入枪膛，正告举起日本指挥刀的松井：**"放下你的武器！中国的地面上决不能让你们横行霸道！"** 这一为观众所熟悉的经典台词，大长了中国人的志气，表现出中国人民面对日本强盗勇敢正义的形象。我们从李向阳这样的英雄身上感到一种力量、一种信心。所以，小时候做游戏时，都是争做大英雄李向阳。郭振清走到哪里，哪里的人民就把他当成真正的李向阳，说明人民的心中呼唤和需要李向阳式的英雄人物。郭振清在许多的电影中都有出色的表演，比如《决裂》《六号门》《英雄儿女》等。

相比较之下，方化把松井塑造成侵华日军的典型形象，但是人们对松井的痛恨，也让他不受待见。他一生中演出了许多反派人物，比如《铁道卫士》中的吴济春、《甲午风云》中的伊东祐亨等。1994 年，69 岁的他身抱重病，却应姜文之邀，首次在《阳光灿烂的日子》里出演了一生中唯一的解放军将军的角色。尽管影片未公映他便离开人世，未能看到自己在银幕上扮演的正面形象，但是，这次出演让他有一种久违的满足感，方化是一位优秀的电影艺术家。

2022 年 9 月 4 日凌晨 4 点 46 分
子实创作于青岛逍遥轩东窗书屋

《野火春风斗古城》

　　《野火春风斗古城》由八一电影制片厂拍摄,于 1963 年上映,导演严寄洲,主演王晓棠、王心刚、陈立中、王孝忠等。

　　这部影片反映的是 1943 年游击队政委杨晓冬潜入华北某古城,在地下交通员金环、银环姐妹俩的配合下,争取了伪团长关敬陶带领队伍起义上山,表现了我党地下工作者机智勇敢地与日伪军英勇斗争的战斗精神。

　　这是一部我多年来特别喜欢观看并加以珍藏的经典影片。

这不仅仅是因为影片拍摄于我出生的 1963 年,更主要的是作为抗战时期中共地下党的后代,我通过影片进一步形象化地了解和明白了我的父辈们是怎样战斗在敌人心脏,积极开展抗日对敌斗争的。

导演严寄洲是江苏籍人,曾在 2012 年获第三十一届大众电影百花奖终身成就奖,在 2017 年获第八届中国电影导演协会年度杰出贡献导演奖。1938 年,严寄洲赴延安抗大学习。1953 年,任八一电影制片厂的导演。他的作品有《野火春风斗古城》《英雄虎胆》《海鹰》等,这些作品都是观众难以忘怀的国产经典影片。

《野火春风斗古城》的男主角和女主角的扮演者分别是王心刚和王晓棠。王心刚扮演杨晓冬。王晓棠一人同时分别饰演金环、银环姊妹两个角色,而且神态表情差异很大,相当不容易。有一段在医院药房窗口取情报的剧情,金环坐在药房里,银环站在药房外,镜头采用了"替身过肩拍摄转换",真正的把观众给"看傻了眼"。这种"双胞胎分身术表演"在当时那个年代的电影作品中确实"罕见",足见演员王晓棠的表演功底和导演严寄洲的艺术造诣。

王心刚和王晓棠,双双被评选为"新中国二十二大电影明星"。截至 2022 年 9 月,"新中国二十二大电影明星"尚有 6 位健在,他们分别是于洋、王心刚、田华、谢芳、王晓棠、祝希娟。

王心刚和祝希娟,曾在电影《红色娘子军》中分别扮演娘子军连党代表洪常青和从旧社会的奴隶转变为中国工农红军战士的吴琼花。王心刚是辽宁大连人,形象端庄,人品端正,出演过《侦察兵》。他曾与田华出演过反特故事片《秘密图纸》,给观众留下非常深刻的印象。王心刚也曾担任过八一电影制片厂副厂长,他没有明星架子,骑自行车上下班。他常年照料生病的爱人,其人品为观众称赞。

王晓棠和于洋，曾在严寄洲导演的《英雄虎胆》中分别饰演阿兰和侦察员曾泰。2011 年，我到广西龙脊梯田旅游，导游介绍说，当年《英雄虎胆》的拍摄地就在此地去往山里的路上，她指给我们看。这里地势险要，是当年溃兵匪徒出没之地。为了更加真实地再现当年对敌斗争的艰难岁月和艰苦环境，摄制组便驻扎此地选景拍摄。所以，一部影片的诞生的确不容易，凝聚了所有参与者的心血和汗水。于洋还曾与谢芳合作过电影《青春之歌》，谢芳饰演林道静，于洋饰演江华。影片由崔嵬、陈怀皑执导，于 1959 年上映以来屡获好评，成为经典之作，作品的思想性曾熏陶和影响了几代青年人。

王晓棠后来担任过八一电影制片厂的厂长，她是目前中国电影界里唯一被授予过少将军衔的电影女演员、女导演。

《野火春风斗古城》结尾处有一个细节，杨晓冬完成任务临行前把一个包袱交给银环，银环打开包袱看到一枚戒指，这就是战争年代里的爱情隐喻。开放式的影片结尾既表现了战友之间在党的地下工作中的积极配合，又表现了难以忘记的真挚情义，对未来的憧憬和希望！这样一种结尾表现形式，是导演严寄洲的尝试之笔，多年后观影者仍对此印象深刻。

除王晓棠一人饰演金环、银环和王心刚的精彩表演外，陈立中饰演的杨晓冬的母亲、王润身饰演的关敬陶、邢吉田饰演的周大伯、赵汝平饰演的韩燕来、王孝忠饰演的日本鬼子多田、张怀志饰演的特务队长兰毛等都有各自角色的精彩演绎，给几代观众留下了难以忘怀的银幕记忆。

2022 年 9 月 5 日凌晨 0 时 36 分
子实创作于青岛逍遥轩东窗书屋

《永不消逝的电波》

　　"夕阳辉耀着山头的塔影……啊，延安！你这庄严雄伟的古城……"《永不消逝的电波》这部影片的开头，导演王苹就拍摄了延河旁巍然耸立的宝塔山，伴随着一曲昂扬的《延安颂》歌声，全景式展示了中国共产党领导全民族抗战的革命圣地——延安。

　　1938年，我党在上海的秘密电台遭遇日本特高课中村（著名反派王孝忠扮演）的破坏，上海的地下党组织无法将重要情报发往延安。作为中共地下党抗战指挥中心城市的上海,此刻急需要一位报务员,重新建立起秘密电台。我党立刻派解放区电台政委李侠赴上海执行这一特殊任务。根据目前已经公开的信息,李侠政委的原型正是我党隐蔽战线中的革命先烈李白同志。

影片中李侠的扮演者,是被评选出的"新中国二十二大电影明星"之一的孙道临老师。配合李侠在上海秘密工作期间假扮夫妻,最终成为真正革命伴侣的纺织女工,即中共地下党员何兰芬的扮演者,则是八一电影制片厂著名演员袁霞老师。

李侠在宝塔山下,在战友亲切的送行中,在《三大纪律八项注意》的歌声中,在马背上回望并致敬宝塔山,他深知此次进入上海这样一个日伪军交织、特务网密布的城市开展情报工作是多么的艰难。但是,当党组织把任务交给他们时,李侠与何兰芬这对革命同志坚决执行了党的决定,他们坚定地表示:只要是党的需要,无论什么工作都接受!这就是一个中国共产党人的无私胸怀!

来到上海的李侠假扮商人,何兰芬从纺织女工岗位来到这个临时"组成的家庭"。他们假扮夫妻进出院落,与邻居相处。在著名演员邢吉田老师扮演的诊所孙大夫的联络指挥下,很快在自家阁楼上重新架起了电台,延安再一次收到了来自上海地下党组织发来的重要情报。

《永不消逝的电波》故事曲折,敌我双方斗智斗勇,惊心动魄。从1938年至1948年,李侠和何兰芬几经磨难,为延安发出了多份重要情报,为我党的地下工作作出了不可磨灭的重大贡献。他们最终在发出两份重要情报时被敌人包围,面对敌人的枪口,明知大难来临却临危不惧,从容发报,完成任务时,他们发出的最后一句电文是:"同志们,永别了!我想念你们!"这表现了共产党人对党和人民的赤胆忠心，让观众们永远记住了中国共产党人应有的崇高形象和铮铮誓言：**对党忠诚，积极工作，随时准备为党和人民牺牲自己的一切，永不叛党！**

《永不消逝的电波》自 1958 年由八一电影制片厂拍摄并公映以来，受到社会广泛关注和好评，成为中国百年电影历史中的经典。

历史和现实告诉我们：新中国的建立和今天我们所享有的一切，都是在马列主义、毛泽东思想的指引下，在中国共产党的坚强领导下，无数革命先烈为了实现人民美好生活的理想和愿望而不惜牺牲自己的生命换来的，今天的人们应该感恩他们无私的奉献，珍惜并发扬他们爱党、爱国、爱人民的崇高的英雄主义和伟大的共产主义精神。

"忘记过去，就意味着背叛！"这是颠扑不破的真理！

《永不消逝的电波》中的演员孙道临老师、袁霞老师、邢吉田老师都是我喜爱并且伴随我成长的电影艺术家。

孙道临老师 1979 年曾来青岛拍摄《李四光》，就住在离我们家很近的湛山二路 1 号。他和摄制组居住的这栋别墅当时属于青岛市级机关事务局第四招待所（原青岛交际处四所）管理。孙道临老师扮演新中国地质部的李四光部长。摄制组下榻的这栋别墅，也正是当年李四光部长来青休假和办公居住的地方，现在改为"地质之光"展览馆。

我的父母健在的时候，常常给我们讲述 20 世纪五六十年代的事情。1949 年 6 月 2 日，青岛解放，我的父亲和于毅夫叔叔进驻中共青岛市委、市政府秘书处工作。随即，中央卫生部在青岛设立直属机构，父亲担任机构部门负责人，负责接待来青岛一边疗养一边工作的中央领导和开国元勋。父亲主要负责接待居住在太平角一路 1 号的许世友将军和居住在山海关路 17 号的罗荣桓元帅。此时，我们家居住在八大关的居庸关路 9 号。后来父亲担任疗养区十五选区主席和原中央卫生部驻青岛疗养区卫生党委组织部代部长。随后在八大关几经搬迁，最终在太平角一路 7 号院和 13 号院居住，我就是 1963 年 7 月在太平角一路 7 号出生的，一直在被父母雅称"赤松小舍"的此地居住了 30 年，直到 1993 年才搬离。1992 年 5 月，儿子长骏也是在太平角一路 7 号出生的。

父母讲中央卫生部设立青岛直属机构的时候，李四光部长经常会一个人提着"马扎子"，戴着大草帽，走到太平角一路 2 号（今山东省青岛疗养院慢性病医院健康管理中心）门口的海边，坐着看大海。冯玉祥将军的夫人李德全，时任卫生部部长，随后担任全国政协副主席，她为人谦和，散步时总是让警卫人员离她很远。我的大姐带我出来玩，李德全部长每每见到后总是喜欢抱抱我，并在李四光部长经常看海的地方拉着我的小手一起在海滩上散步，心里很是高兴。

60 年的过往岁月中，我在青岛曾数次与孙道临老师相遇。他在青岛扮演李四光这一角色时，我们总是可以在现场观看他形神兼备、精益求精的精彩表演，也仿佛感到这位著名艺术家就是李四光。

正是这部《永不消逝的电波》中的李侠一角让我开始了解孙道临老师。随后，我又观看了他出演的《早春二月》中的肖涧秋和《渡江侦察记》中的李连长。孙道临老师不仅参与表演，还参加多部译制片的配音，他的朗诵富有激情，音色独特。他的爱人王文娟老师是著名的越剧表演艺术家，越剧《红楼梦》《孟丽君》里都有她精彩的角色演绎。

2005 年夏秋之际，最后一次见到孙道临老师，是在青岛第一体育场（沈鸿烈担任青岛市市长时修建的，现已改称青岛天泰体育场）。青岛电视台主办了一台大型晚会，孙道临老师和许多电影界的艺术家参加了演出，他登台表演了诗朗诵，演出后看上去有一点步履蹒跚的样子。那时，1921 年出生的他已 84 岁高龄。就在那次青岛演出两年后的 2007 年 12 月 28 日，孙道临老师因病不幸辞世，享年 86 岁。这位"新中国二十二大电影明星"之一的著名表演艺术家，倾其一生参演的、配音的、导演的多部电影，成为电影史上永恒的经典。斯人虽逝，形象永生！

2022 年 9 月 6 日凌晨 1 点 26 分
子实初稿创作于青岛逍遥轩东窗书屋
2023 年 3 月 1 日深夜 11 点 16 分
子实二稿修改于青岛逍遥轩东窗书屋

《闪闪的红星》

　　回望 60 年的观影历程,没有哪一部国产儿童故事影片,能像《闪闪的红星》那样深深印刻在我的脑海之中,带给我们国家、时代巨大的精神力量,传承的历史思想成为我们一代人前行的方向。观看这部经典影片,"学习红军战士潘冬子,做党的好孩子",让我们的少年时代建立起了新中国儿童"三观"的一座里程碑,成为我一生永恒的记忆!

红星闪闪放光彩，

红星灿灿暖胸怀。

红星是咱工农的心，

党的光辉照万代。

红星是咱工农的心，

党的光辉照万代。

长夜里，

红星闪闪驱黑暗。

寒冬里，

红星闪闪迎春来。

斗争中，

红星闪闪指方向。

征途上，

红星闪闪把路开。

红星闪闪放光彩，

红星灿灿暖胸怀。

跟着毛主席，

跟着党，

闪闪的红星传万代。

跟着毛主席，

跟着党，

闪闪的红星传万代。

　　故事片《闪闪的红星》中的主题歌《红星歌》和插曲《映山红》《红星照我去战斗》等脍炙人口的电影音乐作品一经传唱，便成为跨越世纪的红色经典，也为我们曾亲历过那个电影时代的人们留下美好的思想传承和理想信念。

1974年，八一电影制片厂开始筹拍电影《闪闪的红星》，导演李俊、李昂，副导演师伟。影片中的主角潘冬子的扮演者祝新运，出生于1962年，比我年长一岁。祝新运当时是在校学生，他被副导演师伟初选推荐后，进入摄制组试镜。师伟曾是著名演员，出演过1965年八一厂拍摄的《秘密图纸》中的女特务方丽，1960年八一厂拍摄的《林海雪原》中随部队剿匪的女卫生员白茹等，都给我留下了深刻印象。1980年，她来青岛导演过八一电影制片厂的《飞行交响乐》。朱时茂是影片的男主角，当时的他还很年轻。后来，朱时茂与丛珊于1982年主演了由谢晋导演的《牧马人》一片，引起观众关注。再后来朱时茂主要与陈强（"新中国二十二大电影明星"之一，影片《白毛女》中黄世仁的扮演者）的儿子陈佩斯从事春晚小品演出，才渐渐为观众熟知，成为影视和小品明星。陈佩斯也曾出演过许多喜剧片。他的妹夫是青岛籍的演员张山，青岛广播电视中心明星大厅曾悬挂过他的明星照片。朱时茂也是山东籍演员。拍摄影片《飞行交响乐》时，我正在青岛第二十六中学上高中。放学时，在青岛八大关韶关路与湛山大路交界的小树林里偶遇师伟正在导演《飞行交响乐》，朱时茂在现场听师伟指导说戏。这部影片在青岛拍摄了较长的一段时间，马瑶瑶、郑振瑶、张勇手等都参加了此片的演出。我们家太平角一路7号、13号和青岛交际处四所的15号别墅和17号餐厅前的小观海木亭，都有朱时茂拍摄表演的镜头。

青岛是一个天然的"摄影棚"，曾吸引胡蝶等许多著名影星和全国多家电影制片厂来青岛拍摄电影或暂居下榻、度假、避暑、休闲、疗养。所以我们经常会不经意间遇到许多大明星的现场电影表演,这在青岛是一种得天独厚的电影文化现象。

1975 年,电影《闪闪的红星》摄制完成并上映,正好是我属"兔子"的第一个"本命年"(12 岁),那时我是青岛嘉峪关学校的学生。当年,学校组织看电影,票价是 7 分钱,学生集体排着队步行去位于广西路青岛市邮电局对面的电影院。这家电影院曾随着时代变迁几经更名,青岛市电影发行公司就在其旁边。

记得这场电影观看前,学校要求准备午饭,母亲却很为难,因为那个年代各家的生活都不算宽裕。当时,小学的学杂费 1 元 2 角钱,初中、高中的学杂费 2 元 5 角钱,就这样的学费,也要拖上较长一段时间才能交上。当时,工人的工资大概每月 28 元钱。1 元钱 1 张的人民币,100 张也就是 100 元钱,可以节俭到用来过一个春节和交三个月的生活费,再交上一个小学生、一个初中生、一个高中生的学杂费。当时的物价比现在便宜很多,但是一两是一两,一斤是一斤,货真价实。大家都计划着过生活,医院里也没有现在这么多营养过剩所导致的"富裕病人",照样高高兴兴,快快乐乐地生活。那时物质略显贫乏,精神食粮丰盈。因为想过上理想中的日子,人们都有一种对生活的盼头,期待穿上一件漂亮的新衣,期待一点喜欢的食物,期待春节的来临改善一次生活。而现在有些人缺乏幸福感,不知道自己想干什么,不知道自己真正需要什么,又不知道目标是什么,慢慢地走向了迷失。

1922 年农历十月二十五日母亲诞生,2022 年恰逢母亲百年诞辰。每当想起这场难以忘怀的电影,我就不免难过一番,哀叹母亲持家是多么的不易。当时母亲 53 岁啊,她在青岛市市南区文登路管区的南海路工作,待人温和亲切,非常勤劳能干,深得同事夸赞和钦佩,是一个心里只有大家和集体的人。

我仍记得母亲走到南海路工厂对面的商店,给我买了一包青岛钙奶饼干。当时,一个方块形状的面包是一两粮票 5 分钱,一个盘花面包是一两粮票 7 分钱,而青岛钙奶饼干则是"天价"食品了。为了我能看上学校集体组织的电影,母亲要想多少办法,从生活中节省多少钱,才能买上一包当时"天价"的钙奶饼干啊,对此我永生难忘,终身感恩母亲的大爱。

生下我时母亲已经 41 岁,在当时属高龄产妇。父母待我自然如珍宝,待我自然有别于哥哥姐姐们,这一点我是感知得到的。"天下父母疼老小",在那个鼓励多生孩子的"英雄母亲"时代,这也是一种人性和人之常情。

现在"青岛钙奶饼干"成了我们的日常食品,却再也找不回母亲在 1975 年为我买下一包钙奶饼干的幸福感啦!我知道,那个往日时光再也回不去啦!

1975 年,八一厂摄制的《闪闪的红星》一经公映,便好评如潮。影片中,中国工农红军战略性撤离中央苏区根据地后,还乡团头子胡汉三(刘江饰演)大肆反攻倒算,他的一句"我胡汉三又回来啦!"成为还乡团猖狂反扑的经典台词。

潘冬子的爸爸随大部队转移,坚持武装斗争的红军指挥员吴大叔发展冬子的妈妈为中共党员,冬子的妈妈面对党旗,庄严神圣地宣誓:"**牺牲个人,永不叛党。**"

冬子的妈妈放弃了撤离的机会,积极掩护群众转移,最终被敌人活活烧死。临终前她告诉冬子:"**妈妈是党的人,不能让群众吃亏!**"

冬子的妈妈表现了一个共产党员在危急关头的大义凛然,始终把人民群众放在心头,精神崇高,思想伟大!

妈妈牺牲后,在吴大叔和村里爷爷的教育下,潘冬子和春芽子等不怕艰苦，积极为山区坚持斗争的武装部队运送盐巴等奇缺物品。经过风雨的洗礼和考验，潘冬子在党的培育下逐步成长起来。当满山遍野开满杜鹃花的时候，爸爸和吴大叔带领队伍打回来了。胡汉三等还乡团成员被消灭了，潘冬子背上枪，真正成了一名红军小战士。

《闪闪的红星》的观影，让我们幼小的心灵浸染了共产党员和革命先烈的思想品行，对我们的人生成长产生了不可估量的积极影响。

八一厂李俊、李昂导演的故事片《闪闪的红星》影响甚广，潘冬子的扮演者祝新运和春芽子的扮演者刘继忠等电影小明星也随之成名，他们成功演绎了新中国少年儿童心目中的红军小英雄的光辉形象。

1975 年，在全国青少年学生中广泛开展了"学习潘冬子，做党的好孩子"主题活动。我在学校的活动演出中，多次扮演潘冬子等小红军角色。记得为了参加演出，父母帮我刻制了木头大刀。没有演出用的红军服装，就从班长王宁同学的母亲那里借来海军服装（青岛嘉峪关学校原为北海舰队所属的海军子弟学校，其学生家长多为军队大院中的现役军人）。由于当时的海军服装的颜色与红军时期的军装颜色非常相近，所以就身着海军服装演出。

演出后，母亲带我来到位于青岛市市南区南海路上的照相馆，拍下了一张具有重要人生纪念意义的"小红军潘冬子"形象照片。由此，在我这个当年 12 岁小男孩儿的心中，产生强烈的当兵梦想。6 年后，我如愿以偿，光荣地加入海军北海舰队某特种部队的行列中，实现了我的第一个人生梦想。我感谢电影的化育，感谢父母和学校的激励。

就在 1975 年,我连续获得了两张嘉峪关学校颁发的奖状:一张是在向潘冬子学习活动中被评为"积极分子";一张是被评选为"三好学生"。"三好学生"是那个时代在校学生的最高荣誉。

毛主席、党中央当年所倡导的教育方针是:"我们的教育方针,应使受教育者在德育、智育、体育几方面都得到发展,成为有社会主义觉悟的有文化的劳动者。"

《闪闪的红星》这样的影片,对我的人生观、世界观、价值观产生重要影响,让我受益终生!

2022 年 9 月 7 日早上 6 点 16 分
子实初稿创作于青岛逍遥轩东窗书屋
2022 年 9 月 8 日凌晨 0 点 19 分
子实二稿修改于青岛逍遥轩东窗书屋
2022 年 9 月 7 日是中国二十四节气的白露,《诗经·蒹葭》曰:蒹葭苍苍,白露为霜,所谓伊人,在水一方。——以此思念我葬于青岛八大关太平角一路附近的大海中的亲爱父亲母亲。(2022 年 9 月 7 日凌晨 4 点 26 分,子实于青岛逍遥轩东窗书屋。)

《南征北战》

　　凡是到了我这个年龄的人,提起故事片《南征北战》可以说是几乎没有人说没看过。人们常常说起的"三战电影"即《地道战》《地雷战》《南征北战》,在20世纪六七十年代,那可是放映频率极高,观众百看不厌,是刻画战争故事影片里的经典之作。

　　最初的《南征北战》拍摄于1952年,由上海电影制片厂出品,成荫、汤晓丹执导,陈戈、冯喆、汤化达、张瑞芳、刘沛然、铁牛、仲星火、项堃、白穆、阳华等许多著名演员,在影片中扮演了敌我双方众多形象迥异的角色。影片再现了战争历史场景,在当时调动部队参演的规模也是鲜见的。在后来的许多电视专题采访中,当年这部影片的参加拍摄者印证了过往的历史。曾经参加抗美援朝战争轮换回国的一支部队,直接进入拍摄现场协助拍摄,野战部队、炮兵、后勤运输等多个兵种参演。曾有一个师的兵力成建制协助。其中,如饰演我军连长的刘沛然,就是从部队基层干部直接调来参演的。这些参演者还原了基层干部的形象,使影片的可信性大大增强了,再加上是黑白影片,影调比起彩色的来,就更具战争年代的真实性。

1947年,我华东部队在连续七战七捷后,按照毛主席的军事战略思想,放弃眼前的一城一池,进行有计划的撤退,给敌人造成错觉,继而将敌军分割包围,各个歼灭。骄狂、盲目自信、相互掣肘以及缺乏整体团结性,使武器装备精良的敌军被打得溃不成军,缴械投降。

我在创作这篇文章的时间,是2022年的9月9日,这是一个新中国人民难以忘怀的纪念日。46年前的今天,带领全国人民浴血奋战,建立了中华人民共和国的伟大领袖毛泽东主席,不幸离开了我们。那是多么令全中国人民悲伤的1976年啊!一年之间,周恩来总理、朱德委员长、毛泽东主席相继逝世;唐山在此期间突发强烈地震,生命顷刻间掩埋在一片废墟中,地动山摇,天塌地陷……

2022年9月9日的此时此刻,我这个年近花甲之人,感慨岁月的无情与有情,感慨人类历史和大自然的印迹,从心中更加敬佩为新中国的创立而把祖国和人民的利益挂在心上,前赴后继、英勇奋战、不怕牺牲、勇于担当的英雄前辈与先烈们,他们才是新中国真正的脊梁,担负的是人民的希望。再过一个月的2022 年 10 月 16 日,走过百年历程的中国共产党将召开第二十次全国代表大会。这次大会将使我们的党、我们的国家带领全中国人民开辟一个新的历史时代。就在几天前,我读到一则新闻:2022 年 9 月 9 日,位于北京天安门广场上的毛主席纪念堂,定时向公众开放。毛泽东思想是中国共产党和中国人民宝贵的精神财富。

历史已经证明,毛泽东军事思想指引下,人民军队忠于党,忠于人民,在人民群众的积极参与配合下,打败了国内外各类敌对势力。电影《南征北战》讲述的就是这样的故事。

"你告诉同志们,不要怕跑路,不要怕家里的坛坛罐罐给敌人打烂,也不要去计较一城一池的得失。""当敌人向我们全面进攻的时候,如果我们不暂时地放弃一些地方,大踏步地后退,那我们就不可能有今天大踏步地前进。""现在我们放下面前的敌人不打,那就是为了要彻底的歼灭这些敌人。"《南征北战》中的这些经典台词,正是我军指挥员深刻理解毛泽东军事战略思想,做好部队思想政治工作,统一全军和人民群众思想的有力见证。正是这样的统一思想和认识,才使军民团结,众志成城,攥成一个拳头狠狠打击敌人,取得一场又一场战役的胜利。

电影中我军用事实教育部队,更教育了敌人:**我们部队军人的两条腿,能跑过敌人的汽车轮子。**

《南征北战》中,敌我双方的任何一个角色,参演者都尽善尽美地演绎。所以,经典,是靠大家精心研究、精心设计、精心参演才会完成的电影作品。

《南征北战》的胜利,是毛泽东人民战争思想的伟大胜利。这不禁让我想起毛泽东同志铿锵有力的话语:"**人民,只有人民,**

才是创造世界历史的动力。"

后来，参加拍摄《南征北战》的演员中，张连长的扮演者刘沛然，调往八一电影制片厂，他导演的故事片《林海雪原》，成为一代经典。高营长的扮演者冯喆，是一位观众非常喜爱的演员，曾参演过《桃花扇》《铁道游击队》《羊城暗哨》等许多影片，却不幸英年早逝。村干部玉敏的扮演者张瑞芳被评选为"新中国二十二大电影明星"之一。1978年，张瑞芳随北京电影制片厂来青岛拍摄《大河奔流》，下榻太平角一路11号楼。这栋别墅隶属青岛交际处四所管理，与我家太平角一路13号住所在一个大院子里，与太平角一路7号住所仅有一墙之隔。因此，剧组里的张瑞芳、于是之、张金玲、王铁成、陈强、葛存壮等著名表演艺术家，我经常会遇到。《大河奔流》的导演是谢铁骊、陈怀皑，编剧是李准。1962年，演员仲星火曾与张瑞芳合作影片《李双双》。张瑞芳凭借李双双一角获得第二届大众电影百花奖最佳女演员奖。在《南征北战》中扮演战士"小胖子"的是山东籍演员铁牛，后来他在1962年出品的《球迷》中扮演球迷司机。

《南征北战》中敌军张军长扮演者是著名演员项堃，他在影片中有一段著名台词，败军之将逃跑途中竟然大言不惭地嘲笑我军战士："哼，就算你共军的腿跑得快，总跑不过我的汽车轮子……命令所有炮兵向摩天岭轰击，把摩天岭给我炸平。"结果，我人民军队凭着坚定的意志昼夜兼程，跋山涉水，不惧艰难，抢在敌军前面占领高地，一举歼灭敌军张军长所部。他无论如何也弄不清楚，为什么我军战士们能够赶在敌人的汽车轮子前面。那是因为我军服从指挥、思想统一、团结一致。后来项堃在影片《烈火中永生》依旧扮演反派人物徐鹏飞，与赵丹和于蓝饰演的共产党员形象形成鲜明对照。《南征北战》中白穆饰演敌军参谋长,他在影片中有一句著名台词:"这不是我们无能,而是共军太狡猾",为败将张军长开脱,足以显示角色的狡猾形象。《南征北战》中阳华饰演敌军李军长,他在军事会议上与张军长口舌相战、扯皮推诿,用缓慢的"口吃"语言,表述了一段著名台词:"对,你说的很对。对历史的教训,我们谁也不会忘记。但是知己知彼,方能百战百胜,这是军事上最普通的常识。"尽管是反派角色,但其演绎足见功力。此外,阳华在《林则徐》《家》等多部影片中都有出色的表演。

2022 年 9 月 9 日凌晨 2 点 56 分
子实创作于青岛逍遥轩东窗书屋

《烈火中永生》

　　今天是 2022 年 9 月 9 日,是一个特别值得缅怀和纪念的日子。46 年前的 1976 年 9 月 9 日,我们敬爱的伟大领袖,中国共产党、中华人民共和国、中国人民解放军的缔造者之一,伟大的无产阶级革命家、政治家、军事家毛泽东主席与世长辞的噩耗传来,全国人民沉浸在无比悲痛之中。自我懂事起,不曾见父亲掉过一滴眼泪。这名在 1943 年抗战烽火中秘密加入中国共产党的老党员,在我家太平角一路 7 号"赤松小舍"小花园前,与院子里的邻居们，在收音机播送的哀乐声中，一遍又一遍静默地收听中央人民广播电台《告全党全军全国各族人民书》，泪水难以抑制地夺眶而出。那时的父亲和母亲分别才 56 岁和 54 岁，从当日下午 4 点听到广播后，到北京天门广场举行全国追悼大会时，连续多日都是臂戴黑纱、眉头不展、沉默不语，一夜之间似乎苍老了许多。这是我近 60 年人生中，所亲眼看见、亲身经历的，举国上下全中国各族人民最为沉痛悲伤的时刻。

1981 年 9 月，我人生中第一次坐绿皮火车，从我国西北甘肃的二姐家首次来到首都天安门广场。那年我刚刚 18 岁，在天安门前留影，在毛主席纪念堂前留影。但是当年最大的愿望就是瞻仰伟大领袖毛主席的遗容，却因为种种原因未能实现。

直到 1998 年，我在北京人民大会堂出席并采访全国无偿献血表彰大会后，许多年来盼望瞻仰毛主席的心愿才得以实现。这时离 1981 年 18 岁的我，又过去了整整 17 年。

2022 年毛主席逝世 46 周年纪念日到来之前的 9 月 4 日，毛主席纪念堂正式宣布从 2022 年 9 月 9 日至中秋节期间的三天假期里对外开放的具体时间和安排，这是毛主席逝世 46 年以来，首次以这样的"官宣"方式纪念毛主席。

今天，在深切缅怀和纪念毛主席逝世 46 周年之际，我不禁怀念伟大领袖毛主席，也让我深深地想起，在天安门广场上，天安门城楼与毛主席纪念堂的中间地带是巍然耸立于天地之间的人民英雄纪念碑。这座伟大的丰碑，不仅仅有从青岛崂山运去的精致花岗岩石料，有毛泽东主席亲笔题写的**"人民英雄永垂不朽"**的金色大字，还有浮雕记载着自 1840 年鸦片战争到 1949 年中华人民共和国成立 100 多年来的伟大历史进程。各个历史时期中，中华儿女和民族英雄们浴血奋战，英勇斗争，不怕牺牲，所凝结的光荣岁月和不屈不挠的英雄精神,让我不禁想起了一部经典故事影片《烈火中永生》。

《烈火中永生》是1965年由北京电影制片厂拍摄的一部经典影片,导演水华。著名表演艺术家赵丹、于蓝、张平、项堃等担任剧中的主要角色。他们都有相当出色的表演,为我留下人生60年观影中的深刻记忆。

影片《烈火中永生》根据小说《红岩》改编。要讲述《烈火中永生》这部经典影片,首先就要提及《红岩》这部小说,其作者是罗广斌、杨益言。20世纪70年代,我在青岛嘉峪关学校读书,有一位体育老师叫王建山。他读书甚广,待人随和,每当天气原因影响室外上体育课时,王建山老师必在室内讲《红岩》。他的表达能力极强,讲起故事绘声绘色,令至今花甲之年的我依旧清晰地记着他在讲小说时的情形。他所讲的故事对我们这些成长中的学生影响太深远了,可以说是给予我们满满的正能量。后来,王建山老师调往青岛大学路小学担任校长,他是青岛市的人大代表。自1995年之后,我担任青岛电视台新闻中心《青岛新闻》的时政记者,每年驻"两会"报道时,都能遇到他,我们总是亲切深入的交谈。

我看过电视专栏《记忆》中有关《烈火中永生》这部影片的主角江姐的扮演者于蓝、双枪老太婆的扮演者胡朋、徐鹏飞的扮演者项堃以及项堃先生的女儿对这部影片拍摄的一些记忆。于蓝回忆中说,这部影片拍摄之初她曾兼任影片的副导演工作,但是,随着江姐一角的拍摄,导演要求她全身心地进入角色。于是,她潜心研究江姐,参考阅读了许多关于江竹筠的资料,多次来到关押革命先烈的渣滓洞仔细认真地考察,并写出大量的表演参考笔记。其敬业精神令人肃然起敬。1994年,我曾随青岛电视台新闻中心节目考察组,赴四川成都和重庆考察。在重庆期间,我们参观了红岩村、白公馆、渣滓洞。这些爱国主义教育基地无不震撼我们考察组的全体成员。原址上的展览图片和实物,清晰记录了那个时代中共地下党员为了新中国的建立,是怎样抛弃"精致的利己主义",为共产主义事业和理想不惜牺牲生命而奋斗终身的!

《烈火中永生》中的主演赵丹、于蓝、张平,都位于我国评选的"新中国二十二大电影明星"之列。

著名影星赵丹主演的《马路天使》《乌鸦与麻雀》《李时珍》《林则徐》等影片,都给我们留下了深刻印象。

著名影星于蓝及其丈夫田方、儿子田壮壮,都是电影界的著名演员或导演。于蓝主演的《白衣战士》《革命家庭》都曾获奖。田方在电影《英雄儿女》中扮演的志愿军某部王政委,体现了我军优秀政治工作者的品质和素养,深得观众喜爱。作为于蓝和田方的后代,田壮壮从事过多部影片的编导,还曾与影星张艾嘉一起主演了《相爱相亲》。1982年毕业于北京电影学院导演系的田壮壮,与张艺谋、陈凯歌、黄建新、李少红等,并称为"中国第五代导演"。

著名影星张平出演电影《钢铁战士》《白毛女》《为了六十一个阶级弟兄》《停战以后》《怒潮》《小兵张嘎》《千万不要忘记》《黑三角》等,留下性格鲜明的银幕形象。

影片《烈火中永生》描写的是新中国建立前夕,在我党领导下的重庆地下党组织英勇斗争的故事。影片开场,赵丹饰演的中共地下党员许云峰,来到层层布防、特务林立的嘉陵江畔,乘轮船几经辗转来到此地工作。于蓝饰演的中共地下党员江姐巧妙应对特务的严密盘查,顺利进入我党秘密联络站,与张平饰演的地下党负责人会合并积极开展工作。孙明霞等同志积极开展《挺进报》的印制宣传和秘密散发活动，极大地鼓舞了在白区工作的同志们，也极大地打击了敌人并揭露了其反动本质和暴行。

但是，黎明前的重庆，敌人更加疯狂地迫害进步人士和地下党革命者。

由于叛徒甫志高的出卖，许云峰、江姐、孙明霞等人被捕并关押在渣滓洞监狱中，在这里关押的还有假装疯癫实则秘密传递情报的"疯老头"华子良以及未成年的小萝卜头（影星方舒饰演）等。他们在狱中依然不屈不挠，与著名演员项堃饰演的反派徐鹏飞进行了顽强地斗争，最终许云峰、江姐等为了革命事业献出了宝贵的生命。

影片塑造了正反两方面许多性格鲜明生动的形象，除上述角色外，由著名演员胡朋饰演的华蓥山游击队中的"双枪老太婆"一角也非常出彩，令观众过目不忘。

最近，我观看了《记忆》等介绍电影的电视专栏节目。尽管是早些年拍摄播映，但是，今天我看到当年采访过的老艺术家们亲自讲述当年拍摄《烈火中永生》的记忆，仍然非常感动。

于蓝讲述她的经历时说，本来她是这部影片的副导演，也履行了前期副导演的许多职责，并将在这部影片拍摄后改做电影导演的。但是为了江姐的塑造，她放弃了副导演岗位，全身心饰演了江姐，成功塑造了观众心目中的英雄江姐。

"双枪老太婆"扮演者胡朋在采访中仍然沉浸在当年的角色塑造上。她依旧揣摩怎样更好地表现与江姐相逢时的一场戏，怎样表现对江姐的丈夫不幸牺牲这一消息的隐瞒和对江姐开展工作的积极支持。

项堃讲述他扮演的徐鹏飞与赵丹扮演的许云峰正反两个主

要角色的对手戏切磋过程，他们总是彻夜畅谈。赵丹、项堃就影片台词、朗诵、表演如何有效结合的问题相互交流，反复演练，把徐鹏飞的色厉内荏和许云峰的坚贞不屈在银幕上表达得淋漓尽致。许云峰作为共产党人的伟大理想追求，为人类的解放不惜牺牲个人一切的境界，化育每一位观看者的心灵。

我在《烈火中永生》中，看到了江姐组织狱中战友为迎接新中国诞生绣红旗；看到了面对敌人屠刀的许云峰慷慨陈词，与江姐和战友们昂首走向刑场的悲壮与慷慨。想到了当年白公馆、渣滓洞关押并被迫害的许多革命先烈，我的耳畔再次响起我们从小诵读的《革命烈士诗抄》中的著名诗篇《囚歌》：

为人进出的门紧锁着，
为狗爬出的洞敞开着，
一个声音高叫着：
——爬出来吧，给你自由
我渴望自由，
但我深深地知道——
人的身躯怎能从狗洞子里爬出！
我希望有一天
地下的烈火，
将我连这活棺材一齐烧掉，
我应该在烈火与热血中得到永生！

这就是我们童年时读过的诗篇，这就是我们童年时看过的电影，这就是我们童年时受到的教育，这就是我们童年时经历的人格化育和熏陶——三观就在那时形成。电影成为我们业余生活的最爱，尽管需要带上小板凳，尽管可能来不及吃上一口饭，尽管是在露天的操场;木杆支起的银幕是黑白的也好,彩色的也好,标准银幕的也好,遮幅银幕和宽银幕的也好,电影所带给我们的是新鲜的血液和振奋的精神,这是花多少钱也买不来的生命里的永恒记忆和人生中美好的往日时光。

　　　　　　　　2022 年 9 月 10 日(中秋节)凌晨 2 点 06 分
　　　　　　　　子实初稿创作于青岛逍遥轩东窗书屋
　　　　　　　　2022 年 9 月 11 日深夜 11 点 56 分
　　　　　　　　子实二稿修改于青岛逍遥轩东窗书屋
　　(今天,也是我敬爱的鞠侃彬兄长诞辰 71 周年纪念日,又逢中秋节和教师节双节同庆,借此文章对青岛电视台新闻中心开创者鞠侃彬兄长,青岛第二十六中学 81 届毕业生文科三班班主任、青岛大学中文系王秋教授,山东师范大学青岛夜大学分校创办者尹铁铮校长,我亲爱的父母双亲,还有我为之敬仰的、人生中给予我温暖和无私帮助的前辈与贵人们,一并予以深深地怀念。纪念他们! 银河璀璨,皓月当空,明星闪耀,夜色深邃,光撒宇宙,天地可鉴。)

《渡江侦察记》

　　电影《渡江侦察记》由上海电影制片厂分别于1954年和1974年拍摄黑白版和彩色版两个版本。我最先看到的是1974年的彩色版本，从内容到演员、台词、音乐等都给我留下了极其深刻的印象。若干年以后，我又看到了孙道临、陈述等主演的黑白版《渡江侦察记》。这两部拍摄于不同年代但内容表达一致的同名影片，在此不做更多的比较了，我只是想谈谈最早看到的1974年的彩色版本情况。

1974 年，上海电影制片厂将 1954 年拍摄播出的黑白版《渡江侦察记》翻拍成彩色故事片。执笔是季冠武、高型、孟森辉，导演是汤化达、汤晓丹，军事顾问是曹兴德，摄影是马林发、许琦，美工是丁辰。演员中，连长李春林的扮演者是王惠，吴老贵的扮演者是吴喜千，军参谋长的扮演者是温锡莹，刘队长（女游击队长）的扮演者是张金玲，敌情报处长的扮演者是陈述。影片承中国人民解放军南京部队协助拍摄。

　　首先，我要说说这部影片的音乐所带给我的感受。一部电影作品，是许多种艺术形式和门类综合汇聚而成的，也许会因为电影插曲、电影音乐、电影演员、电影台词、电影拍摄镜头的光线和角度等各种因素让观众记住这部影片。

　　电影《渡江侦察记》的两个版本，作曲都是葛炎。影片所采取的也是同一种主题音乐。1974 年彩色版本的音乐由上影乐团演奏，指挥是陈传熙。在中国电影音乐指挥家中，"南陈北尹"还是非常有名的。只是观众们多去关注演员、导演，而很少记住音乐指挥这一影片制作中重要岗位上的人物。在这里"南陈北尹"指的就是上海电影制片厂的音乐指挥家陈传熙和长春电影制片厂的音乐指挥家尹升山。陈传熙是广西人，他指挥的代表作品有《聂耳》《宝葫芦的秘密》《红日》等；尹升山是山东人，他指挥的代表作品有《白毛女》《刘三姐》《冰山上的来客》等。这两位指挥家，一生中各指挥了数百部影片音乐，而且，还为译制片中部分中断的音乐进行过续补，可谓成就煌煌的电影音乐指挥大家。当然，电影音乐指挥家在我国还有许多，比如李德伦指挥等。著名指挥家李德伦 1995 年曾来青岛湛山二路 1 号别墅居住过。当时我在青岛电视台新闻中心《青岛新闻》当记者，与媒体同行们一起在其下榻的别墅中采访过老先生。在我眼中，郑小瑛、李德伦、陈传熙、尹升山这样的指挥家，都相当有涵养和艺术家气质，他们指挥的作品独特而有气势。《渡江侦察记》中陈传熙指挥的主题音乐，

可以说是正义之音、气贯长虹,令我难忘!

再来说说影片《渡江侦察记》的历史背景。在辽沈战役、平津战役、淮海战役取得全面胜利之后,1949 年元旦毛泽东主席发出号令:"将革命进行到底!"

1949 年春天,人民解放军在人民群众的积极支援下,在东起江阴西至九江长达一千余华里①的战线上,我军民齐心协力积极备战,发出誓言:"打过长江去,解放全中国!"

敌军凭借长江天堑和海陆空装备优势企图负隅顽抗。陈述饰演的敌情报处长,向视察防务的长官吹嘘,他天上有飞机,江面有舰艇,岸边有大炮。据他们侦察,对岸的我们却不过只有几艘经不起一发炮弹的木帆船,不可能突破长江天险。

敌军号称长江防守固若金汤。他们扒民房,祸害江南百姓,导致民仇民恨极大,更加激发了人民解放军解放全中国的决心。

我军某部队派出了连长李春林率领的侦察兵,机智勇敢地进入敌阵地,摸清他们的新炮兵布防图,在游击队的配合下,游过长江,在大部队总攻开始前,将情报送回总部,为摧毁敌军目标指明了方向。

历史上明确记载:1949 年 4 月 21 日,毛泽东主席和朱德总司令发出《向全国进军的命令》,号令全军坚决、彻底、干净、全部地歼灭中国境内一切敢于抵抗的国民党反动派,解放全中国。

> 钟山风雨起苍黄,
> 百万雄师过大江。
> 虎踞龙盘今胜昔,
> 天翻地覆慨而慷。
> 宜将剩勇追穷寇,
> 不可沽名学霸王。

---

① 注:1 华里 = 500 米

天若有情天亦老，
人间正道是沧桑。

这首毛泽东主席于 1949 年 4 月创作的《七律·人民解放军占领南京》，就是伟大的渡江战役胜利的历史记忆。

1949 年 4 月 21 日至 4 月 23 日，中国人民解放军在党中央、毛主席和朱总司令的英明指挥下，在人民群众的鼎力相助下，靠着打造的木船和借用的民船连续作战，不怕牺牲，终于占领南京的总统府，蒋家王朝就此进一步瓦解。

2003 年，我第一次由上海经苏州抵达南京中山陵。2008 年，我第二次抵达南京，参观了总统府和玄武湖，不胜感慨历史的沧桑岁月。特别是我和所在部队首长王业让兄长及其夫人，站在我国自行设计建设的南京长江大桥上极目四望，江南江北尽收眼底，从内心赞叹伟大祖国的成就，真是"一桥飞架南北，天堑变通途"！再去看一看南京市郊一处特别的"度假村"内关押腐败贪官之地，真为他们败坏革命先烈奋斗牺牲打下江山的行为而痛恨和痛惜！今天的中国，是无数先烈为了人民的利益而英勇牺牲换来的，难道不应当珍惜这来之不易的一切吗？

《渡江侦察记》在我的眼中，不仅仅是艺术化了的电影，更是一部宏大壮观的史书，记载着新中国来之不易的一切啊！这部电影我看过无数遍，每次看都有新的认识、新的收获。

这部影片和另一部影片《侦察兵》，带给我的人生梦想是去当一名真正的侦察兵。结果，就在看过这两部影片 7 年之后的 1981 年，我的梦想终于实现了！

2022 年 9 月 13 日凌晨 0 点 33 分
子实创作于青岛逍遥轩东窗书屋

《侦察兵》

　　1981 年 10 月，我如愿获准加入中国人民解放军的行列。11 月 3 日我从青岛港乘船，于 11 月 5 日入夜抵达大连港，旋即登车赴海军北海舰队的某军事基地，实现了人生中向往已久的军旅梦想。随着新兵连集训结束，1982 年的春节前夕，我终于实现了当一名特种部队侦察兵的愿望。

　　这样的人生梦想在 18 岁的年龄得以实现，离不开电影的化育和启迪，特别是《奇袭》《闪闪的红星》《小兵张嘎》《渡江侦察记》《侦察兵》等影片中各个时期的军人形象。侦察员智勇双全的形象，让我觉得当一名侦察员特别棒！尤其是"新中国二十二大明星"之一的王心刚扮演《侦察兵》中的侦察参谋郭锐，其形象太美、太鼓舞斗志啦！我看《侦察兵》后，比较了王心刚在故事片《红色娘子军》中扮演的党代表洪常青，发现《侦察兵》中的他更加英俊潇洒，也许是身着65式军装（绿色的军装），佩戴红色的帽徽和领章，衬托出威武干练的形象。所以，我一直想当一名如王心刚扮演的角色般的侦察兵。

18岁入伍之前，应当是我人生中看电影时间最集中、数量和影片种类最多的岁月。那时，我居住在青岛太平角一路7号的"赤松小舍"，周边几乎每天都有可以看电影的地方，下文我将一一列举。

与我家一墙之隔的青岛湛山一路2号别墅楼，隶属青岛交际处第四招待所，是被我们称作"俱乐部"的地方。原先宋氏家族的女主人倪桂珍曾在此居住并病逝。这里经常招待小范围的会议人员，有时会在院子里放映电影。

太平角一路2号的山东省青岛疗养院所属门诊部，有一处穹隆式架构的大范围康复体疗区域，是一个铺着地板的礼堂。这里会经常放电影，小孩子们就坐在打了地板蜡并散发着地板蜡特殊气味的地板上看电影。那种味道，我至今还记得。这个门诊部离家仅仅2分钟的路程，我顺着太平角一路的大坡走，一溜烟就到了。这里不仅仅可以看电影，而且可以看病、打针、取药甚至洗澡。现在用于康复的游泳馆已经租给社会人员经营多年，门诊部也变成了体检中心，看电影的体疗室改成了阶梯式的会议厅，医疗康复区被挤在了锅炉房的后面，当年院里的葡萄架和果树早就被砍伐，曾经种地瓜、芋头、花生的土地已被开发。

正阳关路上的山东省青岛疗养院院部对面有一处俱乐部，当年与父亲交游甚好的俱乐部主任杨经典叔叔就在此创作绘画。放电影的俱乐部职工小纪叔叔跟我们都非常熟识，会经常告诉我们来俱乐部看电影的。

位于佛涛路的二区大院，即北海舰队门诊部所在地的空场上经常放电影，这里是需要带上小板凳观看的。那时的二区，我们叫"海政校"，在临近湛山大路，与太平角一路 1 号别墅相对的地方，有一处"海政校大礼堂"。有时，我们偶尔也会在佛涛路门诊部大院对面的北海舰队司令部大院里看一场电影，这里的警卫比较严，而二区门诊部操场是开放式的。

现在的青岛天泰体育场，原为青岛第一体育场，是沈鸿烈担任青岛市的市长时修建的，在体育场也会放映露天电影。

位于青岛汇泉路上的东海饭店，隶属海军北海舰队招待所，入场观影需要门票。

青岛湛山二路与太平角二路交界处的青岛铁路疗养院，太平角一路与湛山五路交界处的部队炮营的操场，海军青岛疗养院(二疗)，原济南军区陆军疗养院(一疗)，空军青岛疗养院，三机部青岛疗养院，全国总工会青岛疗养院，原山东路上的海军青岛潜艇学院等所有的礼堂，包括太平路上的"人民会堂"，上海路上的"工人文化宫"，还有青岛市市南区、市北区所属地域的歌各个电影院，位于中山路与太平路交会处的"兰山路政协礼堂"(现为音乐小剧场)都是可以看电影的场所。此外，位于青岛市北区大窑沟、堂邑路附近的青岛馆陶路海军俱乐部，是一处较为神秘的地方，为海军北海舰队军人俱乐部所在地。

也就是说，20 世纪六七十年代直到我参军入伍前，看电影的机会和场所是比较多的，电影可以说是伴随了我的童年、少年、青年的成长时期,电影对我的"三观形成"意义非同小可。

观影期间的故事也很多。比如,一次在我很小的时候,大姐姐带我去海政校操场看露天电影。电影散场了,天气很冷,人却很多。起初大姐姐把我的小手揣在她的棉袄袖子里,结果人多一拥挤,我们被人群冲散了。大姐姐一时心急,找到我时,尽管天寒却冒出了一身的冷汗!比如,一经得到人民会堂的电影票,往往时间会很紧张,即便来不及吃饭,也要骑上自行车,从家中赶往人民会堂享受一场精神食粮丰富的"营养大餐"。即使肚子空空,也会感到心满意足,那种观影后的幸福感,简直是妙不可言。

因而,1981 年到部队后,每个月的津贴是 7 元钱。除了留下洗澡和日常用品采购的零用钱,大部分钱会被我攒起来,用于北京语言文学自修大学的学费;用于买书,特别是《电影世界》之类的电影杂志。我至今仍然收藏着这些涉及电影的杂志,40多年过去了,它们仿佛已经成为我生命的一部分了!

《侦察兵》是由北京电影制片厂于 1974 年拍摄的故事片。该片讲述了 1948 年我军一支侦察小分队,在侦察参谋郭锐的带领下,化装进入敌占区,侦察敌军某炮兵部队的布防情况,侦察小分队在当地群众和民兵武装力量的积极配合下,圆满完成敌情侦察任务,为大部队聚歼敌军提供了可靠情报。

影片导演是李文华,影片中汇聚了王心刚、于洋、于蓝、杨雅琴、于绍康、安振江等著名影星。其中,王心刚、于洋、于蓝都位于"新中国二十二大电影明星"之列。杨雅琴分别在《地雷战》《苦菜花》中饰演田嫂和娟子,是那个年代的当红影星。于绍康曾在多部影片中出演角色,令我印象极深的是他在《小兵张嘎》中扮演的区队长、在《海霞》中扮演的反派人物刘阿太、在《侦察兵》中饰演的还乡团团长。

　　王心刚扮演的我军侦察参谋郭锐英勇机智、胆识超强,与安振江饰演的反派人物、敌搜索队队长王德彪,形成鲜明的人格对比,一正一邪的两个人物,将影片的故事一次又一次推向惊心动魄的斗争情景之中。生性狡诈的王德彪,很好地反衬了侦察参谋郭锐的机智勇敢,令人过目不忘。可惜的是,著名反派演员安振江 49 岁去世,令影迷们扼腕叹息。安振江善于运用面部僵硬又抽动的表情,把坏人的心理反馈得恰到好处,形成自己独特的"反派角色的理解与表达"。

　　导演李文华是我国著名电影艺术家,他先是任北影厂摄影,而后成为导演。他导演的电影作品《侦察兵》《决裂》《泪痕》都给观众留下了极其深刻的印象,成为过往岁月的电影标识。

　　　　　　　　　　　　2022 年 9 月 14 日凌晨 0 点 50 分
　　　　　　　　　　　　子实创作于青岛逍遥轩东窗书屋

《三毛流浪记》

  《三毛流浪记》是我从小就特别喜欢看的一本连环画，那时，我们叫"小人书"或"小画书"，创作者是张乐平先生。他是浙江人，中国当代漫画家。他创作的"三毛"形象，虽然贫穷，却很乐观地活在这个世界上。高高的额头上，三根头发鲜明地立在上面，表现了"三毛"面对人生遭际倔强不屈的性格特征。他教会了我们面对人生困境时依旧保持勇敢、乐观和善良的人格品质。

　　看到电影《三毛流浪记》时,是迟于"小画书"版《三毛流浪记》若干年以后的事情了。在这个过程中,还有一个叫"三毛"的作家出现过。她也是浙江人,中国现代作家,本名叫陈懋平,后来改名叫陈平。她曾经出版过《撒哈拉的故事》等文学作品,并与我国著名歌曲《半个月亮爬上来》《达坂城的姑娘》《阿拉木汗》《青春舞曲》《掀起你的盖头来》《在那遥远的地方》等的创作者王洛宾先生,有过重要人生交际。1991 年,著名女作家三毛去世,年仅 48 岁。

　　今天,在这里主要是想说说《三毛流浪记》这部影片。拍摄这部经典影片的时间是 1949 年,导演是赵明、严恭,由昆仑影业有限公司摄制,原作是张乐平,编剧是阳翰笙,"三毛"的扮演者是王龙基。

　　《三毛流浪记》的音乐创作者王云阶先生是我国著名作曲家,山东人,曾在 8 岁时随家人迁居青岛。与我国著名导演、"新中国二十二大电影明星"之一、电影《红旗谱》中朱老忠的扮演者崔嵬先生,都曾先后居住在青岛同一条街(福建路)上。崔嵬也是山东人。

　　青岛戏剧研究者吕铭康老师,曾在 2022 年"青岛故事"平台上,发表过一篇有关青岛福建路上曾经居住过的有关王云阶先生和崔嵬先生两家文化名人的逸闻趣事。

　　电影《三毛流浪记》中主要角色"三毛"的扮演者王龙基,正是作曲家王云阶先生的儿子。

　　这可真是"人生何处不相逢"啊!青岛这座建置于 1891 年、至今仅有 131 年历史的城市,竟蕴藏着这么多与电影相关的影人趣事。不得不令感慨,人生就像电影银幕和戏剧舞台上的故事一样,眨眼之间,就成了故事中的"主角",喜怒哀乐就是一生，一呼一吸就是一生，人的生命太过金贵，是因为"故事还没有来得及看"就一切都已结束了！如此而已，循环往复。

有关《三毛流浪记》经典影片，有关"三毛"的扮演者王龙基和父亲王云阶，以及同在青岛福建路的崔嵬先生，在此就不再赘述了。有关他们的人生，他们的故事，在"网络智能时代"的今天，俯拾皆是。当然，有关作家三毛、音乐家王洛宾、还有《三毛流浪记》的创作者张乐平先生的故事，也属同样。

每一个人，无论从事何种职业，无论年龄大小，家庭背景如何，样貌俊丑，都有与众不同的故事，这些故事，当属每一个人"自己眼中的世界"，与电影故事"大同小异"！

2022 年 9 月 20 日凌晨 1 点 07 分
子实创作于青岛逍遥轩东窗书屋

《董存瑞》

别梦依稀咒逝川，
故园三十二年前。
红旗卷起农奴戟，
黑手高悬霸主鞭。
为有牺牲多壮志，
敢教日月换新天。
喜看稻菽千重浪，
遍地英雄下夕烟。

　　这是 1959 年 6 月，毛泽东主席写下的著名诗篇《七律·到韶山》。今天中午，当我再次品读后，倍感亲切。"为有牺牲多壮志，敢教日月换新天"一句，从我 3 岁起，在父母熏陶下就已经是耳熟能详了。那是一个崇尚英雄的时代，白求恩、张思德、刘胡兰、董存瑞、杨根思、邱少云、黄继光、雷锋、焦裕禄、王杰——一切为了人民的利益。无数英勇牺牲的先烈们，以他们毫无利己的动机，在平凡的人生中，表现出不平凡的举动，其英雄形象感天地、泣鬼神。为我们这些在新中国成长起来的少年儿童所崇敬、所热爱、所感动、所学习，也为我们树立了"人生三观"的光辉榜样。

　　1955 年，由长春电影制片厂摄制的影片《董存瑞》，讲述了英雄董存瑞的人生成长经历。1945 年 5 月，在董存瑞的家乡，董存瑞与同乡伙伴郅振标一起想尽一切办法，参加了八路军部队，他和战友郅振标在战争中不断锻炼成长。1948 年 5 月，在解放隆化的战役中，已加入中国共产党并成为爆破队长的董存瑞，为阻止敌人在大桥暗堡中的火力，为大部队开辟前进的道路，在没有炸药包支撑点且敌人火力密布的大桥下，用身体托举起炸药包，向战友们高呼："为了新中国，前进！"他英勇地献出了自己年轻而宝贵的生命。

　　电影《董存瑞》的导演是郭维。影片音乐作曲是雷振邦，指挥是尹升山。影片的主要演员有董存瑞的扮演者张良，郅振标的扮演者杨启天，赵连长的扮演者张莹。

　　著名演员、导演张良，是我们这一代观众十分熟悉和喜爱的表演艺术家之一。他曾参加过解放战争和抗美援朝战争，先后在华北军区文工团、沈阳军区抗敌话剧团和八一电影制片厂任职，参演过《董存瑞》《哥俩好》《打击侵略者》等经典影片，给观众留下深刻印象。他的人生曲折，在经历了多次人生变故，调往珠江电影制片厂后,导演了《少年犯》等对青少年成长教育意义颇深的一系列经典影片,深受社会广泛好评和重视。

著名演员杨启天,也是一位观众十分喜爱的演员,他曾在《董存瑞》中扮演董存瑞的战友郅振标,在电影《烈火中永生》《花好月圆》中也有出色的表演。后来,杨启天也改做导演工作。

著名演员张莹,在《董存瑞》一片中扮演赵连长。他曾在《小兵张嘎》中扮演侦察员罗金宝,非常生动形象;在《平原游击队》中扮演司令员,给郭振清扮演的"双枪李向阳"部署战斗任务,非常真实且有气派。张莹是一位硬派小生,表演风格刚毅,性格朴实,内在感情丰富。

"喜看稻菽千重浪,遍地英雄下夕烟。"今天,重读毛泽东主席的诗篇,回首无数次观看的经典影片《董存瑞》,我的耳畔仿佛时时在回响着"画外音":历史是一代又一代人们的接续前行,并非虚无,而是过去、现在、未来的"接力",我们今天的一切,正是无数像董存瑞那样不惜牺牲自己生命的英雄们抛头颅洒热血换来的。这样的新中国,来之不易,这样的新时代,应倍加珍惜。从小我们阅读的课本、课外"小画书""小喇叭"里的故事和银幕上的影片,无不彰显着社会主义核心价值观,无不彰显着爱国主义、英雄主义、集体主义、共产主义者的奋斗足迹和伟大理想的实现。

2022 年 9 月 21 日凌晨 0 点 36 分
子实创作于青岛逍遥轩东窗书屋

《难忘的战斗》

　　中国革命在取得抗日战争全面胜利后,中国人民解放军在中国共产党的领导下,在毛泽东思想引领和军事战略指挥部署下,于1949年4月,在长达一千余华里的战线上"横扫千军如卷席",取得渡江战役的胜利,摧毁了不可一世的蒋家王朝。故事片《难忘的战斗》所讲述的故事,就是中国人民解放在取得渡江战役胜利后,面对敌人对城市的破坏,面对匪特对粮食的烧毁或垄断,在解放军粮食工作队田文中队长的带领下,围绕着粮食

等一系列困难,与各路敌特人员开展了艰苦卓绝的斗争。

这部影片由上海电影制片厂拍摄于 1975 年,上映于 1976年。字幕显示:《难忘的战斗》,根据同名小说集体改编。执笔:孙景瑞、严励。导演:汤晓丹、天然、于本正。上海电影乐团,指挥:姚笛。影片中达式常扮演田文中,周国宾扮演赵冬生,马昌钰扮演李光明;反派人物陈福堂的扮演者是白穆,刘志仁的扮演者是焦晃,朱善斋的扮演者是顾也鲁,汪明德的扮演者是陈述,武大癞子的扮演者是程之。本片承中国人民解放军南京部队、武汉部队协助拍摄。编剧执笔之一的孙景瑞,曾创作小说《粮食采购队》,应是《难忘的战斗》这部电影改编创作的依据。

1976 年,在观看《难忘的战斗》这部影片时,我被演员达式常英武帅气的外表所吸引。他身着军装的形象,给人以正气的力量,硬朗果断,机智勇敢。他曾先后在《他们在相爱》《燕归来》等多部影片中担任主角,又给人文质彬彬的知识青年形象。他和潘虹主演的《人到中年》,塑造了傅家杰和陆文婷的形象,感人至深,令人难忘。影片放映后,受到社会广泛关注和赞誉,斩获许多大奖。此影片导演为王启民、孙羽。

就在不久前,我听过达式常朗读的一段散文视频《散步》,感情真挚,感人肺腑。在《人到中年》电影里,也有一段他的画外音诗歌朗读《我愿是激流》:

我愿意是激流,只要我的爱人,是一条小鱼,在我的浪花里,快乐的游来游去;我愿意是荒林,只要我的爱人,是一只小鸟,在我稠密的树林里,做窝鸣叫;我愿意是废墟,只要我的爱人,是青春的常春藤,沿着我荒凉的额,亲密地攀援上升……

当他朗诵给治疗好他眼疾的眼科大夫,也就是他后来的妻子陆文婷听时,陆文婷感动了。

她问:"这是谁的诗？"

他回答:"匈牙利诗人裴多菲的。"

陆文婷显然是被朗读的诗迷住了,她说:"真怪,研究金属力学的,还有时间读诗？"

他回答:"搞科学也需要幻想啊！"

他问陆文婷:"你喜欢诗吗？"

陆文婷回答:"我？我不懂诗,做手术不能幻想,一针一线都很严格。"

他说:"不,你的工作能使千万人重见光明,它就是一首最美的诗。"

冬天的北京北海白塔岸畔,他为陆文婷抱握双手,呵气取暖。陆文婷一双漂亮的大眼睛望着眼前的爱人,内心被深深地打动着,深情地唤着他的名字……这就是那个时代的爱情,这才是那个年代爱情的样子,温馨而甜蜜,充满着真挚与浪漫！尽管电影使生活艺术化了,但那个时代的爱情就是如此。人们是真爱,也真的享受着爱与被爱。利益互换式的所谓恋爱,在那个时代,被人们嗤之以鼻,不屑一顾。尽管物质清贫,但精神追求却是那么的丰盈、清新和美好！

继续回到达式常主演的经典影片《难忘的战斗》。与达式常正面形象对立的几个反派,应该说是个个栩栩如生。比如陈福堂的扮演者白穆,他曾在经典影片《南征北战》中,与项堃搭戏,出演敌军参谋长,表现得极有个性,把敌军参谋长的狡猾多疑、胆小懦弱、推诿扯皮的形象表现得淋漓尽致。由此而想到,一群不能顾全大局的散兵游勇,即使配备再多再好的美式装备,也逃脱不了覆灭的命运。白穆的表演可谓入木三分,惟妙惟肖。

《难忘的战斗》中，反派饰演者焦晃、陈述、顾也鲁、程之的表演个个出彩，把反动派的本质特征与我军的正面形象形成鲜明对照，愈加凸显人民军队为人民打天下以及"**人心向背，决定了战争胜负**"的主题。

2022 年 9 月 22 日深夜 11 点 23 分

子实创作于青岛逍遥轩东窗书屋

《英雄儿女》

雄赳赳，
气昂昂，
跨过鸭绿江。
保和平，
卫祖国，
就是保家乡。
中国好儿女，

齐心团结紧，

抗美援朝，

打败美帝野心狼。

　　这是一首 20 世纪 50 年代响彻中国和朝鲜大地，鼓舞斗志、激昂高亢的《中国人民志愿军战歌》，直到今天，跨越了几十年，魅力依旧。当中国空军，一批又一批地接运回到祖国怀抱的志愿军烈士遗骨时，当年唱着这首《中国人民志愿军战歌》大踏步走向抗美援朝战争中的英雄战士们的身影，在电影银幕中依然闪耀着史诗般的光辉，令我们肃然起敬，久久难以忘怀！

　　1950 年，朝鲜半岛爆发战争，以美国为首的所谓"联合国军"与韩军会合后，大肆武力轰炸鸭绿江边的中朝大桥，新中国面临建设中的和平环境危机。

　　在毛泽东主席的果断决策和指挥下，从南昌起义、秋收起义等战后汇聚井冈山的人民武装，历经万里长征、抗日战争、解放战争而锤炼成长起来的中国人民解放军，再一次在全国人民的积极配合与支援下，于 1950 年 10 月开赴朝鲜战场，与朝鲜军民齐心协力并肩作战，誓死捍卫中朝两国友谊与和平，誓死保家卫国，再一次谱写出优秀的中华儿女们气吞山河、名垂千古的英雄赞歌。

　　2006 年，我与滕琦、顾岩以及我曾经的部队首长一起来到辽宁丹东的鸭绿江边，亲眼见证并拍摄下朝鲜战争时被炸毁的鸭绿江大桥（作为历史遗迹保留至今的"钢梁断桥"遗址）。鸭绿江大桥的一段被飞机轰炸后扭曲变形的桥墩和桥梁，似乎在诉说当年美国的侵略行径是何等的野蛮，战争场景是何等的惨烈。

　　丹东市区的对岸，就是朝鲜的新义州。共同流经两国的鸭绿江上有游艇穿梭。我们曾登上游艇观光两岸风景,朝鲜军民的身影近在咫尺,游艇上的观光客人不时与对岸的人们挥手致意。丹东市区有一些来自朝鲜的漂亮姑娘们,在一些具有朝鲜风格的餐厅做服务工作。曾经朝鲜的特色餐厅还开到了青岛市南区云霄路的餐饮一条街上,朝鲜姑娘们身着美丽的朝鲜民族服饰,态度友好而亲切。进入朝鲜的餐厅就餐,仿佛有一种已经置身于朝鲜电影环境中的切身感受。

在丹东的鸭绿江断桥遗址旁,是当时正在开通使用中的新的中朝两国跨江大桥,有供游客观光的地段,也有海关和武警部队守卫的禁区。

入夜,漫步在丹东的鸭绿江畔,对岸的新义州见不到灯火,只是偶尔传来几声运输物资的船只突突突的声响,更加凸显了和平世界的祥和宁静。陪同的首长告诉我们,朝鲜的一些游客专门会在周末来丹东旅游观光,小酌怡情,时有在 KTV 舞蹈歌唱,在特色餐饮的选择中以牛肉为主。

在我很小的时候,就一直在看朝鲜电影,对朝鲜人民的印象极好极深,总想有机会到朝鲜一游,亲眼目睹"我眼中的朝鲜"。2007 年,我在丹东的战友给安排好了前往朝鲜的行程,但因照顾老人,我把名额让给了电视台的同事。再后来,我邀约过退休多年赋闲家中写书创作的青岛市广电局老领导,他满口答应,告诉我说他对朝鲜也是向往已久。但是,很可惜的是,正当我操办我们赴朝参访一事的过程中,再次因老人的照料等多种原因未能成行,抱憾至今。

在丹东市郊有一处名曰虎山的风景区,有城墙可登高俯瞰对岸的朝鲜风景。虎山下,有一处著名景点,名曰"一步跨"。这"一步跨"并非夸张的命名,它是鸭绿江中上游的一个小支流,流经中、朝两国边境,支流水面浅且平缓,可以乘坐小船划行观光,但不可以用长焦距镜头拍摄对岸人员景物,警备极其严格。两岸相距最近之处,踏着几块礁石或蹚过浅浅的水面,即可到达朝鲜,所以"一步跨"并非虚构。1950 年中国人民志愿军入朝作战时,一部分从鸭绿江大桥进入,而大多数参战部队都是沿着"一步跨"进入朝鲜秘密潜伏的。1950 年 6 月 25 日,朝鲜战争爆发。1950 年 10 月 25 日,中国人民志愿军应朝鲜的请求赴朝,就开始了对"联合国军"的第一次战役。对方竟然认为中国人民志愿军"不可能这么快的"参战,毫无准备地进入了仓促应战状态,这与"一步跨"入朝志愿军的秘密行动密切相关。"凡事,事密则成"就是这个道理。抗美援朝战争从 1950 年 10 月中国人民志愿军入朝参战,到 1953 年 7 月 27 日在位于"三八线"的板门店多次谈判后签订《朝鲜停战协定》结束。至今已经横跨 70 多年,"一步跨"早已成为著名景点,供游人参访。中国人民志愿军在停战协议签订后分批次陆续回国,直到 1957 年 10 月下旬参战部队全部回到国内。

中国人民志愿军全体将士,坚决听从党中央、毛泽东主席的指挥部署,勇猛顽强地在异国他乡同美帝国主义及其侵略者作斗争,同恶劣的气候和同艰苦的生存环境作斗争。在有限的武器装备条件下,发扬我军敢于吃苦、能打硬仗的精神,与敌人展开了严酷的较量,与朝鲜人民军一道打出了军威国威,赢得了战争的最后胜利。

抗美援朝战争,也极大地鼓舞了全国人民和刚刚诞生的人民政权。《英雄儿女》这部经典影片,就是根据著名作家巴金的小说《团圆》改编的。

《英雄儿女》是由长春电影制片于 1964 年拍摄的,那时我才 1 岁。但是，这部经典影片我从小看过无数遍，也是我非常喜欢的影片之一。特别是刘世龙扮演的英雄王成，太震撼人心啦！每看一次，我都会被他的形象所感染、所感动！

"为了胜利，向我开炮！"

"亲爱的首长、同志们、王政委，胜利永远属于我们！"

当 3 号目标和 4 号目标仅剩下王成一个人把守且武器弹药用尽的时候，他手握步话机，高声呼喊"再近一点，向我这儿打，别顾我。打得好！"王成把自己当成了靶向，指引我军炮火射向即将被攻破的敌群。他大声喊出："为了胜利，向我开炮！"他完全抛开了个人的生死，只为了完成一个战士的守土职责。

关键时刻，王成手握爆破筒，跳上阵地的最高处，拉掉引信，与扑上来的美国鬼子同归于尽。多么勇敢的战士啊，他用自己英勇献身的壮举，赢得了后援部队的战位补充，阵地被牢牢地守住了！这就是中国军人的英勇无畏与责任担当，他以自身的行动，回答了一个战士对党和人民是怎样的忠诚，对祖国和朝鲜是怎样的爱！

《英雄儿女》这部影片，可以说伴随了我的一生。

烽烟滚滚唱英雄，
四面青山侧耳听，侧耳听。
晴天响雷敲金鼓，
大海扬波作和声。
人民战士驱虎豹，
舍生忘死保和平。
为什么战旗美如画？
英雄的鲜血染红了它！

为什么大地春常在？

英雄的生命开鲜花！

英雄猛跳出战壕，

一道电光裂长空，裂长空。

地陷进去独身挡，

天塌下来只手擎。

两脚熊熊趟烈火，

浑身闪闪披彩虹。

为什么战旗美如画？

英雄的鲜血染红了它！

为什么大地春常在？

英雄的生命开鲜花！

…………

　　这就是英雄王成的妹妹王芳为牺牲的哥哥写就的赞歌。这对并非亲兄妹，却比亲兄妹还要亲的一对兄妹，是在祖国的工人家庭中成长起来的一双优秀儿女，他们在祖国的召唤中，双双入朝参战。妹妹王芳在文工团，哥哥王成在部队前线。王芳的养父王复标是王成的亲生父亲，而王芳的亲生父亲则是王成所在部队的王文清政委。王文清早年参加地下党工作时，名曰王东，被捕后女儿王芳被工人王复标收养，直至成人后，与哥哥王成一起参军入朝。王复标作为祖国赴朝慰问团的代表，与失散多年的王东（王文清政委）在朝鲜意外相遇。一对英雄儿女，一对老工人、老革命，他们在各自的岗位上尽职尽责，为祖国为人民为朝鲜的和平默默奉献着一切，甚至是生命的代价，没有丝毫的自私自利之心，这是多么崇高而伟大的精神啊！这才是革命的家庭,这才是时代的英雄!

《英雄儿女》电影的编剧:毛烽、武兆堤。导演:武兆堤。插曲《英雄赞歌》作词:公木,作曲:刘炽。摄影:舒笑言。指挥:胡德风、尹升山。影片中,王文清的扮演者是田方;王复标的扮演者是周文彬,他在《铁道卫士》《甲午风云》中也有出色的表演;王芳的扮演者是刘尚娴,她把王芳这样一个英雄王成的妹妹形象演绎得真实可信,充满情感,让人感动与难忘;王成的扮演者是刘世龙,他把英雄王成的形象表现得淋漓尽致,给人以正义向上的精神力量。

在《英雄儿女》中,著名演员郭振清、浦克、刘效国、赵文瑜、任颐等都有出彩的角色演绎,把观众们带入了那个难忘的岁月之中。

2022 年 9 月 24 日凌晨 3 点 11 分
子实创作于青岛逍遥轩东窗书屋

《奇 袭》

　　从经典影片《英雄儿女》的写作开始,我便接续开始了抗美援朝战争体裁故事片的记忆叙述。今天讲的这部故事片,片名叫作《奇袭》,可能读者一下子就会想到一群八一电影制片厂的著名演员在此片中的精彩表演吧!

　　1950年10月,中国人民志愿军雄赳赳气昂昂跨过鸭绿江,与朝鲜人民一道英勇地抗击了以美国为首的"联合国军"在朝鲜半岛的侵略战争,保家卫国,捍卫朝鲜领土和人民的正当权益！《英雄儿女》《奇袭》《上甘岭》《打击侵略者》等故事片，正是描述了一个又一个在朝鲜战场上中国人民志愿军与朝鲜军民并肩战斗的故事。

《奇袭》这部八一电影制片厂拍摄的故事片，于1960年由许又新导演摄制完成并上映，一经放映，便成为一部抗美援朝的经典影片，令观众在此后的60多年间记忆深刻。

影片描述了抗美援朝时期，志愿军部队某部侦察连连长方勇，带领一支侦察小分队深入敌后，机智勇敢地开展武装斗争的故事。在朝鲜阿妈妮和游击队员朴金玉等朝鲜军民的密切协同下，中国人民志愿军成功地炸毁了敌军把守的康平桥，截断敌军的增援和退路，为大部队及时歼灭敌军赢得了时间，保证了战役的胜利。

《奇袭》这部影片，大场景的作战镜头并不多，但是整个影片却充满悬念。侦察小分队在作战中的机智与指挥员的果断勇敢相得益彰，令人赞叹不已！

侦察连长方勇的扮演者张勇手，是八一电影制片厂的著名演员，演技精湛。张勇手曾经塑造过许多银幕形象，比如《林海雪原》中的少剑波，《南海风云》中的梁崇海等，都充满正能量，很有光彩。

侦察小分队一班长的扮演者邢吉田，也是一位著名演员，比如他饰演过反特片《秘密图纸》中的公安局长，与"新中国二十二大电影明星"之列的王心刚、田华一起搭戏，表现得非常有气质，为侦破案件发挥了领导指挥者的智慧与果断。他在《奇袭》中与著名演员黄焕光扮演的侦察员唐虎，化装成敌军，成功救出了阿妈妮。

《奇袭》中阿妈妮一角的扮演者曲云，是八一电影制片厂的著名表演艺术家。这位山东籍的著名演员，曾与同为山东籍的著名演员杨雅琴,一起在 1965 年出演过根据山东籍作家冯德英作品改编拍摄的经典影片《苦菜花》。这部电影中的娟子一角,成就了杨雅琴,她从济南军区前卫话剧团调入了八一电影制片厂任电影演员。曲云曾荣获第九届中国电影表演艺术学会奖——金凤凰奖。她在影片《奇袭》中,将一位真诚纯朴的朝鲜阿妈妮,为了掩护志愿军不惜牺牲自己儿子的高尚形象呈现在银幕之上,感动了无数的中国观众。

朝鲜女游击队员朴金玉的扮演者袁霞,是八一电影制片厂的著名演员,曾在经典影片《永不消逝的电波》中,扮演纺织女工何兰芬,与孙道临扮演的地下工作者李侠,假扮夫妻,在上海的"白色恐怖"中,用电台为延安传递情报,最终二人结为真正的革命伴侣。李侠被叛徒告密后,英勇就义。影片中的何兰芬,经演员袁霞的精彩演绎,让一位配合丈夫秘密工作,既贤淑端庄又机智勇敢的中共地下党形象呈现在银幕上,成为中国电影史上永恒的经典。在《奇袭》中,游击队员朴金玉在康平桥安放炸药进行爆破时,敌军的探照灯突然照来,危急时刻朴金玉机智勇敢地剪断电源线,掩护我侦察小分队,按时引爆炸药,胜利完成了预定任务。

经典影片《奇袭》中,即使是反派角色的饰演者,如饰演美军上校的万涤清、饰演敌军运输队长的谢万和、饰演敌军摩托队长的王孝忠等,都有非常出色的角色塑造,与我军侦察员和朝鲜阿妈妮及游击队员朴金玉等正面形象形成强烈的对比反差,令观众过目不忘。他们的演技纯熟精湛,足见这些演员们当年对电影形象塑造的重视态度。

2022 年 9 月 24 日深夜 11 点 31 分
子实创作于青岛逍遥轩东窗书屋

《打击侵略者》

　　今天是秋分后的第三天，也是周日。秋分过后，离立冬也就不远了。今天再一遍观看了《打击侵略者》。这部近 60 年前拍摄的抗美援朝经典故事片，还是令我感动不已。尽管没有当年拿着小板凳坐在露天银幕前的感觉，但是影片的内容和演员们精彩的表演，再一次敲击着我的心房，依旧鼓舞着我。开篇为什么要先写出这样一段话呢？因为，现在一切生活的便捷，让我们想要的东西"手到擒来"，然而当我们享受今天智能化生活的时候,又有多少人会想到保家卫国的英雄们呢?如果不是他们曾经浴血疆场,我们今天会有祖国的安宁与和平的生活吗?

《打击侵略者》是 1965 年由八一电影制片厂拍摄的抗美援朝体裁的经典故事影片。电影开篇是那个年代影片都特别拥有的片头字幕,引用毛主席的话开宗明义:"我们是要和平的。但是,只要美帝国主义一天不放弃它那种蛮横无理的要求和扩大侵略的阴谋,中国人民的决心就是只有同朝鲜人民一起,一直战斗下去。这不是因为我们好战,我们愿意立即停战,剩下的问题待将来去解决。但是美帝国主义不愿意这样做,那么好吧,就打下去,美帝国主义愿意打多少年,我们也就准备跟他们打多少年,一直打到美帝国主义愿意罢手的时候为止,一直打到中朝人民完全胜利的时候为止。"

《打击侵略者》讲述的是抗美援朝以来,以美国为首的所谓"联合国军",在中朝军民的沉重打击下,总是谈谈打打,妄图扩张侵略的野心。为了粉碎敌人的阴谋和进犯,中朝军队决定联合进行一次具有决定性意义的重大战役。李军长在派出侦察兵实地侦察后,发现有一片 800 米的开阔地带,恰好位于敌人"白虎团"的指挥部。"白虎团"团长白昌朴与美军指挥官既相互利用又互相指责,都是不可一世的狂妄自大者。而中国人民志愿军,在祖国亲人的关怀与激励下,在朝鲜人民的积极配合下,和朝鲜人民军团结一致,齐心协力,精心研究,精确部署,在敌人的眼皮底下,硬是克服难以想象的困难,以坚强的意志和自觉自律的行为潜伏于杂草丛中 10 个小时。侦察班长丁大勇,在敌人用凝固汽油弹引燃埋伏区域的杂草导致烈火烧身时依旧岿然不动。他就是战斗英雄邱少云式的志愿军战士典范,宁愿牺牲自己的一切,也要为胜利的誓言践行自身的行动。这就是抗美援朝精神,一种今天依然值得我们崇敬、实践和发扬的集体主义、英雄主义、共产主义的伟大精神,在这种精神感召下的志愿军战士们,敢打硬仗,才守卫住了我们的国家。伟大的抗美援朝精神值得我们共同赞颂,值得我们世代铭记发扬!

《打击侵略者》由八一电影制片厂拍摄,1965年公映后,成为抗美援朝体裁的经典影片。导演:华纯。编剧:曹欣、郑洪。主要演员:李炎、张良、黄焕光、于纯棉、张勇手、李松竹、华文莲、胡子惠、王孝忠。

李炎扮演李军长,这是一位沉着冷静、人性善良的军事指挥员。

张良扮演丁大勇,这是一位烈士的后代,也是一位志愿军中出色的侦察兵,更是一位关键时刻不惧烈火烧身始终坚守阵地的英雄战士。

黄焕光扮演小豆豆,光是这名字就机灵可爱。侦察员小豆豆牺牲前一直与战友坚守阵地,保护祖国慰问团的旗帜,直到生命最后一息。

于纯棉扮演副团长崔凯,一位果敢的军事指挥员。

张勇手扮演金哲奎,一位侦察敌情时被捕的朝鲜人民军,他被"白虎团"极尽折磨,始终坚贞不屈。这是张勇手参演的许多影片中非常出色的形象之一。

胡子惠扮演祖国慰问团分团的梅团长,是英雄丁大勇的母亲。梅团长的丈夫早年与李军长一起参加革命,不幸英勇牺牲,李军长多年来一直在寻找他们母子二人,没想到居然重逢在朝鲜战场上。胡子惠扮演的梅团长真实亲切。她讲述了丁大勇被托付在祖国一位姓丁的乡亲家中,为掩护烈士的后代,丁大爷不惜牺牲了自己的亲生儿子。梅团长在大战前的动情述说,大大激励了全体志愿军战士,把祖国的嘱托牢记心中。

在《打击侵略者》中,有两个漂亮的姑娘都叫玉善。一个是金大爷的女儿金玉善,他们一家与志愿军相处得非常友好,金玉善也是朝鲜侦察员金哲奎的妹妹。电影一开场,就是志愿军帮助金大爷一家犁田种地的场景,金玉善取出全家福照片,讲述她的妈妈被美国侵略者炸死,哥哥在朝鲜人民军服役的背景。金玉善和金大爷一起送志愿军上前线,金大爷给崔凯团长敬酒,玉善给小豆豆等战友们送苹果。小豆豆临终前的特写,是手里握着金玉善在部队出发时赠送他的没有舍得吃的苹果。

另一个玉善叫尹玉善,是朝鲜人民军打入敌军"白虎团"伪装成打字员的情报人员。在金哲奎被捕后,她在金哲奎的授意下,穿越敌军 800 米开阔地带,将金哲奎拍摄的重要军事情报胶卷及时传送部队首长,为战役的胜利做出了贡献。战役开始后,她作为朝鲜人民军一方,为志愿军潜伏后精准带路,为摧毁"白虎团"指挥部发挥出了不可替代的作用。尹玉善的扮演者叫李松竹,是一位非常美丽的朝鲜族舞蹈演员,曾在电影《冰雪金达莱》中扮演主角,并获得小百花奖。《打击侵略者》是她参演的第二部影片,在影片中她身着军装,扮相俊美,特别是眼睛的表达非常灵动,电影上映后深受好评。她本人历尽生活的种种变迁与磨难,但依旧坚持在家乡进行歌舞编创和舞蹈工作。

一向以反派著称的演员王孝忠,这次也不例外,在《打击侵略者》中扮演"白虎团"团长白昌朴,他把一个十恶不赦、穷凶极恶的刽子手形象表现得淋漓尽致,让观众深恶痛绝。

一部成功的电影,正反两派的角色选配是非常重要的。以反派著称的演员还有许多,比如方化、陈强、葛存壮、陈述、刘江、程之、项堃、谢万和、张怀志、叶琳琅、安振江等。

电影的化育功能十分重要,比如《打击侵略者》中志愿军侦察兵潜伏执行任务时，头上都会戴一顶用野草编织的"大草帽"。看过电影后，我们的同龄人在课余时间都会玩一些模仿电影中的镜头的游戏，也会用竹叶编织草帽假装潜伏。在 20 世纪六七十年代，八大关、太平角一带执行巡逻任务的警卫部队身着 65 式军装，持有半自动步枪，也会戴竹叶编织的草帽进行设伏训练。那时，军民的警惕性还是非常高的，倡导**"提高警惕，保卫祖国，要准备打仗""军民团结如一人，试看天下谁能敌"**。

电影之寓教于乐的形式，是非常为观众所接受的。

2022 年 9 月 26 日凌晨 0 点 46 分
子实创作于青岛逍遥轩东窗书屋

《上甘岭》

一条大河波浪宽，
风吹稻花香两岸，
我家就在岸上住。
听惯了艄公的号子，
看惯了船上的白帆。
这是美丽的祖国，
是我生长的地方。

在这片辽阔的土地上，
到处都有明媚的风光。
姑娘好像花儿一样，
小伙儿心胸多宽广。
为了开辟新天地，
唤醒了沉睡的高山。
让那河流改变了模样，
这是英雄的祖国，
是我生长的地方。
在这片古老的土地上，
到处都有青春的力量。
好山好水好地方，
条条大路都宽敞。
朋友来了有好酒，
若是那豺狼来了，
迎接它的有猎枪。
这是强大的祖国，
是我生长的地方。
在这片温暖的土地上，
到处都有和平的阳光。

这首著名电影插曲《我的祖国》，观众早已耳熟能详，只要音乐一奏响，人们就会情不自禁地激动起来，久久不能平息。所以，一部经典影片，让人们可以记住的东西很多，无论演员、台词，还是情景与插曲，都会给观众留下深刻印象，无论过去多少年，经典仍是经典，无法复制，无可替代，永恒传流。

这首《我的祖国》是《上甘岭》这部抗美援朝主题的经典影

片的插曲,由乔羽作词,刘炽作曲,著名歌唱家郭兰英演唱。

《上甘岭》由长春电影制片厂拍摄,于 1956 年 12 月 1 日在全国上映。编剧:林杉、曹欣、沙蒙、肖矛。导演:沙蒙、林杉。摄影:周达明。军事顾问:赵毛臣。主要演员:高保成饰演张忠发,徐林格饰演孟德贵,张亮饰演杨德才,刘玉茹饰演王兰,田烈饰演炊事员,张巨光饰演参谋长。

影片讲述了抗美援朝战争中,1952 年打响在上甘岭的一场艰苦战役。志愿军某部八连,在上甘岭的一处狭长的坑道里,在食物、药品、水等所需物资急缺的状况下,伤员和战士们依旧严守军人职责,在连长张忠发的率领下,克服重重困难,坚守阵地,与敌人浴血奋战,最终取得胜利,并涌现出黄继光式战斗英雄的故事。

我在观看这部抗美援朝主题的影片之后,被深深震撼了,并且找来许多历史资料阅读学习。电影中的人物和故事,都是有真人真事的。比如张亮饰演的杨德才,危急时刻,硬是用身体堵住敌人的枪眼,这一幕正是我们从小学习的战斗英雄黄继光的故事。比如刘玉茹饰演的护士王兰,也确有其人,这位护士也姓王,后来刘玉茹还与之见过面。刘玉茹一生只演过一部电影,那就是《上甘岭》。我看过电视采访节目中著名表演艺术家高保成晚年时讲述拍摄《上甘岭》一片的经历。上甘岭战役超乎寻常的艰难困苦,美军在上甘岭上投下巨量的炸弹,他们相信没有炸不平的山头阵地,似乎战役的胜利完全凭靠飞机、大炮、炸弹,他们相信钢铁的能量。但是,事实却让美帝国主义及其侵略者看到了永不屈服、坚守阵地的"**上甘岭精神**"!他们不得不佩服中国人民志愿军的战斗精神和坚强意志,他们永远也不会明白,有的时候,精神的意志力会远远超出炸弹,因为,志愿军战士有一种比钢铁还要硬数倍的精神能量,那就是祖国和人民的利益,永远高于一切,永远在意志不灭的心中!

所以,当观众看到电影《上甘岭》最艰难的时刻,护士王兰给伤员和其他战友唱响《我的祖国》时,才拥有了那样的情感共鸣,这就是"**中国精神**",这就是"**志愿军精神**",这就是"**伟大的抗美援朝精神**"。这样的精神,美国鬼子是不可能理解的,更不可能懂得!这样的精神,是实实在在的,历史不是虚无的,也不允许虚无!

高保成是著名演员,一生扮演了许多角色,都非常出彩。比如他在八一厂的电影《闪闪的红星》中饰演宋大爹,把一位关心、教导潘冬子成长的革命老人表演得非常亲切、自然、生动,温暖人心。

王兰的饰演者刘玉茹,尽管只演出过《上甘岭》这一部影片,但是却留下了百年中国电影银幕上的经典形象。一唱起《我的祖国》这首歌,影片中护士王兰的形象,便会栩栩如生地出现在眼前似的。

张亮饰演的杨德才,使观众形象化地看到了血战上甘岭的战斗英雄黄继光舍身堵枪眼的伟大壮举。

著名演员田烈,在《上甘岭》中,一改长期饰演反派角色给观众留下的印象。他在影片中所饰演的炊事员,纯朴中透着真诚。

著名演员张巨光,曾在《刘三姐》《铁道卫士》中都有出彩的表演,他在《上甘岭》中饰演的志愿军参谋长角色,果敢与智慧并存。

《上甘岭》这部经典影片,已经成为中国电影史上的经典,无法复拍,无可替代,让人永存心中。

2022 年 9 月 26 日深夜 11 点 56 分
子实创作于青岛逍遥轩东窗书屋

《铁道卫士》

　　昨天,在中国外交部举行的例行记者会上,外交部新闻发言人就记者有关提问回答时表示:目前,中朝双方根据两国相关的涉边条约,并通过友好协商,决定重启丹东—新义州口岸铁路货运。双方将继续加强协调配合,积极保障铁路货运安全稳定运行,为中朝友好关系发展作出贡献。

　　尽管这条新闻字数不多,但是信息含量却非常大。这说明,重启中国丹东—朝鲜新义州的铁路货运,对于当前应对世界复杂多变的局势,继续深入发展中朝两国友谊以及扩展双方未来多方面协同走向通道的意义十分重大。

今天中午,我专门再一次观看了1960年出品,由长春电影制片厂摄制的经典影片《铁道卫士》。这部影片所讲述的故事是在20世纪50年代抗美援朝战争期间,军、警、民是怎样高度警惕,联手防范,粉碎了美帝国主义侵略者及其走狗秘密派遣的"远东情报组织"匪特。他们企图破坏横跨在鸭绿江上的中国丹东—朝鲜新义州大桥这一联结中朝两国之间的"特殊运输大动脉",破坏我志愿军的抗美援朝行动。他们运用定时炸弹,意欲炸毁长岭隧道,阻塞运输通道,但最终美国派遣下的匪特阴谋计划被粉碎,确保了中国人民志愿军前线补给物资的畅通无阻,为抗美援朝战争的伟大胜利作出了重大贡献。

可见,无论是昨天外交部发言人证实丹东—新义州铁路货运重启,还是70多年前伟大的抗美援朝战争期间鸭绿江大桥上的铁路运输,都意义非凡。

嘿啦啦啦啦嘿啦啦啦,
嘿啦啦啦啦嘿啦啦啦,
天空出彩霞呀,
地上开红花呀。
中朝人民力量大,
打垮了美国兵呀。
全世界人民拍手笑,
帝国主义害了怕呀。
…………

影片一开场,在丹东火车站台上,欢送志愿军出发的列车旁边,群众载歌载舞。著名演员周文彬扮演的治保主任,一边为志愿军热情送水,一边观察周边警情。这时,著名演员印质明扮演的铁路公安处侦察科科长高健,从检查过安全的列车上走下来,警惕地巡视四方。他认真地同治保主任交谈铁路运输安全工作,明确治安任务是要依靠人民群众才能够完成好的。

美国侵略者派遣的飞机,突然大批梯队地开来,盘旋轰炸鸭绿江大桥和即将出征的军列。铁路局党委书记带领大家冲上一线,不顾安危,扑救物资。在志愿军密集的炮火掩护下,志愿军迅速启动丹东—朝鲜新义州的军列,满载志愿军和重型坦克火炮的军列,在敌机的炸弹硝烟中奔赴朝鲜前线。

刚刚说到的两位著名演员周文彬和印质明,大家不会陌生的。周文彬在《英雄儿女》中扮演过英雄王成的父亲,一位来自祖国的老工人,是祖国亲人慰问团的成员,他与王芳的亲生父亲王东重逢在朝鲜战场上,令观众感怀不已。著名演员印质明,多年来在银幕上多次扮演公安侦察人员,塑造的形象充满着正能量。他曾与于洋合作过电影《戴手铐的旅客》。在《铁道卫士》影片中,他装扮成接头特务,与演员宋雪娟扮演的何兰英装扮的报务员配合,取得演员叶琳琅扮演的潜伏特务王曼丽的信任,从而及时掌控演员罗泰扮演的"远东情报局组长"特务马小飞以及演员方化和田烈扮演的潜伏特务的行动方案,及时跟踪并秘密监视。在火车通过长岭隧道,马小飞安装的定时炸弹即将爆炸的危急时刻,印质明扮演的高健勇猛顽强地与特务马小飞在列车顶上展开了殊死搏斗。在定时炸弹即将爆炸的一瞬间,高健拼尽全力,将炸弹定时装置的时针拨动,确保了长岭隧道的安全畅通。

《铁道卫士》影片的导演是方荧,编剧由沈阳铁路公安集体创作。影片汇聚了印质明、周文彬、宋雪娟、罗泰、叶琳琅、方化、田烈、金林、段斌、张巨光、王延盛等一批著名演员,他们饰演的每一个角色的经典台词,都让我耳熟能详。这部反映抗美援朝战争时期的影片,是我人生 60 年观影中非常喜爱的经典之一。

2022 年 9 月 27 日深夜 11 点 20 分
子实创作于青岛逍遥轩东窗书屋

中 国 电 影 篇 · 故 事 片

《祖国的花朵》

让我们荡起双桨，
小船儿推开波浪。
海面倒映着美丽的白塔，
四周环绕绿树红墙。
小船儿轻轻飘荡在水中，
迎面吹来了凉爽的风。
红领巾迎着太阳，

阳光洒在海面上。

水中鱼儿望着我们，

悄悄地听我们愉快歌唱。

小船儿轻轻飘荡在水中，

迎面吹来了凉爽的风。

做完了一天的功课，

我们来尽情欢乐。

我问你亲爱的伙伴，

谁给我们安排下幸福的生活。

小船儿轻轻飘荡在水中，

迎面吹来了凉爽的风。

《让我们荡起双桨》这首脍炙人口的经典歌曲，已经传唱了60多年，至今依然是中国乐坛上经久不衰的童声合唱经典之作。今天是 2022 年的 9 月 28 日，再过 2 天，就是这首歌曲的词作者乔羽先生的逝世"百日"了。此刻，再次聆听这首难忘的歌曲，童年的生活也就随着歌声慢慢闪回在脑海之中。斯人已逝，歌声犹在，这不能不让我为之感怀：**我们每一个人的生命，究竟怎样才能不贪婪物质，不虚度年华，如何才能把人生中最宝贵的精神财富，永久地留给这个曾经抚育过我们的世界以及后来的人们呢？**

《让我们荡起双桨》是著名影片《祖国的花朵》中的插曲，由刘炽作曲，乔羽作词。长春电影制片厂拍摄的这部儿童故事片，是在 1955 年上映的。导演：严恭，副导演：苏里，编剧：林蓝，摄影：连城，演奏：长影管弦乐队，指挥：尹升山，北京少年广播合唱团、长春红领巾合唱团联合演唱，刘惠芳、王玉芳独唱。

"新中国二十二大电影明星"之一的张圆第一次走上银幕，正是在《祖国的花朵》影片中扮演冯老师。著名演员郭允泰在影片中扮演了从朝鲜战场上轮休归来的志愿军，应同学们的热情邀请，他讲述了抗美援朝战场上志愿军将士们英勇战斗的事迹，而后便匆匆结束休假，再一次整装奔赴了抗美援朝的前线。

《祖国的花朵》这部新中国第一部儿童故事片的背景，是 20世纪 50 年代初，中国人民志愿军将士开赴朝鲜战场保家卫国，为茁壮成长中的新中国少年儿童们赢得了和平安宁的学习和生活环境，所以，这也是抗美援朝战争背景下的一部经典影片。

此时此刻，当我正在写作这篇文章的时候，时间为 2022 年9 月 29 日凌晨 0 点 29 分，也就是说再过 2 天，2022 年 10 月 1 日，我们伟大祖国的 73 周年华诞就要到来。影片中饰演当年少先队员的小演员们，如今都已是 80 多岁的耄耋老人了。**时光真的很快，当这些老人们回首走过的人生路程，我想一定会有很多的感慨，正如他们所经历的祖国正在发生的或已经发生的许许多多天翻地覆的变化一样，人生就是历史上的过去、现在和未来！**

《祖国的花朵》开场就是节日里的天安门城楼下，一队队少年儿童高举少先队旗帜，与节日里的人们一起兴高采烈地来到天安门城楼旁的中山公园，共同沉浸在节日的欢乐气氛中。冯老师组织同学们邀请志愿军叔叔讲述朝鲜前线的战斗故事，衬托出幸福安宁的生活是保家卫国的志愿军英勇牺牲换来的。近日，央视新闻联播报道，2022 年 9 月 16 日，第九批在韩中国人民志愿军烈士遗骸由我空军专机从韩国接回辽宁沈阳，回到祖国怀抱。迎回仪式结束后，志愿军烈士遗骸棺椁被护送前往沈阳抗美援朝烈士陵园。

《祖国的花朵》这部影片，不仅有新中国建设时期蒸蒸日上的景象和抗美援朝精神鼓舞下人们健康向上的时代精神力量，也有成长中的少先队员互帮互助、共同进步的思想和行为。影片艺术化地将生活学习中的矛盾冲突转化为前行的动力，符合人性和审美价值的体现，足见导演、编剧们的功力。

导演严恭，也是著名影片《三毛流浪记》的导演；副导演苏里，是著名影片《刘三姐》的导演；两位导演联合执导作品《祖国的花朵》，可谓珠联璧合。

影片的指挥是著名指挥家尹升山，与陈传熙并称"南陈北尹"。《让我们荡起双桨》的词曲作者乔羽、刘炽，还共同创作过电影《上甘岭》中的著名插曲《我的祖国》。刘炽还是抗美援朝著名电影《英雄儿女》中的著名插曲《英雄赞歌》的曲作者（作词：公木）。

因而，一部被观众深刻铭记的经典电影，或许是一个演员，或许是几句台词，或许是一首插曲，为广大观众欣赏和喜爱，引发往事岁月的记忆，这就是艺术综合的魅力，这就是电影永恒的魅力！经典永远会被广大观众所称道！

2022 年 9 月 29 日凌晨 1 点 36 分
子实创作于青岛逍遥轩东窗书屋

《五朵金花》和《阿诗玛》

五朵金花　阿诗玛

　　知道演员杨丽坤的名字,是因为她主演的两部著名电影《五朵金花》和《阿诗玛》,这两部电影的观后感,完全可以用五个字来形容,那就是:美丽与震撼!

　　《五朵金花》是 1959 年由长春电影制片厂拍摄的一部音乐故事片,导演是王家乙,主要演员有杨丽坤、莫梓江、王苏娅等。

　　在影片中,王丽坤扮演副社长金花,莫梓江扮演白族小伙儿阿鹏。阿鹏去参加赛马会的路上,遇到公社的金花等一群姑娘,因牛车坏了而央求他帮忙修车，眼看赛马会就要开始了，阿鹏还是善良地帮助了困难中的姑娘们。修好牛车后，他策马扬鞭，最终以精湛的骑术，勇敢和智慧的搏击，在赛马场上拔下头筹。这时，姑娘们也认出了阿鹏就是帮助她们修车的好小伙儿！

蝴蝶泉边，伴随你来我往的恋爱歌声，阿鹏把腰间佩刀送给了副社长金花，金花则希望来年的这个时候，有缘人能再次来到苍山脚下相会。

故事就这样在美妙的歌声和一对青年恋人的期许中拉开帷幕。随着故事的展开，第二年，在苍山洱海边，公社里五位重名的金花姑娘，轮番上演了一幕幕戏剧性的人生篇章。正当阿鹏和副社长金花交织在复杂的心境与失望之际，一对来云南采风的艺术家，巧和之中充当了他们再次相聚的"媒介"，故事自然是赢得"天作之合"的爱情结局。

《五朵金花》这部影片我看过很多遍，每一句精美的台词，每一首动听的歌曲，都会时时回荡在我的耳边。1997年10月，我随青岛市扶贫援助团队采访，来到心仪已久的洱海边上。"金花和阿鹏"已经成为这里的少数民族对当地青年男女，甚至是对游客的亲切称谓。人们之所以喜爱金花和阿鹏，是因为电影《五朵金花》中所展示的男女青年们，积极参加社会主义事业建设，不顾个人利益得失，为集体的建设献计出力，善良真诚。他们不仅仅是外表美，心灵更美，他们互相学习，有困难齐相助，将个体的美好融入集体的美好中，令人赞叹不已！

演员杨丽坤正是因为《五朵金花》而一举成名。1964年，她被导演刘琼选中，再次出演上海电影制片厂拍摄的音乐歌舞故事片《阿诗玛》中的女主角阿诗玛。这一次的扮相，与5年前扮演的金花，从服饰到造型是完全不同的风格，杨丽坤将一位云南彝族撒尼姑娘扮演的异常美丽，楚楚动人。我观看这部影片时,是在上高中一年级,放学回家意外获得了一张青岛市人民会堂的电影票,便不顾吃晚饭,骑上自行车一阵猛蹬,上气不接下气地入场。还好,刚刚坐定,《阿诗玛》便开始放映了。杨丽坤的出场简直令我荡气回肠,太美啦,一种不可思议的美丽呈现在我的面前,在溪水边担水的阿诗玛,活脱脱的仙女一般,我在想,原来电影还可以这样演这样拍啊!

电影《阿诗玛》中美丽、善良、纯真的阿诗玛与包斯尔所扮演的阿黑哥之间至死不渝的爱情感天动地!刘琼导演确实是一位才子,他不仅在《女篮五号》《牧马人》等许多电影中演得好,他导演的《阿诗玛》也堪称音乐故事片的经典之作。1997 年,当我来到云南石林时,被眼前一排排高耸入云、巧夺天工的石林群所折服。在这里,漂亮的女孩叫阿诗玛,帅气的小伙儿叫阿黑哥,进入石林之中,仿佛你就是电影中的男女主角,爱情的甜言蜜语随处可闻,欢畅的心情由衷地迸发,回味悠长,这就是电影艺术的力量。

后来,我们随团记者深入云南各地州和中缅边境采访,途径一处村寨,随行的云南陪同者指向路边的一处标牌,她说:"你们看到了吗,那里就是阿诗玛杨丽坤的故乡!"

出生于云南的彝族姑娘杨丽坤,是我国著名舞蹈演员、电影演员,她为我们留下了难忘的舞蹈和经典影片《五朵金花》《阿诗玛》,但因多年患有精神重疾,于 2000 年去世,年仅 58 岁。她是中国电影银幕上和热情观众心目中永远熠熠生辉的金花姑娘和永远美丽、善良、坚强的阿诗玛!

2022 年 9 月 29 日深夜 11 点 03 分
子实创作于青岛逍遥轩东窗书屋

《刘三姐》

　　我曾无数遍的观看《刘三姐》，每一遍观看总是收获满满。为此，我也找寻过许多有关这部影片的拍摄资料进行阅读，读来读去，发现还是亲自观看这部影片后让我感到影片更加贴切，更加自然，印象也更加深刻。

　　应当说，当年长春电影制片厂决定拍摄这样一部音乐风光故事影片实属不易，从编剧、导演、演员、演唱，直至选景、拍摄、审查，最终呈现给广大观众，并在1963年第二届大众电影百花奖中获得三项大奖，凝结了长影厂和吉林、广西等地的通力协作。因此，一部脍炙人口的经典作品背后，都有独特而艰辛的创作过程，写作、音乐、摄影、电影等一切艺术形式的创作成就都是来之不易的，是集体智慧与汗水的结晶。

长春电影制片厂的导演苏里，于 1960 年至 1961 年拍摄的影片《刘三姐》一经上映，便引起世界性的轰动，"桂林山水甲天下"也通过影片展示给了全世界的人们。2011 年，当我首次抵达广西，开启桂林、龙脊梯田、阳朔之旅的时候，许许多多的外国游客摩肩接踵，漓江之上的游轮穿梭往来络绎不绝。尽管此时的广西漓江接近枯水期，许多滩涂裸露，但依旧挡不住人们的脚步，游轮轰鸣，人群熙攘，足见广西桂林的魅力了！

对于我这样一个对电影与摄影很感兴趣的采风人，无论是雨中的桂林、雾中的桂林、喀斯特地貌中的桂林，还是处处都有刘三姐身影与山歌声的桂林，都是充满魅力与诱惑的。其实诱惑未必是"不好的词汇"，诱惑恰恰说明它的美丽与魅力，就如 1993 年 3 月我在北京广播学院电视系进修时，初次听到一部当时非常经典的电视专题片《西藏的诱惑》一样，感到这个片名本身就充满着诱惑。**充满魅力的人生大多曾挣扎于种种诱惑之中，经历之后或"恬淡虚无，真气从之"，或"欲望无止步，落入无尽深渊"。60 年来，银幕之上下，演员、角色与观众，概莫能外，我想，这或许就是"电影中的人生"与"人生中的电影"吧！**

苏里导演的这部《刘三姐》确实精彩！在广西阳朔实景拍摄不说，单单就演员的选取，也是足够好。当时正值妙龄的黄婉秋，被最终选定为主角刘三姐，那是她自身条件过硬与把握机遇的结果。就好像外国译制片似的，独特的译制演员的声音，配上原版的电影形象，便是一次完美的影片再创作，甚至超过原版影片的魅力，这样的杰作，我会在随后的译制片中来介绍他们和她们的精彩演绎。

　　黄婉秋饰演的刘三姐为什么受到观众的喜爱和欢迎，就是因为她敢爱敢恨、爱憎分明、善良正直。她口若悬河，在山歌里替百姓申冤，坏蛋怕她，人民爱她，这就是"正义的力量"。寻求正义的人们莫不拥戴她、保护她、赞美她。这就是《刘三姐》最大的成功之处。刘三姐在山歌中超常的智慧体现的不仅仅是她自己一个人，而是一个庞大的人民群体。《刘三姐》在海内外一经公映，便好评如潮。

　　《刘三姐》影片一开场，便是大全景的桂林山水，一只渔船沿江水而动，船上的老渔夫是著名演员张巨光扮演的。这位在长影厂经典影片《铁道卫士》中扮演过公安处长的演员，一改他往日的表演风格，把老渔夫一角扮演的栩栩如生，其扮相是一位饱经沧桑、和蔼可亲的长者。他身旁的儿子阿牛，是经典影片《英雄儿女》中英雄王成的扮演者刘世龙扮演的。阿牛不仅健硕俊朗，而且真诚善良。这爷俩一出场一下子就吸引了观众的目光，苏里导演真可谓"慧眼识才"。这爷俩循着由远而近的山歌声已经猜出，这位声若天仙的妙龄少女就是江湖中传说已久的刘三姐。**因为刘三姐的唱词是爱恨情仇交织在一起，由心中迸发而出的。这样的唱词，只有命运相同、情感相通的人们才能够理解的透彻。是歌声，让他们走在了一起，有了一种"同频的感觉"，这就叫"同声相和"。**阿牛哥还有个妹妹叫舟妹，灵动可爱，由张文君扮演。由此，喜爱山歌的捕鱼人家，便与刘三姐因山歌结缘。还有刘三姐的哥哥，即著名演员梁音扮演的刘二，是一位忠厚善良的老实人，生性就怕妹妹刘三姐唱歌引火上身，总是躲避"坏蛋们"的欺负。可著名演员夏宗学扮演的莫怀仁这样的"坏蛋们"，偏偏欺负老实人！所以，"觉悟起来的人们"，明白了一个斗争哲学：**"哪里有压迫，哪里就有反抗。"**这也是音乐故事片《刘三姐》的创作主题思想，她们的斗争方式是《山歌好比春江水》和《只有山歌敬亲人》！

> 心中有了不平事，
> 山歌如火出胸膛。
> …………
> 害我不死偏要唱，
> 唱得大河起浪滔。

雷振邦先生谱曲的《刘三姐》插曲，恰似一潮春江水，荡漾在观众的心间，引发共鸣，永恒传唱。因为，这样的歌声来自人民。今天的此时此刻，正值 2022 年 10 月 1 日凌晨时分的到来，恰好也在创作此篇文章中，迎来了中华人民共和国 73 周年华诞，回首自己近 60 年的人生经历，不觉心潮起伏，感慨万千，并再次感悟与坚信这样的道理：**江山就是人民，人民就是江山！**

《刘三姐》来自广西民间，又还原于广西这片土地上。2011年在广西桂林阳朔，巧遇我的同事兰春萍导演，她带领青岛电视台大型活动部的一个春晚团队，来此地观摩大型山水实景演出《印象·刘三姐》。张艺谋创作团队根据《刘三姐》创作出如此大规模的实景歌舞，在世界的舞台上也堪称首创和一流。这个实景演出的最大创意不仅仅是在空间和时间的维度上，而是将刘三姐这样一个人，进行了一次群体化的演绎，使成百上千个刘三姐呈现在舞台的中央。这样的演出告诉人们：刘三姐是人民中的一员，人民中处处都有刘三姐的形象，这就是文艺作品的大众性和人民性。

> 2022 年 10 月 1 日凌晨 2 点 06 分
> 子实创作于青岛逍遥轩东窗书屋

中 国 电 影 篇 · 故 事 片

《海外赤子》

今天是 2022 年 10 月 1 日,中国人民迎来了中华人民共和国 73 周年华诞。

昨天,在北京天安门广场上的人民英雄纪念碑前,中共中央、国务院、中央军委隆重举行"国家第九个烈士纪念日",党和国家领导人与首都各界人士代表,向人民英雄敬献花篮,充分表达对英雄先烈们由衷地缅怀和深情地敬意!纪念仪式现场,出席仪式的人们齐唱国歌。随即,少先队员们齐唱《我们是共

产主义接班人》。再过 15 天，也就是 10 月 16 日，中国共产党第
二十次全国代表大会将在首都北京隆重举行。当今世界变化莫
测，中国共产党坚定不移地带领中国人民，坚持走中国特色的社
会主义道路，面对风云变幻，依然初心不改，为实现共产主义伟
大理想而执着坚定！

百灵鸟从蓝天飞过，

我爱你，中国！

我爱你，中国！

我爱你，中国！

我爱你春天蓬勃的秧苗，

我爱你秋日金黄的硕果。

我爱你青松气质，

我爱你红梅品格。

我爱你家乡的甜蔗，

好像乳汁滋润着我的心窝。

我爱你，中国！

我爱你，中国！

我要把最美的歌儿献给你，

我的母亲，我的祖国！

我爱你，中国！

我爱你，中国！

我爱你碧波滚滚的南海，

我爱你白雪飘飘的北国。

我爱你森林无边，

我爱你群山巍峨。

我爱你淙淙的小河,

荡着清波从我的梦中流过。

我爱你,中国!

我爱你,中国!

我要把美好的青春献给你,

我的母亲,我的祖国!

在国庆节的今天,在日常繁忙或宁静的日子里,每当我听到这首《我爱你,中国》的美妙歌声与旋律,总是心潮起伏,思绪万千。

这首歌是1979年珠江电影制片厂摄制的彩色故事影片《海外赤子》的主题歌曲。影片中的女主角——华侨的后代黄思华,在报考部队文艺团时,演唱的就是这首《我爱你中国》。记得那年,我刚刚考入青岛市第二十六中学进入高中一年级三班(文科班)学习。班主任王秋老师是一位上海人。她个头不是很高,长相好似外国人,操着一口上海普通话。她是教语文的,总是非常认真地批改作文。有一天,她布置作业,由于临近国庆节,要求同学们写一篇歌颂祖国的文章。恰巧,我刚刚看过《海外赤子》影片,著名歌唱家叶佩英老师演唱的这首《我爱你,中国》引发了我的强烈共鸣。于是,我将歌词中的几句,作为作文的过渡段落和引言来使用,写作效果竟是意想不到的好。王秋老师很高兴,于是把我的这篇作文当作范文,而且还在学校自习课时,让我在小广播喇叭里朗读……这件事情已经过去整整42年了。王秋老师(后调入青岛大学中文系任副教授)于2019年8月16日在青岛逝世,享年85岁。2022年是她逝世的"三周年",我们班上的同学们集体组织在八大关海边进行了纪念仪式。假如,我们每个人的人生中能够遇到一位好老师，那将是我们一生中的荣幸。我们每个人每个时期的成长，确确实实需要善待我们的引路人，从这一点来说，王秋老师理应受到同学们的敬重和爱戴！她不仅仅是我们当年的班主任，后来我才知道，她曾把自己微薄的工资收入，省吃俭用，资助了若干个失学儿童。

　　1979 年，珠江电影制片厂拍摄的这部《海外赤子》一经上映，便在海内外华侨中产生强烈反响。这样的情景总是让我想起钱学森先生和陈嘉庚先生等许许多多的爱国人士，曾经克服重重险境回到祖国的怀抱，为祖国的建设作出自己的贡献。我曾经观看过一段钱学森先生在弥留之际的访谈视频：**病榻上已是耄耋之年的钱学森先生，谈到他归国的动机时深情地说："是我们新中国的制度好，让我产生了回归的动力！" 他还说道："一个国家穷一点不算什么，有个几年或十几年、几十年的努力，一定会慢慢发展，变得好起来的。"** 但是，一个国家如果风气坏了，那可能要经过几代人的努力才能有所改变的。当年钱学森先生与夫人蒋英，几经辗转才回到祖国，与许多科学家在艰苦条件下风餐露宿，为我国的"两弹一星"作出了卓越贡献。有的科学家隐姓埋名，终生不渝，伟大的中华人民共和国日益强大起来，他们功不可没，永垂青史。在福建厦门集美的鳌园里，毛泽东主席亲笔题写的"集美解放纪念碑"巍然耸立于蓝天大海之间。在集美还有归国华侨陈嘉庚先生的纪念馆，他以**"诚毅"**为践行的诺言，从集美的小学、初中、高中到厦门大学，都有他捐资助学的身影。陈嘉庚先生是著名的华侨领袖、东南亚橡胶产业的翘楚，新中国的政协副主席，生活朴素无华，勤俭节约，但他为新中国的建设积极筹资，助学助力，堪称**"民族的英雄，华侨的楷模"**。2017 年冬，在福建厦门集美的这次采风，让我倍感震撼，

钦佩不已！一种精神的养成，是需要几代人勠力前行的！

《海外赤子》这部影片，汇聚了众多明星参演，有陈冲、秦怡、史进、邢吉田、杜熊文等，导演是欧凡、邢吉田，副导演是万允吉。

陈冲饰演黄思华，作为华侨的后代，她在参加部队文艺团体考试时，演唱的歌曲正是这首《我爱你中国》（影片中的歌曲由中央音乐学院声歌系教授、著名女高音歌唱家叶佩英演唱）。

1977年，陈冲参演了人生中的第一部电影《青春》，扮演哑女，与著名演员俞平搭档。在俞平扮演的军医的精心治疗下，哑女不仅开口说话了，还参军当上了通讯话务兵。这部影片中，当时还名不见经传的张瑜，扮演了哑女的老乡和战友。《青春》由谢晋导演。至今，我依然珍藏着这部影片的光盘。

1979年，陈冲、刘晓庆与青岛籍演员唐国强一起主演了电影《小花》，李谷一首唱了影片中的插曲《绒花》。2017年，冯小刚将韩红演唱的《绒花》，用于电影《芳华》的片尾歌曲。陈冲留学后，导演了影片《天浴》，并参演姜文导演的影片《太阳照常升起》，在其中扮演了一名性格取向特别的医护人员。

"新中国二十二大电影明星"之一的秦怡，在影片《海外赤子》中饰演了黄思华的母亲林碧云，与著名演员史进（饰演黄思华的父亲黄德深）搭档。2018年，曾荣获中国电影表演艺术学会特别荣誉奖的史进先生逝世，享年95岁。2022年，"人民艺术家"秦怡在上海逝世，享年100岁。愿新中国的电影艺术家们，能为中国影坛留下更多美好的银幕形象，传递积极的精神力量。我爱你——中国！

2022年10月2日凌晨1点06分
子实创作于青岛逍遥轩东窗书屋

《枯木逢春》

　　今天，一边阅读新闻，一边读书，还观看了一部影片《枯木逢春》。所读图书是《毛泽东诗词精读（珍藏版）》，其中的《七律二首·送瘟神》如下：

　　读六月三十日《人民日报》，余江县消灭了血吸虫。浮想联翩，夜不能寐。微风拂煦，旭日临窗。遥望南天，欣然命笔。

其一
绿水青山枉自多，华佗无奈小虫何！

千村薜荔人遗矢，万户萧疏鬼唱歌。

坐地日行八万里，巡天遥看一千河。

牛郎欲问瘟神事，一样悲欢逐逝波。

其二

春风杨柳万千条，六亿神州尽舜尧。

红雨随心翻作浪，青山着意化为桥。

天连五岭银锄落，地动三河铁臂摇。

借问瘟君欲何往，纸船明烛照天烧。

这两首七律是毛泽东 1958 年 7 月 1 日创作的。

新中国成立前，江西、浙江等地遭受血吸虫疫情的严重侵害，失村丧户，民不聊生。新中国成立后，毛泽东于 1955 年发出**"一定要消灭血吸虫"**的号召。1958 年 6 月 30 日，当他读到《人民日报》通讯《第一面红旗》报道江西省余江县消灭了血吸虫病后，写下这两首著名的七律诗篇。毛泽东主席的诗词发表后，极大地鼓舞了全国人民战胜疫情的信心和力量。经过全国人民的大力支援和团结协作，血吸虫病终于被彻底消灭。

1961 年，上海电影制片厂拍摄了经典影片《枯木逢春》，讲述了饱受血吸虫病折磨的江西、浙江等广大南方地区人民在新中国成立前的悲惨遭遇，以及新中国成立后，在毛泽东主席的伟大号召下，他们积极行动起来，并在全国人民的支援下，彻底消灭血吸虫病的故事。

影片汇聚了尤嘉、徐志骅、上官云珠、钱千里、蒋天流、吴云芳、仲星火、高博等一批著名演员，由王炼、郑君里编剧，郑君里导演，葛炎作曲，上海民族乐团、上影乐团演奏，陈传熙指挥。

尤嘉在电影《枯木逢春》中扮演女主角苦妹子。此外，她在影片《大李小李和老李》《火红的年代》中扮演的角色很出彩。

上官云珠是"新中国二十二大电影明星"之一,在《枯木逢春》中扮演方妈妈。她曾因参演《南岛风云》影片而改变以往的银幕形象,引来观众广泛赞誉。

仲星火曾在电影《李双双》中扮演孙喜旺,与"新中国二十二大电影明星"之一的张瑞芳扮演的李双双搭戏。该片荣获中国第二届大众电影百花奖最佳影片。仲星火曾在电影《南征北战》中扮演战士刘永贵。在大沙河边,他的一句台词"又喝到家乡的水了"非常经典。他在电影《今天我休息》中扮演的民警马天民,深受观众欢迎和喜爱。

高博是山东籍著名演员,曾在电影《红日》《第二个春天》中扮演精彩角色。1975 年拍摄《第二个春天》影片时,剧组下榻青岛八大关太平角一路 11 号,我们经常遇到高博、于洋、杨雅琴等著名演员,并且经常在现场看他们拍摄影片。这样一些日积月累的熏陶,为我终身喜爱电影艺术打下了很好的根基。

2022 年 10 月 3 日凌晨 2 点 16 分
子实创作于青岛逍遥轩东窗书屋

《第二个春天》

　　明天就是中国的传统节日"重阳节"了。"九九谓之重阳"，"9"这个数字在中国辩证哲学中，意味着"阳之极也"，"6"这个数字意味着"阴之极也"。"一阴一阳谓之道""道生一，一生二，二生三，三生万物""万物负阴而抱阳""冲气以为和""人法地，地法天，天法道，道法自然"这些来自老子《道德经》中的哲学观点，启发我要努力做到："致虚极，守静笃，万物并作，吾以观复"。

中国的哲学观,汇集了"儒释道"精华所在。"阴之极,始变阳""阳之极,始变阴""福祸相依并存",所以常言道:"福无双至,祸不单行。""无欲,以观其妙""有欲,以观其徼"这些话语皆是"微言精义"也!正所谓:夫物芸芸,归根曰静,知常曰明!

我学习后为自己提出了"九不修养"之说:一不自显,二不自是,三不自彰,四不自夸,五不自功,六不自居,七不自傲,八不自喜,九不自悲。

努力做到"心无挂碍,则无有恐怖。远离颠倒梦想,梦幻泡影。应无所住,而生其心",达到"破执扫相",力求"有欲,无欲,兼而有之。有为,无为,时情而定"之心境与践行。"上士闻道,勤而行之。中士闻道,若存若无。下士闻道,大笑之,不笑不足以为道。""知人者智,自知者明。"做人不可妄自菲薄,更不可妄自尊大,自以为是。信言不美,美言不信也!

今天凌晨 4 时许,刚刚完成写作计划,暴风雨如期而至,夹杂着电闪雷鸣,似乎是前所未有的气象。上午醒来,翻看新闻,大为惊讶,岛城各媒体平台,发布了一个极其特殊的新闻:具有 6 000 多年历史的世界级自然景观青岛"石老人",在今日凌晨 4 时许的滚滚雷电与暴雨交加中轰然坍塌!

重阳节即是"老人节",在重阳节即将到来的时候,青岛"石老人"倒下了,惊诧之余我不禁想起了庾信的《枯树赋》。

> 昔年种柳,
> 依依汉南。
> 今看摇落,
> 凄怆江潭。
> 树犹如此,

人何以堪！

是啊，相比较约 45 亿年的地球，不过"百年人生"的人们，一生的岁月真的是"一刹那"间的事情。

人生易老天难老，
岁岁重阳。
今又重阳，
战地黄花分外香。
一年一度秋风劲，
不似春光。
胜似春光，
寥廓江天万里霜。

今天，重读这首毛泽东主席创作于 1929 年 10 月的诗篇——《采桑子·重阳》。我虽已 59 周岁，但仍觉得心是年轻的，充满着往昔的万丈豪情，眼前仿佛依旧闪现着亲眼见证的电影《第二个春天》在青岛的摄制过程。那一年，是 1975 年，我 12 岁，父亲 55 岁，母亲 53 岁。时间就是这么"不经过的"，转眼下个月的 2022 年农历十月二十五日，母亲的"百年诞辰"就要到了！"一百年啊，多漫长！"假如父亲健在，今年他老人家也已经是 102 周岁啦！当然，今天我还要说的是，在中国电影百年历程中，有一位具有"承上启下"作用的银幕形象塑造者。著名电影明星杨雅琴，这位经典影片《第二个春天》中海军舰艇工程师刘芝茵的扮演者，刚刚 53 岁便不幸逝世，实在令人悲伤痛惜！

影片《第二个春天》，于 1975 年在青岛拍摄，我是亲历者、见证人。由上海电影制片厂桑弧、王文秀导演的这部影片，汇集了于洋、杨雅琴、张宪、高博、康泰、张瑜、郭凯敏等一批演员参演。剧组来青岛拍摄时，下榻在青岛八大关太平角一路 11 号，我们会经常与演员们遇见。当时，太平角一路 11 号属青岛交际处四所管辖，而我们家居住的太平角一路 7 号和 13 号属山东省卫生厅直属青岛疗养院管辖。

于洋和杨雅琴都是山东籍电影演员。于洋是"新中国二十二大电影明星"之一。至今，于洋与田华、王心刚、王晓棠、谢芳、祝希娟等著名演员依然健在。

杨雅琴在我心目中的美，是独特而善良的，特别是她的眼睛非常漂亮，看上去有着与众不同的气质。她笑起来很柔美随和，但是冷峻起来，却透露出一种无人可比拟的眼神，直魄人心。她在拍摄现场非常认真。比如，在太平角一路 25 号，她为了一个镜头，居然与饰演父亲的高博和饰演妹妹的张瑜拍摄了整整一个下午。那时，只要听到汽车式发电车的马达轰鸣声，准是又要拍电影了，寻声跑去观看保准没错。

那时，张瑜还名不见经传，她扮演刘芝茵的妹妹刘芝华。她们姐妹俩的父亲，是高博饰演的海军研究所刘所长。高博也是山东籍著名演员。张瑜真正出名是在与《第二个春天》中扮演海军战士的郭凯敏合作的电影《庐山恋》中，两个年轻演员扮演一对情侣。昨晚，用智能手机观看了《第二个春天》的几个片段。现在看电影很方便，智能手机一搜即可，但是没有当年从银幕上看电影的感觉！其中有于洋扮演的海军冯涛政委与高博扮演的刘所长，在太平角一路海边上一边行走一边交谈的镜头。背景里，绿树葱茏，"花石楼"清晰可见，但看不到现在青疗的"锦绣园"宾馆。那时的太平角一路，很干净很自然，没有木栈道，也不允许大型车辆行驶，青岛警备区派警卫部队巡逻，外面的人员是极少能够进入该区域的。

还有一场于洋扮演的冯涛与康泰扮演的工程师潘文,在青岛疗养院体疗部楼梯上的对手戏。两位演员的表演都非常投入、认真。康泰饰演的潘文与张宪饰演的齐厂长,一心依靠外国,想建造"飞鱼"舰艇,但外国人关键时刻"卡我们的脖子"。以冯涛和刘芝茵为代表的工程技术人员,依靠自力更生,奋发图强,依靠广大造船技术工人的力量,在一次次试验和一次次克服困难中,终于成功研制出达到当时世界先进水平的舰艇"海鹰"。

当年,与《第二个春天》同年上映的还有经典影片《海霞》《春苗》等。

中国电影百年历史进程中,有一批很有才华的演员,英年早逝,令观众非常遗憾和惋惜。比如,《南征北战》中饰演高营长的冯喆,《小兵张嘎》中饰演侦察员罗金宝的张莹,《枯木逢春》中饰演方妈妈的上官云珠,《铁道卫士》中饰演铁路公安处长,《刘三姐》中饰演老渔夫的张巨光。上述的几位演员都不到50岁便离开了这个世界。这样的例子,还有好多,比如周璇、杨丽坤等表演艺术家们。

1997年,著名演员杨雅琴去世,年仅53岁。假如杨雅琴至今健在的话,她还不到80岁。我深信这样一位优秀的电影演员,用她25年的人生时光,会为观众演绎更多银幕上的艺术形象。如今,剩下的只有遗憾了!

杨雅琴出生于山东济南,先是考入前卫话剧团,继而在电影《地雷战》中扮演田嫂;再后来,与曲云合作,在电影《苦菜花》中扮演娟子一角,广受好评。她随即调入八一电影制片厂,在电影《侦察兵》中与王心刚搭档,扮演孙秀英;在电影《第二个春天》中与于洋等合作,扮演我国自主设计建造"海鹰"号舰艇的海军工程师刘芝茵。她在影片中扮演的角色都非常精彩,鲜明、生动、正派,富有创新和激情,成为一个时代的银幕明星。

杨雅琴的形象总是时时闪现在我的眼前,一切恍然若梦。

在电影《第二个春天》中,于洋扮演的海军政委冯涛,坚决支持刘芝茵和造船技术工人们的大胆试验和勇于创造的精神。他与齐厂长在工作中产生矛盾和困难时,总是耐心交流,统一思想。他响亮地指出:"我们从参加部队那天起,碰到的困难还少吗?高山拦,大河拦,天上飞机扫,地上大炮轰,我们害怕了困难了吗?想后退了吗?不敢和敌人斗争了吗?没有,从来没有!"这样的影片,这样的台词,散发着满满的正能量,熏陶着我们这些当年正在成长中的少年的心灵!

我家有一个单独的小花园,上海电影制片的美工师李华忠叔叔经常来我家与父亲在小花园里交流艺术创作。父亲读过私塾,喜爱书法、绘画、古董、绿石,喜爱读书报、听广播、创作、交流诗词歌赋等。李华忠叔叔会根据电影拍摄的需要,借用我们家的花卉做道具。我经常会得到一些剧组制作的用于演示的小道具,比如木头做的小舰艇模型以及纸壳做的小沙发、小桌椅等,很是好玩儿。有时,我会用父亲的放大镜,将小花园的景致,投射到家里的墙体上,尽管是彩色的倒影,但却很美丽。原生家庭与电影,带给我许多童年中的欢乐和梦想。

可以说电影《第二个春天》,助力我实现了人生中的两个梦想。一个梦想是实现了参加海军部队,一个梦想是实现了摄影、摄像和新闻记者!

2022 年 10 月 4 日凌晨 1 点 39 分
子实创作于青岛逍遥轩东窗书屋

《今天我休息》

今天是 2022 年 10 月 4 日，既在国庆小长假期间，又逢重阳节，也是国家法定的老人节。今天我休息，重读了王维的诗篇《九月九日忆山东兄弟》。

独在异乡为异客，
每逢佳节倍思亲。
遥知兄弟登高处，

遍插茱萸少一人。

我思念自己已故的父母,来到青岛八大关太平角一路原"赤松小舍"的家乡海边,用美酒和泉水,在父母的海葬之处纪念,凝神回望已逝的往昔岁月。今夜的海边正退大潮,不仅是海葬父母时的那块特殊的礁石完全裸露出来,就是小时候游泳垂钓的"大石头"也完全从浪涛里退了出来,依旧挺立在杂乱的碎石间,不受任何干扰,依旧在它似乎"固定的岗位上"任凭风吹浪打,我自岿然不动!眼前的一切,曾经承载过我多少的人生梦想啊,即使"花甲"将至依然"心如少年"归来!

今天我休息,不仅是一句平常话,也是一部经典影片的名称。《今天我休息》于 1959 年由上海海燕电影制片厂摄制,导演鲁韧,主要演员包括仲星火、赵抒音、上官云珠、李保罗、史原、陈述等。仲星火饰演主角马天民,是一位民警。赵抒音饰演女主角刘萍,是一位邮递员。《今天我休息》是一部带有喜剧色彩的故事片,说的是民警马天民利用休息日去跟邮递员刘萍相亲,结果这位"爱管闲事儿"的民警在相亲的路上却帮助一批人解决了现实中的困难。这些困难的人中有从乡下进城的农民,有患病送医院的病患儿童,有出差丢失物品的工作人员,他都及时出手相助,而恰恰耽误了自己休息日的相亲,引起一系列的误会和感激。但是,好人终究有好报,人品好的人广受人们的喜爱和赞赏。这就是那个时代互助友爱的人际关系,少了许多自私自利之心,多了许多同志间的关心和帮助,这才是中国的土地上人与人之间应该提倡的精神和样貌。因此,**这样的电影看后,特别容易被感动,它为成长中的少年儿童注入了集体、友爱、关心、互助的时代因子。看罢,不能不为马天民这样一位普通民警的日**

常行为所感召,不能不为自己是这样一种社会主义制度下的公民而骄傲!

一部经过许多年仍然被民众称道的好影片,一定具有引导人们积极向善和鞭挞丑恶的化育功能。艺术家的创作,假如能够抛开金钱、名利的诱惑,始终拥有善良、真诚的初心,运用电影这样一种载体,去挖掘和表现美好的人性、善良的品德、坚韧的力量、平和的心境、面对困境的勇气和气贯长虹的浩然正气,那么,这样的作品无疑是具有生命力的,这样的影片会带给人们一种人生美学意义上的教益,而不仅仅是娱乐之后的模仿。特别是成长中的青少年,在是非辨别能力不够的情况下,会被有些电影引入歧途。这也是电影艺术家们的责任所在。

已经是 21 世纪的今天,经典的电影即使是跨域世纪依旧是经典,这是为什么呢?在我看来,人性总是相通的,特别是善良和真诚的特质。世界上的大多数人们,不分种族、民族、地域、性别、年龄、身份,总是期盼人生中遇到真、善、美,厌弃假、恶、丑。在这一点上,细心的观众是比我更加了解的。

仲星火这位我非常喜爱的著名电影演员之一,已经离开我们许多年了。我们需要更多仲星火这样的电影艺术家们,塑造出更多新时代里的马天民。因为,人们呼唤马天民这样尽职尽责的好民警,这绝非一句戏言和空话!

2022 年 10 月 5 日凌晨 1 点 16 分
子实创作于青岛逍遥轩东窗书屋

中国电影篇·故事片

《春满人间》

　　《春满人间》是 1959 年由上海天马电影制片厂拍摄，桑弧导演的一部经典故事片。这部影片之所以经典，一是记录了那个时代人们的精神风貌，二是汇聚了一批观众非常喜爱的电影演员，其中有白杨、卫禹平、王丹凤、白穆、中叔皇等。

　　故事是从上海人民广播电台记者在炼钢炉前采访开始的。那个时候，人们的工作热情空前高涨，经常会开展多种形式的劳动竞赛。卫禹平饰演的丁大刚带领某钢铁厂的一支劳动小组，与中叔皇扮演的梁世昌带领下的另一支劳动小组,即将展开一场"流动红旗"劳动竞赛,大家热血沸腾,誓言铮铮。

丁大刚与王丹凤扮演的汽车售票员朱秀云,再过 10 天,就要在"五一劳动节"举行婚礼了。他们分头行动,丁大刚积极开展劳动竞赛,朱秀云认真筹办婚礼所需,他们的工作和生活都充满了勃勃生机。

然而,为了一场抢救钢水的行动,准新郎丁大刚却意外被大面积严重烫伤。

由著名表演艺术家白杨饰演的医院党委书记方群,面对医院专家们不同的治疗方案和瞬息万变的伤情,一边亲临病床前安慰丁大刚,一边仔细听取各方面的医疗建议与方案,果断应对变化,积极支持白穆饰演的专家大胆采取各种新措施。最终,不仅保住了丁大刚的生命,而且,保住了他即将被截肢的大腿,让他康复后能够重返岗位。

这是根据一个真实事件改编的影片。编剧:柯灵、谢俊峰、桑弧。这是一部鼓舞人心的电影佳作。从故事的取材、导演的编导,到演员的演出,都非常感人。

1986 年,我结束了海军特种部队的服役回到故乡青岛,1987 年 1 月被分配到青岛市人民医院院长办公室工作,1991 年又被调往青岛电视台新闻部工作。从事过部队工作、医院工作、新闻记者采编工作,有着 42 年各种工作经历的我,对于这些地方都不陌生。特别是 1989 年 8 月 12 日 9 点 55 分,黄岛油库遭到雷击爆燃,一场抢险灭火的战斗将 14 名消防战士吞噬,5 位坚守岗位的油库工人也倒在火海中。生命至上——一场抢救伤员的"战役"瞬间打响。青岛市卫生局局长刘镜如同志根据市委、市政府的指挥调度,第一时间带领医疗队冲进爆燃的火灾现场抢救伤员。

所以,电影《春满人间》中,白杨饰演的医院党委书记方群的形象,我感到非常熟悉和亲切。这就是那个年代的"白衣天使",心中始终装着病患的安危,"**救死扶伤,实行革命的人道主义**"。一切抢救的危急关头,她们可以做到将生死置之度外。自2020年的新冠疫情以来,许多医护专家在一次次吹响的号角前义无反顾,表现出高尚的品行。她们不分昼夜,连续作战。无论是军队的还是地方的医护人员,哪里有需要,哪里就有她们的身影。她们中的一些人劳累过度,再也没有醒来……

"新中国二十二大电影明星"之一的白杨,是我特别喜爱的著名电影表演艺术家。白杨表演的形象,端庄大气,朴实无华。她和蔼可亲,语言舒缓而不犀利,行事果敢而不忙乱,总是有条不紊,扮演的各种角色令人信服。她在影片《春满人间》中,将医院党委书记方群饰演的栩栩如生,把一位以救死扶伤为己任的共产党员领导干部形象表达得淋漓尽致,生动鲜明。

白杨自己从小的苦难经历,很好地磨炼了她的意志。于是,她把鲁迅笔下《祝福》中的祥林嫂演绎得非常有深度,充满着人性中的善与恨,同时仿佛让观众与她同命运、共呼吸、同悲愤!

白杨演绎的经典影片,无一例外地融入了中国电影的百年历史画卷中。可以说,白杨是中国当之无愧的电影表演艺术家。

60年来,我看着白杨等电影艺术家们的精湛表演,已经把她们当成自己人生中的参照。看电影人物的生命轨迹,眼前仿佛出现一幕幕自己的人生经历,那些人,那些事儿,时时出现在我们的生命历程之中,鼓舞着我们,或提示着我们,抑或警醒着我们。这就是电影带给我们的魅力,期盼春满人间!

2022年10月6日凌晨0点22分
子实创作于青岛逍遥轩东窗书屋

《暗 礁》

　　《暗礁》这部影片，由长春电影制片厂摄制，编剧是薛寿先，导演是广道、林克，作曲是雷振邦、林雪松，主要演员有李戈、丁笑宜、迟志强、金毅、向隽殊、陈默、卢桂兰、姜黎黎、任颐、李铁军等。

　　这部影片是 1977 年长影厂在青岛拍摄的，于 1978 年全国公映。那时候，《暗礁》与《黑三角》《熊迹》《东港谍影》等一批反特影片，相继拍摄上映。到 2022 年 10 月 1 日，新中国已经走过 73 年的发展历程，然而，现实中保卫国家安全的反间谍斗争，依然复杂艰巨。2020年,央视某外籍主持人潜伏央视20年间谍案被侦察发现,目前即将公审。这是发生在我们身边已经被公开的案例,非常地触目惊心。因而,不仅仅是艺术化了的反特影片,就是在我们的日常生活和工作中,也要时时警觉一切利用现代化智能设施从事破坏国家安全的事件发生,这绝非危言耸听,而是现实世界的残酷性。我国已在2015年7月1日全国人大常委会通过《中华人民共和国国家安全法》,规定每年的4月15日为全民国家安全教育日。

从新中国创建之初拍摄的《国庆十点钟》《羊城暗哨》《秘密图纸》到《暗礁》再到《誓言无声》《于无声处》等许多影视作品,都在警醒着我们每一个人要警惕一切金钱美色的利诱,国家安全是核心利益,丝毫不可动摇。

1977年,长影厂《暗礁》摄影组,下榻在青岛太平角一路11号和湛山一路3号。那时候,我还在青岛嘉峪关学校上初中,居住的"赤松小舍"与摄制组相距不远,因此,可以时时看到拍摄现场。比如,太平角一路2号青岛疗养院体疗部门前的海滩上,摄制组一遍又一遍地拍摄同样的镜头——一位扮演警察的演员,骑摩托摔进海滩的浅水中。后来才知道,这位演员叫丁笑宜,他在影片中扮演侦察科科长,是在大雨中追捕时摔落海里的。他一遍遍地重复拍摄着,没有丝毫怨言。后来正式放映中,这个经过许多摄制人员和演员付出巨大努力的镜头,却没有用上。因而,我们所看到的银幕上的一幅幅画面,都凝聚着无数电影工作者们辛勤的工作与汗水。

电影《暗礁》描述的是1964年,我国领导人出访亚、非、拉国家取得圆满成功后,得到国际社会的广泛赞誉。我国准备通过港口货轮运输物资,支援非洲国家建设。然而,空投的敌特企图炸毁货轮,破坏国与国之间的友好往来,但是阴谋最终被粉碎。

影片时时出现我们青岛熟悉的风光和街景,比如八大关山海关路上的小凉亭,是特务利用晨练进行接头的地方;再比如太平路上的市人民会堂门卫小房子,莱阳路上的小山坡路巷,栈桥沿线的6路公交车,第一海水浴场沙滩及海中救生船,以及一些医院门诊部;当时通往崂山沙子口的林荫土路,在电影中比比皆是,让我们大饱眼福。青岛真是一个天然的电影摄影棚。

长春电影制片厂的姜黎黎,当时刚开始在银幕上有了一些名气。她在《暗礁》中扮演的角色叫常明,遭特务袭击后资料被抢夺。这组镜头拍摄于青岛莱阳路上的山坡小巷。她在影片《红牡丹》《神圣的使命》中都有出色的表演。

长春电影制片厂的卢桂兰,是我国著名电影演员。她在《暗礁》中扮演于大夫,为配合公安局破案起到积极的协助作用。卢桂兰曾在《冰上姐妹》《特快列车》等许多影片中都有精彩的表演。

长春电影制片厂的向隽殊,是我国著名演员和电影配音艺术家,她曾为朝鲜著名影片《卖花姑娘》中的花妮和《无名英雄》中的顺姬,以及《摘苹果的时候》《南江村的妇女》等配音,给观众留下了终生难忘的美妙声音。她在影片《暗礁》中饰演王校长,一位配合公安局破获此案的重要角色。

长春电影制片厂的任颐,是一位著名演员。他曾在经典影片《英雄儿女》中扮演我志愿军某部军长,与田方饰演的某部师政委交谈工作任务。任颐在《暗礁》中出人意料的饰演了最后被公安人员拘捕的潜伏特务组织头目刘继业。这个一直秘密潜伏并假装老实人的刘继业,很像朝鲜电影《看不见的战线》里的特务"老狐狸"。

《暗礁》中的空投特务侯振武,是由山东籍演员李铁军扮演的。李铁军此前被选入重拍《平原游击队》,担任李向阳一角。在《暗礁》中,李铁军一改正面形象,扮演反派特务侯振武,在第一海水浴场秘密接头,岂知陪同者就是公安人员。他假装来到向隽殊扮演的王校长家里,企图将伪装在行李箱中的微型炸弹带上即将驶往支援非洲的货轮。最终他的行踪暴露无遗,被牢牢掌控。李铁军后来出演过多部影视片,还曾担任过执行导演的工作。

2022 年 10 月 6 日深夜 11 点 03 分
子实创作于青岛逍遥轩东窗书屋

《火红的年代》

　　傍晚时分,漫步在青岛奥帆中心的情人坝上,眼前的环海岸边,依旧呈现出节日的灯光秀,红彤彤的一片,耀亮秀美的大海,这真是一个"火红的年代"啊!不禁使我想起上海电影制片厂拍摄的这部经典影片的名称,恰如其分。

　　影片《火红的年代》故事背景发生在 1962 年代的春天,我国刚刚战胜了自 1959 年以来的"三年困难时期"。在奔驰的列车上,著名演员于洋饰演的上海某炼钢厂炉长赵四海,凝神静听中央人民广播电台正在播报的新华社元旦社论。他与同行的白厂长(温锡莹饰演)和海军首长(中叔皇饰演)一起讨论元旦社论的同时,就海军建设急需的"特殊合金钢(钢号303)"的开发研制工作进行了研究。那时,我国不仅仅是面临刚刚战胜的自然灾害,也面临诸多国际上的威胁和挑战。我国人民不畏艰难险阻,发扬自力更生、艰苦奋斗的精神,面对一次又一次试验的失败,面对一次又一次敌对势力的破坏,硬是依靠我们炼钢工人们胜不骄败不馁的干劲儿,在党和毛主席的领导下,炼出了我国自己的"争气钢",为海军事业的飞速发展创造了坚不可摧的物质条件。

　　1962年距2022年已经整整过去60年了。回首这60年,我国不仅是国防和工农业得到了迅猛发展,人们的精神文化和精神面貌也呈现出百花齐放的勃勃生机。在党和国家领导人的关怀下,文化部从北京电影制片厂、上海电影制片厂、长春电影制片厂、八一电影制片厂四大电影生产厂和一些文艺团体中,提名并评选出观众非常喜爱的"新中国二十二大电影明星":白杨、陈强、崔嵬、金迪、李亚林、庞学勤、秦怡、上官云珠、孙道临、田华、王丹凤、王晓棠、王心刚、谢芳、谢添、于蓝、于洋、张平、张瑞芳、张圆、赵丹、祝希娟。他们或她们在银幕上塑造了经典的电影艺术形象,至今依旧熠熠生辉。他们敬业爱岗,以人品塑形象,通过电影这样的载体激发观众对人生和美好生活的激情与向往,这样的感受,60年来我体会得极为深刻。1962年,我国还首次举办了大众电影百花奖的评选,让观众评选喜爱的影片,这是新中国文化的一个创举,并在北京举行了颁奖仪式,共设置了12个奖项。截至2022年,大众电影百花奖陪伴中国电影走过了60年,共举办了36届!

影片《火红的年代》由上海电影制片厂拍摄于 1974 年，傅超武、孙永平、俞仲英联合执导；主要演员有于洋、郑大年、温锡莹、娄际成、刘子枫、高博、中叔皇、李玲君等。其中，著名演员张雁饰演电影中的反派人物应家培，给观众留下深刻印象。与电影《火红的年代》先后上映的影片有《青松岭》《艳阳天》《战洪图》《一副保险带》《无影灯下送银针》《侦察兵》《向阳院的故事》《创业》《长空雄鹰》《闪闪的红星》《春苗》《决裂》《海霞》《激战无名川》《烽火少年》《第二个春天》《红雨》《金光大道》《难忘的战斗》《黄河少年》《车轮滚滚》《南海风云》《阿夏河的秘密》《南海长城》《沸腾的群山》《阿勇》《小螺号》等。

《火红的年代》中炼钢炉长赵四海的扮演者于洋，就是"新中国二十二大电影明星"之一。就在我写作此书时，著名演员于洋和他的爱人杨静，均已是耄耋老人，至今依旧健康硬朗。他是山东籍演员，曾经是侦察员，经历过残酷的战争岁月的锻炼。他出演过《英雄虎胆》《暴风骤雨》《大浪淘沙》《第二个春天》。他与著名演员印质明合作拍摄了精彩影片《戴手铐的旅客》。影片中的一首《驼铃》插曲，令观众反复吟唱，催人泪下。2017 年 12 月，冯小刚导演的《芳华》几经周折，终于公映。影片中描写文工团解散的场景中，战友们声泪俱下演唱的就是这首《驼铃》：

送战友，
踏征程，
默默无语两眼泪，
耳边响起驼铃声。
路漫漫，

雾蒙蒙，
革命生涯常分手，
一样分别两样情。
战友啊战友，
亲爱的弟兄，
当心夜半北风寒，
一路多保重！

2022 年 10 月 8 日凌晨 0 点 29 分
子实创作于青岛逍遥轩东窗书屋

《霓虹灯下的哨兵》

　　今天是 2022 年 10 月 8 日，也是中国传统二十四节气的寒露时节，休完国庆节小长假的人们，开始奔波于日常生活与工作之间。就在昨天，中共十九届中央纪委第七次全体会议在北京举行。今天最高检传来消息，以涉嫌受贿、利用影响力受贿一案，决定逮捕原中国铁路总公司某领导。此前，经中共中央批准，中央纪委国家监委对落马官员严重违纪违法问题进行了立案审查，落马官员将公权力当作攫取私利的工具，"靠海关吃海关"

"靠铁路吃铁路"非法收受巨额财物。

再过一周的 10 月 16 日,中国共产党第二十次全国代表大会将在首都北京召开。这是我国政治生活中非常重要的大事,中国共产党人带领全中国人民开创怎样的发展之路一系列重大决策,对当今中国乃至世界发展至关重要。于是,我再一次想到新中国成立初期的 1951 年,刘青山、张子善严重贪污腐化被予以严惩的典型案例。由此我想到中共七届二中全会上毛泽东同志振聋发聩的"**两个务必**",要求全党在胜利面前要保持清醒头脑,在夺取全国政权后要经受住执政的考验。**务必使同志们继续地保持谦虚、谨慎、不骄、不躁的作风。务必使同志们继续地保持艰苦奋斗的作风!**

上海天马电影制片厂于 1964 年根据同名话剧改编拍摄的经典故事片《霓虹灯下的哨兵》,就是描写上海解放后,进驻南京路执勤的中国人民解放军某部指战员,如何面对大城市和新环境,保持"两个务必",坚守岗位,粉碎一切腐化思想的腐蚀侵害,成为新中国建设事业的坚强守卫者。毛泽东同志曾根据"南京路上好八连"的事迹,于 1963 年 8 月 1 日写下著名的《杂言诗·八连颂》诗篇:

好八连,天下传。为什么?意志坚。

为人民,几十年。拒腐蚀,永不沾。

因此叫,好八连。解放军,要学习。

全军民,要自立。不怕压,不怕迫。

不怕刀,不怕戟。不怕鬼,不怕魅。

不怕帝,不怕贼。奇儿女,如松柏。

上参天,傲霜雪。纪律好,如坚壁。

军事好,如霹雳。政治好,称第一。

思想好,能分析。分析好,大有益。

益在哪? 团结力。军民团结如一人,

试看天下谁能敌。

毛泽东主席写于 1963 年的这首诗篇,60 年来激励我走向一个又一个岗位——参军服役、地方医疗、新闻记者。我总是用"两个务必"警示自己,特别是家中父母双亲以身作则的示范,带动和影响着我,遇事分析判断,"分析好"确实"大有益"。面对人世间的种种新生事物,面对错综复杂的种种物质诱惑,没有一个坚定的思想和底线意识,是很难"破除万难"的! 这也是我每看一遍《霓虹灯下的哨兵》,总是有所触动的原因,特别是走在这"花花世界"里,要想保持一颗"平静心""平常心",实在是需要一种"定力"!

由著名导演王苹和葛鑫执导,沈西蒙编剧,黄绍芬摄影的这部《霓虹灯下的哨兵》,汇聚了徐林格、宫子丕、马学士、袁岳、廖有梁、刘鸿声、陶玉玲、丁尼、王士学、吴斌、张耐霞等一批演员参演。徐林格在《上甘岭》中,袁岳在《杨根思》中,廖有梁和陶玉玲在《柳堡的故事》中,都有出色的表演。八一电影制片厂著名演员陶玉玲饰演了《霓虹灯下的哨兵》中的春妮,至今耄耋之年的她,依旧活跃在舞台之上,星光闪耀,传播着满满的正能量。

2022 年 10 月 9 日凌晨 0 点 13 分
子实创作于青岛逍遥轩东窗书屋

《雷　锋》

雷锋,我们的战友,
我们亲爱的弟兄。
雷锋,我们的榜样,
我们青年的标兵。
学习雷锋,
红心永向党。
学习雷锋,

紧跟毛泽东。

前进,前进,

永远高举毛泽东的旗帜,

前进,前进,

为了共产主义而斗争!

雷锋,我们的战友,

我们亲爱的弟兄。

雷锋,红色的战士,

我们青年的先锋。

学习雷锋,

爱憎最分明。

学习雷锋,

立场最坚定。

前进,前进,

永远高举毛泽东的旗帜,

前进,前进,

为了共产主义而斗争!

雷锋,我们的战友,

我们亲爱的弟兄。

雷锋,伟大的战士,

永不生锈的螺丝钉。

学习雷锋,

当好接班人。

学习雷锋,

永远干革命。

前进,前进,

永远高举毛泽东的旗帜，

前进，前进，

为了共产主义而斗争！

这首歌是由我国著名词曲作家傅庚辰创作的《雷锋，我们的战友》。尽管毛泽东主席发出"向雷锋同志学习"的号召已经60年了，雷锋精神的实质"公而忘私"却依旧闪耀着时代的光芒。

雷锋，在我看来，是一位平凡的再也不能平凡的普通士兵，但是，因为他具有"公而忘私"的精神品质，却在平凡的岗位上和生活中，为我们留下了极其不平凡的伟大精神。这些极其宝贵的精神遗产，是多少金银都买不来的。雷锋精神已经深深地注入我们的骨髓和心灵之中！

雷锋于1962年在部队不幸因公殉职，毛泽东主席于1963年向全国人民发出号召："向雷锋同志学习！"同年，由八一电影制片厂的导演董兆琪开始筹拍故事影片《雷锋》。正在解放军艺术学院表演系学习，时年21岁的大学生董金棠被导演选中，幸运地饰演了第一个银幕上的雷锋形象。1964年，电影《雷锋》一经公映，便引发社会广泛关注，好评如潮。

20世纪的六七十年代，雷锋是时代的先锋模范。我们从刚刚开始认字，就一直用雷锋的事迹当作我们前行的力量。课本上，小画书上，广播电台的"小喇叭"里，街头的橱窗，学校的黑板报上，学校的宣传栏里，到处都能见到有关雷锋事迹的宣传画像，形成了人人学雷锋、人人做雷锋的社会风尚。那个时代，《为人民服务》《纪念白求恩》《愚公移山》被称为"老三篇"的著名文章和雷锋精神无不体现出一种时代的精神风貌。毛主席在为纪念张思德而作的《为人民服务》一文中写道："**为人民的利益**

而死，就比泰山还重"。在《纪念白求恩》中写道："白求恩同志毫不利己专门利人的精神，表现在他对工作的极端的负责任，对同志对人民极端的热忱……我们大家要学习他毫无自私自利之心的精神。""一个人能力有大小，但只要有这点精神，就是一个高尚的人，一个纯粹的人，一个有道德的人，一个脱离了低级趣味的人，一个有益于人民的人。"1964 年，上海电影制片厂和八一电影制片厂联合拍摄了经典传记影片《白求恩大夫》，我观看后感动不已，恰好又在新华书店青岛书城采购到这部影片的光盘，至今珍藏，视若珍宝。

电影《雷锋》中的雷锋所做的事情，可能会被当今一些人"看不上眼"，让我想到了 2017 年电影《芳华》中的刘峰。一大群"演员们"把刘峰既当"模范"又当"傻子"。然而，善良的何小萍却从本质上认定刘峰的真诚与善良，因为何小萍人性中的善良与刘峰人性中的善良是"相通的"。

那个年代，我们用雷锋的精神鼓舞上进，激励学习，一心为公，不讲私利。放学的路上，看到拉大车爬坡上沿的人，总是从大车的后面帮忙推车；捡到别人丢失的物品和钱币，主动交给老师或放到大院里的公物箱里；无论是同学还是邻居生病或有困难，都及时相助……榜样的力量，真的是无穷的！

从部队回到地方工作后，父亲曾赠我一幅书法作品，为大篆体书写的八个字：**"为公乃乐，无私则刚"**。这八字箴言，至今依然是我人生中时时遵循的座右铭。父母双亲谆谆告诫的"公"字，是指"大家伙儿""公家""集体""国家""社会"；"私"字，包含的寓意也很广，除了"公"之外，那就不言自明了！

今天许许多多的人们，依然用雷锋、张思德、白求恩、刘胡兰、董存瑞、黄继光、邱少云、以钱学森为代表的著名"两弹一

星"功臣群体、袁隆平、钟南山等一大批英雄模范人物的精神为指引,像《愚公移山》中说的那样,去破除万难。用"滚石上山"的力量,战胜前进道路上的一次又一次险关。前行的路上:**雄关漫道真如铁,而今迈步从头越!**

2022 年 10 月 9 日夜 10 点 51 分
子实初稿创作于青岛逍遥轩东窗书屋
2022 年 10 月 11 日凌晨 0 点 16 分
子实二稿修改于青岛逍遥轩东窗书屋

《向阳院的故事》

　　经典故事影片《向阳院的故事》，由长春电影制片拍摄于
1974年。那一年，我刚好11岁，在青岛嘉峪关学校读小学。那
个年代虽然已经过去将近半个世纪了，但是一切就仿佛发生在
昨天似的，让我难以忘怀。

　　那个时候，长春电影制片厂的电影片头，是雕塑般的工农
兵形象，片头配乐很有激情，像吹响的号角，充满着一股精气神。
电影《向阳院的故事》是根据徐瑛的同名小说改编的，导演是袁乃晨,摄影是方为策,美术是王兴文,作曲是闫祝华、吴大明,由长影乐团演奏,指挥是尹升山。影片中的石爷爷由浦克扮演,凌元、卢廷兰、贺小书、梁音等许多著名演员参加演出。

影片在《小松树快长大》的欢快童声中拉开了故事的序幕。假期里,大院里的孩子们自觉参加社会主义建设中的义务劳动,开展劳动竞赛,在劳动工地搬运砂石。工人师傅石爷爷,主动担任他们的校外辅导员,他研究孩子们的心理,掌握社会对少年儿童教育的渗透和影响,积极动员家长们配合,引导孩子们树立正确的世界观、人生观、价值观,让校外少年儿童学习成长的阵地更加清朗透明,让孩子们从小树立集体观、荣辱观、责任观。一代少年儿童在社会主义新中国的怀抱中,像一颗幼小的树苗,他们在党的阳光雨露滋养下,健康茁壮地成长起来!

1963 年出生的我,与影片中的小演员们是同龄人,我们是在收音机里听到《向阳院的故事》的。那个时候,我除了上课和义务劳动,就是在课余完成不多的家庭作业后,或帮助家里干家务劳动;或去海边钓鱼游泳;或是听收音机里播讲的儿童故事,有《向阳院的故事》《带响的弓箭》《红岩》《渔岛怒潮》,而且电台里经常播送电影录音剪辑。晚上,我们或在马路上铺上凉席乘凉,或赶海用脚踩蛤蜊,或看电影,或听院里的大哥哥讲柯南道尔的《福尔摩斯探案集》。

电影《向阳院的故事》播出后,社会上即刻开展"向向阳院学习"的活动,几乎所有的大院都被冠名"向阳院",有的建起门垛,有的粉刷后写上闪亮的大字"向阳院"。无论是孩子还是家长,都有一身的正气,敢于同社会上的不良现象作斗争。大家对集体的事情,对邻里的事情,都会伸出热情友爱之手相助,大家伙儿有事情就商量解决。那时,一个大院里仅有一个公用水龙头和一处公厕,但是,大家伙儿下班回来都是排队接水,互相谦让,大家都很有涵养,互相帮助,谁家有困难,谁家有病灾殃,不由分说,都是自觉主动地相助。"向阳院的风气"在全社会蔚然成风,亲切感人。大家真的做到了像雷锋叔叔那样,帮助妇女抱孩子,帮助老人扛粮食、拎菜篮子,帮助买煤人推拉小推车和地排车……

学校根据我们居住的不同区域,划分若干个学习小组,比如我所在的八大关太平角一路至六路和居住在嘉峪关湛山一路至六路的同学们,便就近划分成了一个学习小组,同学们一起写作业,一起研究课余活动和做各种各样的好人好事,大家的积极性都很高涨。大院里的公厕和大院里的街道,更加干净整洁了。这就是电影的教化力量。

在电影《向阳院的故事》里扮演石爷爷的浦克是山东籍著名电影表演艺术家。他曾在《甲午风云》中与著名表演艺术家李默然合作,表演精湛。他曾在电影《英雄儿女》中扮演朝鲜金大爷,在齐腰深的冰水里冒着美国敌机轰炸用担架抬伤员,为保障田方扮演的志愿军首长到前线指挥作战。他与女儿还有朝鲜乡亲们一起抬起汽车,越过敌机轰炸的弹坑。作为长春电影制片厂的著名演员,浦克无论是饰演正面角色还是反面人物,都有鲜明的个性特征。《甲午风云》中,他与《林则徐》中扮演林则徐的赵丹一样,都表现出一种关键时刻对腐朽的朝廷统治者的"服从与无奈",但骨子里是对侵略者辱略家国江山的无比愤恨。这样的表演,已经载入中国百年电影的形象史册中,永恒留存,熠熠生辉。浦克在《艳阳天》中扮演的反派人物马之悦,其"阴阳两面性"演绎得淋漓尽致,给观众留下深刻印象。而在电影《向阳院的故事》里,浦克扮演的石爷爷,是一位尽职尽责的校外辅导员,他真诚关心孩子们的健康成长,培养他们诚实友善的品行,教育孩子们并与他们一起经受社会的考验与磨炼,是孩子们真诚可靠的好老师、好前辈。他以自身行动引导全社会重视孩子们的思想建设和作风培养,严格自律、身先士卒,是那个时代思想品行的引领者,值得大家信赖和称赞。

电影《向阳院的故事》,注定已经成为我们这代人心灵深处的永恒经典。

2022 年 10 月 10 日深夜 11 点 21 分
子实创作于青岛逍遥轩东窗书屋

《艳阳天》

今天中午手机上接到一条来自山东省粮食和物资储备局的公益短信:"食为政首,粮安天下。2022年10月16日是第42个世界粮食日,所在周是我国粮食安全宣传周,也是我省反食品浪费宣传周。让我们共同关注粮食安全,爱惜粮食,节约粮食,将中国粮食、中国饭碗牢牢端在我们自己手上。"

这条短信不可谓不重要。全球70多亿人口的今天,粮食问题,温饱问题,依然是宇宙间这颗星球上的人们所面临的重大问题之一!

短信反反复复读了几遍后,电影《艳阳天》《我们村里的年轻人》《李双双》《青松岭》《战洪图》《金光大道》等影片的名称和片段,时时在我的脑海中回放。尽管这些看过无数遍的影片,在我人生的航程中已经过去半个多世纪了,但是影片的主题、脉络、思想、演员、镜头,依旧清晰镌刻在我的记忆中,不曾磨灭。其实,这些电影的主题都跟农村、农民、农业和粮食紧密相连着,粮食是人生的必需品,特别值得重视!

著名电影《艳阳天》是根据浩然的同名小说集体改编的,影片由长春电影制片厂拍摄于 1973 年,导演是林农。影片中张连文饰演萧长春,马精武饰演马老四,郭振清饰演韩百仲,史可夫饰演王书记,严飞饰演萧老大,张明子饰演焦淑红,邵万林饰演马连福,刘衍利饰演韩小乐,张云饰演李世丹,常文治饰演马同利,李希达饰演马立本,浦克饰演马之悦,顾谦饰演马小辫。

电影里的故事开篇:电闪雷鸣,风雨交加,洪水肆流,1956年的东山坞遭受了严重的自然灾害。在这场严峻的灾害面前,每一个人都在经历一场严峻的考验。

燕山高又高,
金泉水长流。
群雁高飞头雁领,
书记带咱向前走。
贫下中农的主心骨,
战胜风浪的好带头,
和咱心贴心,
汗水往一块流,

汗水往一块流。

啊——

迎来丰收心欢畅，

争得山河似锦绣。

电影插曲中，民兵排长萧长春带领大伙儿，聚在一起排除灾害险情，一起拉犁耕种。镜头在歌声中转场，已经当上村支书的萧长春从县里水库的工地归来，经过与大伙儿集体劳动的麦田，看着用心血和汗水浇灌出的金灿灿的麦穗，心中无限欢喜。他顺手摘下一棵麦穗，用手搓搓，吹去麦芒，一颗颗饱满的麦粒摊在掌心，他细心地数着，心头涌起即将丰收的喜悦。粮食，可是我们每一个人的命根子啊！

1973年，我刚好10岁，是一个对于整个世界都充满好奇心的懵懂少年。那个时候，不仅在电影银幕上看影片，而且常常会从收音机中收听浩然创作的长篇小说《艳阳天》《金光大道》，还有好多的小人书可以看，有英雄人物，也有生产和生活中劳动模范和各方面品质优秀的榜样。他们的身上有共同的闪光点，那就是不讲私利，一心为公，一心为民。

因而，从小我的心中就钦佩浩然这样的著名大作家。后来，事实也证明，浩然为创作《艳阳天》《金光大道》而深入生活，与农民同吃、同住、同劳动，写出的作品，先读给农民听，不断听取意见和建议，不断汲取真实生活中的养分。因此，他才能创作出那样"接地气"的文学作品，而不是凭空想象、闭门造车式的"乱弹琴"。浩然的文学作品，曾被印制成若干种语言的版本，行销国内外，深受好评。在我看来，浩然这个作家的名称，本身就具有一种人生的浩然正气，而非"胡编乱造"的"妄名"。有时读者一看创作者的署名，就有一种作品的"不真实感"，难以通过作品产生真切的情感沟通与交流。

任何作品，除"保密"外，都是要在创作之后给读者看的，令作者和读者有心灵的交流，或触动读者反思，才能达到文字创作的基本原则和愿望，并非要求文章必须"文以载道"。即使娱乐的文字，也是需要"融会贯通"的；否则，将不知所云，甚至是让人"一头雾水"，哪还会有"娱乐之功效"呢？

我们看浩然的《艳阳天》《金光大道》，看《战洪图》《青松岭》《李双双》《我们村里的年轻人》，为什么这样的影片能够成为中国百年电影史上的经典之作呢？答案就是创作者敢于扑下身子，放下"自以为是"的架子，真正与种田的农民倾心交流，深入田间地头，了解他们的日常劳作和他们的所思所想、所苦所乐。萧长春、高大泉、吕瑞芬、万山大叔、李双双、孙喜旺、孔淑贞、高占武、曹茂林等银幕上的一个个形象，即使过去了半个世纪，人们念叨起来仍恍然如梦般地浮现在脑海中，栩栩如生，精神饱满！

人们不仅记住了银幕上的他们，而且记住了银幕下的他们。例如，饰演村支书萧长春的张连文，饰演高大泉的张国民，饰演"天下第一大嫂"吕瑞芬的王馥荔，饰演"万山大叔"张万山的李仁堂，饰演李双双的张瑞芳，饰演李双双家的男人孙喜旺的仲星火。幽默的孙喜旺，一边捣蒜泥，一边说台词："吃碗捞面条——嗷！"气得李双双一下把他掀翻在地上。哈哈哈，这才叫生活呢！ 1963 年，第二届大众电影百花奖最佳电影女演员奖颁发给了李双双的扮演者张瑞芳，孙喜旺的扮演者仲星火也同时获得了最佳电影配角奖。张瑞芳是"新中国二十二大电影明星"中的著名演员。1978 年，北京电影制片厂拍摄《大河奔流》

时,张瑞芳等曾在青岛八大关太平角一路 11 号下榻。我们家与剧组相邻,我经常遇见张瑞芳、张金玲、葛存壮等著名演员。

中国是一个正在发展中的国家,在中国的土地上,孕育了 14 亿多人口。关注粮食安全,爱惜粮食、节约粮食,将粮食紧握在自己手中,应当是所有人的重大共识。

2022 年 10 月 12 日凌晨 1 点 26 分
子实创作于青岛逍遥轩东窗书屋

《创 业》

　　"晴天一顶星星亮,荒原一片篝火红。石油工人心向党,满怀深情望北京。要让那大草原石油如喷泉,勇敢去实践,哪怕流血汗。心中想着毛主席,越苦越累心越甜。"

　　这是长春电影制片厂于 1974 年拍摄的经典影片《创业》中的插曲《满怀深情望北京》,由张天民作词,秦咏诚作曲,边桂荣演唱。这首著名的电影插曲,已历经半个多世纪,但是,每当听到时,总是有一种创业的豪迈激情在心中涌动!

记得《创业》刚刚上映时,青岛嘉峪关学校就组织我们观看。当时放映此片的电影院位于广西路青岛邮电局的对面,我们要从八大关的嘉峪关学校列队步行,沿着南海路、文登路、鱼山路,经过中国海洋大学鱼山校区正门、原东方菜市、常州路监狱、海军北海舰队青岛基地司令部正门,并走过江苏路口,才能到达电影院。当时的学生电影票是 7 分钱一张,冰棍 3 分钱一根,奶油冰棍 5 分钱一根,公交车票 7 分钱一张。

在这家电影院,学校组织我们看过很多场电影,比如《青松岭》《创业》《难忘的战斗》《闪闪的红星》《车轮滚滚》《小螺号》《小八路》等。每次观影之后,都要写作一篇《观后感》,是按作文课的要求来完成的,主要要求主题鲜明,层次清晰,语言有感情。

这么多年过去了,我对电影的热爱一如往昔,我想,这大概就是电影艺术、主题思想、电影美学之化育的结果吧。因此,很多国家都把电影创作平台看成是国家形象和意识形态表达的重要阵地之一。尤其是在物质条件相对贫乏的时候,人们更加需要精神的鼓舞和养分给予前行的力量,电影的社会影响力便显现出来。"**榜样的力量是无穷的**"这句话在我看来真实不虚!

在新中国创建初期,由于之前的半个多世纪各种战争连绵不断,国家的物资匮乏。特别是石油能源,仅仅依靠外国的输入是不行的,从当时的资料片看,汽车的能源是依靠车顶上那个"煤气包",没有了能源,汽车只能"趴窝",国家建设深受阻碍。所以,新中国建设初期,党和国家高度重视石油战线的建设与发展,便涌现出"宁愿少活 20 年,拼命也要拿下大油田"的"大庆人精神"。那个时候,全国相继展开了"工业学大庆""农业学大寨""全国学人民解放军"的一个又一个"比、学、赶、帮、超"的活动，人们精神饱满，信心倍增，在迎接建国 10 周年之际，北京天安门、长安街焕然一新，人民大会堂以惊人的速度建造起来，天安门广场上巍然耸立起人民英雄纪念碑。纪念碑所采用的花岗岩石料，来自我们山东青岛的崂山。一场改天换地、天翻地覆的历史巨变，呈现在站立起来的新中国人民面前。虽然没有亲身经历，但是影像所记载的人民精神风貌是积极昂扬的，透露着发自内心的激动和喜悦之情。

《创业》这部电影，讲述了以周挺杉（原型为大庆劳动模范王进喜）为代表的石油工人为祖国奋战在油田的故事。张连文饰演的周挺杉，李仁堂饰演的华程，代表了那个时代的中国石油工人，在党的领导下，坚持走社会主义道路，坚持独立自主、自力更生、艰苦奋斗、奋发图强的新一代中国人精神，战胜一切艰难困苦。在那种天寒地冻、缺衣少食的环境下，创业中的人们依旧干出了惊天动地的伟大业绩。"**我们这支队伍，具有一往无前的精神，它要压倒一切困难，而决不被困难所屈服。**"正是这样的精神，红旗渠"劈山引水来"；南京长江大桥"一桥飞架南北，天堑变通途"；"两弹一星"打破了霸权主义的"神话"；"大寨人"不要国家一分钱，硬是三战"狼窝掌"，不仅粮食自足，而且荒山变梯田，为国家做贡献。各行各业一起实践着"大庆人"的铮铮誓言："**我们有条件要上，没有条件，创造条件也要上。**"

所以，当电影《创业》中边桂荣演唱的《满怀深情望北京》歌曲一响起来，观众的心也随之激动起来。直到今天，再次听到这首耳熟能详的电影插曲时，我依旧心潮起伏，这样的歌声，并没有因过往的岁月而淹没！

1974 年长春电影制片厂拍摄的经典影片《创业》，由大庆、长影《创业》创作组集体创作，导演是于彦夫，张连文、李仁堂、陈颖、朱德承、宫喜斌、章杰、王者兰、邵德兴、迟志强、欧阳儒秋、金毅、李瑛、张冲霄、浦克、刘庆生、刘树纲、刘国祥、庞万灵等演员参演。影片中的音乐由长影乐团演奏，由辽宁省歌舞团演唱，独唱为边桂荣，指挥为尹升山。

影片《创业》已经成为几代人共同的记忆。

2022 年 10 月 12 日深夜 11 点 50 分
子实创作于青岛逍遥轩东窗书屋

《秘密图纸》

秘密图纸

　　《秘密图纸》是由八一电影制片厂拍摄于 1965 年的一部黑白反特经典影片。电影中汇集了田华、邢吉田、王心刚、王毅、师伟、李壬林、刘季云等著名演员。影片的导演是郝光,编剧是史超、郑洪、郝光,摄影是陈瑞俊,作曲是李一丁,由中央乐团演奏,指挥是韩中杰。

　　一辆客运列车鸣笛缓缓驶入车站,在站台上穿梭往来的人群中,特务巧妙地将一位刚刚下车的重要旅客的公文包窃取,公文包里装有一份国家非常重要的秘密图纸。案情紧急,田华扮演的公安人员石云,在邢吉田扮演的公安局局长的部署下,与王心刚扮演的边防某部参谋陈亮等军民联防侦察研究案情,拨开层层迷雾,将李壬林扮演的特务叶长谦、刘季云扮演的特务古仲儒和师伟扮演的特务方丽等敌特人员一举抓获。公文包里被盗窃的秘密图纸,被拍摄成微型胶卷隐藏在特务古仲儒的鞋帮里,被石云揭穿后当场起获。

《秘密图纸》故事惊险曲折,影片的作曲也非常棒,与影片的节奏感、故事情节都配合得非常好,成为中国百年电影历史中的经典音乐之一。著名演员田华、王心刚是"新中国二十二大电影明星"中的两位,他们都曾是八一厂的老演员,至今都已是耄耋老人。田华依旧活跃在舞台上,王心刚则在家陪伴亲人。田华在电影《白毛女》《党的女儿》中都有出色表演。王心刚在电影《红色娘子军》《侦察兵》中扮相精彩。邢吉田在电影《奇袭》中扮演志愿军侦察兵,给观众留下了难忘的印象。师伟在电影《林海雪原》中扮演漂亮的卫生员白茹,在影片《秘密图纸》中的扮相依旧非常漂亮。不过剧中这位漂亮的演员,一改往日的正面形象,扮演了潜伏的特务方丽。也正是这个漂亮的女特务形象,让观众记住了演员师伟。后来,师伟参加了李俊导演的影片《闪闪的红星》,又协助导演了由朱时茂主演的影片《飞行交响乐》。1980年八一厂在青岛八大关韶关路与湛山路交界处的小花园以及我们家太平角一路7号"赤松小舍"临近的17号观海木亭等处拍摄《飞行交响乐》时,我第一次见到了银幕下的师伟和朱时茂,那时我在青岛第二十六中学上高中。1981年,影片《飞行交响乐》上映,影片中随处可见当时的青岛风貌。1982年,朱时茂因在谢晋导演的电影《牧马人》中扮演许灵均与丛珊搭戏,才崭露头角,逐步为观众所熟悉。

自 1905 年开始,中国的电影事业至 2022 年已经走过了 118 年历程。中国百年电影史可谓风云际会,沧海横流,跌宕起伏,曲折前行。

20 世纪 50 年代至 80 年代,各种形式的电影艺术百花争妍,有舞台艺术片、戏曲艺术片、美术片、新闻简报、纪录片、科教片、战争故事片、喜剧片,特别是反特故事片,令观众印象深刻。比如庞学勤主演的《古刹钟声》,于洋、王晓棠主演的《英雄虎胆》,王心刚、白玫、浦克、夏佩杰、陈汝斌、任颐、李亚林主演的《寂静的山林》,梁音、张冲霄主演的《冰山上的来客》,印质明、赵联、赵子岳、浦克、李颉、王春英、任颐、贺小书主演的《国庆十点钟》,冯喆、梁明、狄梵、于飞、凌云主演的《羊城暗哨》,印质明、张巨光、周文彬、宋雪娟、罗泰、叶琳琅、方化主演的《铁道卫士》。在反特片中,《秘密图纸》可谓经典中的经典。随后,《海霞》《斗鲨》《猎字 99 号》《东港谍影》《熊迹》《保密局的枪声》《黑三角》《暗礁》《南海长城》《神女峰的迷雾》《神秘的大佛》《疯狂的代价》等一批关于反特与侦察案件的影片,引发观众的广泛关注。其中,影片《冰山上的来客》中由李世荣演唱的插曲《怀念战友》《冰山上的雪莲》《高原之歌》,影片《海霞》中由陆青霜演唱的插曲《渔家姑娘在海边》,影片《黑三角》中由李谷一演唱的插曲《边疆的泉水清又纯》等,都成为中国百年电影史上脍炙人口的经典电影插曲。陆青霜还在多部电影中演唱插曲,比如《侦察兵》中的插曲《蒙山巍巍沂水长》和《春苗》中的插曲《春苗出土迎朝阳》,在全媒体平台上传唱至今。

电影《暗礁》和《疯狂的代价》都是在青岛拍摄的。《暗礁》是由长春电影制片厂拍摄的,摄制组下榻于青岛八大关太平角一路11号和湛山一路3号。剧组所在地与我家相邻。《疯狂的代价》是由西安电影制片厂拍摄的,导演是周晓文,主演有伍宇娟、常戎等,影片拍摄中将青岛有关的景区展示得非常清晰,突出了青岛的地域风光,影片还在台词中,提到了有关青岛的"东海饭店"称谓。山东师范大学夜大学青岛分校的孙宝林教授,曾担任我所在夜大中文系的老师,教授"马列文论"和"电影电视"课程。他曾对刘恒的作品改编为电影《菊豆》的过程进行了深入浅出的讲解。他讲到,起初作品名称叫《伏羲伏羲》;论证时觉得太雅,不好理解,就改名《本儿本儿》;又觉得太直白,于是打磨出了《菊豆》这个名字。后来(1996年前后),孙宝林教授会同青岛电视台新闻中心的有关专家,研究创办了"青岛影视文化研究会",我是研究会的首批会员。我在青岛广电的同事宋文华老师(著名作家杜帝)现继续担任研究会的副会长。我所熟识的孙宝林教授的夫人张京老师,曾在影片《疯狂的代价》中扮演伍宇娟所在医院妇产科室里的护士长角色,其扮相俊美,表演精湛。

2022年10月14日凌晨3点21分
子实创作于青岛逍遥轩东窗书屋

《第二次握手》

　　由北京电影制片厂于 1980 年拍摄的彩色故事影片《第二次握手》，主演是谢芳和康泰。这部影片在青岛拍摄了大量"石老人"海岸上的镜头。因为这部影片在青岛拍摄，我也曾多次遇见著名演员谢芳和康泰。

　　1975 年，上海电影制片厂来青岛拍摄电影《第二个春天》，于洋、杨雅琴、高博、康泰、张宪、张瑜等都随摄制组下榻在八大关太平角一路。那段时间，我几乎天天碰到其中的演员。电影明星康泰，祖籍河北，于 1927 年生于北京，曾出演过《青春之歌》

《渡江侦察记》《海魂》《第二个春天》等多部影片。令人痛惜的是,他在拍摄一部影片的过程中,猝然离世,时年 58 岁。

在青岛拍摄《第二个春天》时,康泰在影片中扮演一个崇洋媚外的船舶制造业技术人员潘文,与于洋饰演的海军政委冯涛,主张"**自力更生,奋发图强**",用我国的专家设计制造"海鹰"舰艇的思想和行为,形成严重对立。其中的一个镜头,就是在太平角一路 2 号的山东省青岛疗养院体疗部门诊大厅的旋转楼梯上拍摄的。康泰饰演的潘文与于洋饰演的冯涛据理力争后,康泰为表达愤恨之情把手中的铅笔折断后丢在地上,被路过的职工发现并捡拾起来。在我眼中,于洋饰演的角色英武高大,心中满是正能量;康泰饰演的潘文心胸狭隘,一副奴颜媚骨的神态。两位演员将角色塑造得非常到位。

平日里,康泰本人看上去是一位非常英俊潇洒的人,脸上总是挂着微笑。他与谢芳一同来青岛拍摄影片《第二次握手》,可以说是真正的"第二次握手"。他们的"第一次握手"是在 1959 年北京电影制片厂拍摄的《青春之歌》。谢芳扮演的林道静和康泰扮演的卢嘉川都非常出彩。谢芳因饰演女主角而一举成名。《青春之歌》的编剧是杨沫,她是"新中国二十二大电影明星"白杨的姐姐。《青春之歌》这部影片是根据她的同名小说改编的。《青春之歌》无论是小说,还是电影都引发社会广泛关注和好评。这部影片中,著名影星于洋、于是之、赵联、秦怡和妹妹秦文等饰演了重要角色。影片由著名导演崔嵬和陈怀皑联合执导。电影《青春之歌》,是中国百年电影历史中的经典之作。

影片《第二次握手》描写了谢芳饰演的丁洁琼和康泰饰演的苏冠兰以及袁玫饰演的叶玉菡之间跌宕起伏的爱情与人生。

在青岛"石老人"海滩之上,我多次看到著名导演董克娜为《第二次握手》中的演员谢芳和康泰讲述拍摄用意和要求。这不仅仅让我记住了这位女导演的高雅艺术形象,也让我记住了她在电影工作中的兢兢业业。

电影《第二次握手》中将青岛"石老人"海滩及背景永远地留下了不可复制的"原版"。就在2022年的10月3日凌晨2点多钟，我正在创作这本书时，突然，青岛的天空之上"连环雷"一般地闪电划破云层滚滚袭来，暴雨倾盆而下笼罩四野，青岛凌晨的空中，蓝、红色交错的闪电把厚厚的云层投射得光怪陆离，隔着书房里的窗帘都能透过闪电的光焰。轰隆隆的雷鸣仿佛是在头顶上炸响，房屋在一阵阵闪电中颤抖着……这般景象在我接近60年的人生中还是首次遇到，于是，我不由自主地停下手中的笔，站在窗前凝神观望，此刻不禁心头一阵紧缩，"第六感"似乎在悄悄告诉我这般的暴雨闪电是不是要出什么意想不到的大事儿呢？暴雨闪电持续了很久很久……第二天，一个令人震惊的信息通过互联网平台铺天盖地的"砸向"众人，青岛著名的"石老人"，历经了6 000年的海浪和风雨，于公元2022年10月3日凌晨4时许，在雷雨交加中轰然坍塌了！从此，这座具有标志性的海岸著名自然景观"不复存在"了！有人说：这是石老人历经若干年风雨后，终于等到了自己的女儿回归身旁，他领着女儿回家啦！记得1986年，我从旅顺基地特种部队回到青岛工作后，第一个去的景点就是"石老人"，我还为此写下过一首心中闪现的诗篇！

人生也罢，自然景观也罢，电影艺术和艺术中的人们也罢，我从中感到了"人生的无常"，感到了"物是人非"，也感到了"物非人也非"的"沧海桑田"般的巨变，而唯独"相对不变"的，是我们每个人"执着的心"！

2022年10月15日凌晨1点58分

子实创作于青岛逍遥轩东窗书屋

《南海风云》

今天是 2022 年 10 月 16 日,中国共产党第二十次全国代表大会在北京人民大会堂隆重开幕,大会将于 10 月 22 日闭幕。中共中央总书记习近平代表第十九届中央委员会向大会所作的报告中,再次向全世界表明:中国始终坚持维护世界和平,中国永远不称霸、永远不搞扩张,坚定不移贯彻总体国家安全观,增强维护国家安全能力。

这不禁使我们再次想起,刚刚过去数日的 2022 年 10 月 1

日，是我们的新中国73周年华诞。在我们欢庆祖国美好生活的今天，却不曾忘记73年来，为保卫祖国安全与维护世界和平而不惜牺牲生命、血洒疆场的英烈们！73年来，我们历数国门安全，历历在目的是1950年的抗美援朝战争、1962年的中印边境之战、1969年的珍宝岛自卫反击战、1974年的中国南海之战、1979年的对越自卫反击战（直到10年后的1989年才全面结束），从辽东半岛、朝鲜半岛、日本群岛到东北亚地区，从黄海、渤海、东海、南海到东南亚地区，再到喜马拉雅山脉、天山山脉……中国人民历经风雨，始终坚守边海防，始终坚持维护国家安全，维护世界和平。

电影《南海风云》就是根据1974年我军在南海打击南越海军以捍卫主权的事件改编，由八一电影制片厂于1976年公映的一部彩色故事影片，主题为我国军民同心协力保卫祖国西沙海疆。影片由陆柱国编剧，景慕逵、张勇手导演，蔡继渭、高九龄摄影，任回兴、张征担任美工，海政歌舞团演奏、合唱，吕远作曲，吕文科、卞小贞、梁长喜独唱。主要演员中，唐国强饰演于化龙，张勇手饰演梁崇海，高保成饰演阿爸，洪学敏饰演阿妹，宝珣饰演信号兵，于纯棉饰演陆军首长，刘龙饰演南越敌舰舰长。

电影开篇就是俯拍的南海西沙群岛，像一串串蓝色的宝石般美丽，在插有鲜艳五星红旗的渔船上，于化龙和阿爸、阿妹，一起喜悦地出海捕鱼，镜头配上歌曲《西沙，我可爱的家乡》，将南海之美尽收眼底。这时，南越敌舰驶来，坦克冲上我国西沙的甜水岛，肆意碾压岛上物产，侵犯我国主权。于化龙一家驾驶的渔船也被敌舰撞沉，于化龙被赶来的我国海军舰艇营救，并最终加入人民海军的行列中，成为一名保卫我国万里海疆的海军战士。

《南海风云》是山东籍演员唐国强出演的第一部电影，拍摄于 1975 年,1976 年公映。1979 年,唐国强与陈冲、刘晓庆合作了由北京电影制片厂拍摄、张铮导演的经典电影《小花》,使他们获得广泛关注和好评。1984 年,唐国强与吕晓禾、何伟、童超、盖克、王玉梅等参加了由上海电影制片厂拍摄、谢晋导演的彩色故事片《高山下的花环》。

在 1969 年的珍宝岛自卫反击战时,我已 6 岁,看电影正片之前,都是要加演中央新闻纪录电影制片厂拍摄的电影《新闻简报》的,也就算是"电视新闻"的"前身"吧。那时除了收音机播报广播电台的新闻外,报纸和电影《新闻简报》是平面媒体和"新闻视觉媒体"。所以,1969 年发生在珍宝岛的那场局部战争是从电影《新闻简报》上看到的纪录影片。1974 年发生在我国南海的局部战争,电影《南海风云》的编剧陆柱国已经通过影片做了很好的诠释,唐国强、张勇手、高保成、洪学敏、于纯棉等演员的表演也很精彩。通过影片我第一次看到了美丽的西沙群岛,它至今依旧是令我心驰神往的地方。1974 年我已经 11 岁,理想的翅膀开始成长,电影《南海风云》中漂亮的海军服装、蔚蓝的大海和威武的战舰,令我产生了当海军的梦想。这个梦想很快在 7 年后实现了,1981 年我如愿加入人民海军行列,身穿海军服装,成为海军某特种部队侦察兵。

军旅作家李存葆的小说《高山下的花环》被李准改编为电影剧本,并由著名导演谢晋执导拍摄时,对越自卫反击战还未完全结束。1979 年 2 月对越自卫反击战开始时,我还在青岛嘉峪关学校上初三。"对越自卫反击战",狭义地讲是从 1979 年 2 月开始并于当月结束的一次短暂的反击战争;广义地讲是从 1979 年开始至 1989 年结束,在长达 10 年时间里,各军区接续进行的边境局部战争。1979 年、1984 年、1985 年,山东籍和青岛驻军某部，进入战争的部队和牺牲的人员较多（特别是青岛第十五中学毕业入伍的战士）。1981年至1985年，我在海军服役，从自卫反击战前线和家乡青岛，不时有信件消息传来。当谢晋导演的电影《高山下的花环》拍摄完成公映时，引起社会巨大反响，从银幕上再一次看到当时正在发生的局部战争，可谓触目惊心。如同2017年底公映的冯小刚导演的电影《芳华》中一段关于"1979年自卫反击战"的片段：文工团的刘峰在前线冒着枪林弹雨厮杀，何小萍在前线的战地救护所里救护鲜血淋漓的伤员，萧穗子配枪成为采访的战地记者……战争就是如此残酷。最后，断臂的刘峰与萧穗子在文工团遗址相遇，从断裂的地板里找到何小萍撕毁的肖像，刘峰把肖像粘贴起来送给何小萍，并与何小萍一起来到自卫反击战中牺牲的烈士陵园，看望牺牲多年的战友。何小萍问刘峰："你还好吗？"刘峰一边用酒纪念战友，一边回答道："比起他们来，我能说不好吗？"在火车站，何小萍看着独臂英雄刘峰，问道："能抱抱我吗？"影片每每看到此，我总是伴着韩红演唱的片尾曲《绒花》，一遍又一遍情不自禁地泪流满面，心中充满神圣高洁的战友情谊！《绒花》是李谷一在电影《小花》中的演唱插曲，这首插曲已经成为中国百年电影史中的经典插曲。歌声一起，我就会想到这些经典影片《小花》《高山下的花环》《芳华》中感人的片段，也会想到当年在部队上看电影和观影后的许多经历。比如《高山下的花环》中童超饰演的摔帽子的雷军长，大战在即，唐国强饰演的某部指导员赵蒙生，他的母亲竟然"走后门"，要求雷军长将他的儿子调离前线部队，气得军长在战前动员会上大发雷霆，挥臂说到："有这么一位神通广大的贵妇人，了不起呀，很了不起哟！她竟有本事从千里之外把电话要到了我的前沿指挥所。我想同志们都会知道的呀，在这种关键时刻，我的电话分分秒秒千金难买呀。她来电话干什么呀？要我关照她的儿子，要我把她的儿子调到后方。把我的指挥所当作交易所了……我偏要她的儿子第一个扛着炸药包……"他把军帽狠狠地向桌子上一摔，接着说，"去炸碉堡！"令观众意想不到的是，战后这位军长也来到墓地，他是来看儿子的，那个牺牲的战士"小北京"是他的儿子，而战前无人知晓。1985年《高山下的花环》在我们团部公映后，团宣传股立即组成巡回演讲团，开展向前线英雄的学习活动。我是演讲团成员之一，我演讲的题目是《一位后方士兵的深思》。在团部礼堂的首场演讲大获好评后，我们先后多次来到驻守在高山岛屿的部队，放一场电影后随即进行一场巡回演讲，宣传效果空前，受到基地首长和战友们的高度评价与赞扬。1986年6月，我光荣地加入了中国共产党。

2022年10月17日凌晨1点26分
子实创作于青岛逍遥轩东窗书屋

《边 城》

　　我是先详细阅读了沈从文先生的作品《边城》之后，又费尽周折才找到电影版《边城》观看的，这是 2005 年之后的事情了。在此之前《五十部——电影与 60 年人生随笔》这本书的中国故事影片，大多是我在高中之前观看的。1981 年参军后，尽管军营离团部很近，也时常看一些电影，但是给我留下深刻印象的不多。从部队回到地方工作后，便一直忙于学习、工作、家庭，没有时间再看电影。尽管不时听电视台的老师们讲到一些电影片名，但没有工夫欣赏。后来到1999年，青岛的三家电视台合并后，有同事问我看过VCD光盘吗？我说没过，他们都笑话我"跟不上时代的发展"了！

也许是一场人生的大难不死，也许是上天对我劳累已久身心的眷顾，2000年，我遭遇了人生中的"起死回生"，即将去采访之前倒在了青岛新落成的广电中心大楼里，险些丧命。康复期间，买来一台VCD机，接在电视机上再次"补看"了许多年来没有顾得上看的电影。一部分来自好友的借阅，大部分是从书城采购的电影光盘。时机总是这样的巧合，那时采购的大批珍贵光盘，如今再也难以找到了！再后来，观看的设备不断更新，DVD机、投影机，直至现在在手机网络中，就可以轻而易举地找到若干"老电影"。亦悲亦喜之间，悲的是少了当年看银幕"大电影"的感觉，哪怕是在操场上坐着马扎子，在熙熙攘攘的人群中看"露天电影"，也很"过瘾"，至今几十年过去了，我对电影场景依旧记忆清晰；喜的是"有毛不算秃子"，能从网络手机上找到部分电影，已经是"万幸"啦！因此，《五十部——电影与60年人生随笔》这本书大部分影片，都是青春年少时的记忆，读者勿怪作者"怀旧心态"：一是出版书籍篇幅所限，不可能写上所有看过的电影；二是入伍参军后，直至到电视台工作数年，"各种的忙活"只能"忙里偷闲"来满足自己的观影欲望；三是进入电影"转型期"运作后，进电影院已经是非常奢侈的消费生活了，电影院越来越豪华，电影票越来越金贵，这时的电影，离大众娱乐消费越来越远。因此，在家里看看"老电影"，采购存贮的一大批中国电影和著名译制片，也足以"大饱眼福"了！

在阅读沈从文先生的名作《边城》之后，我在2006年第一次观看了北京电影制片厂于1984年拍摄上映，由凌子风导演，

冯汉元、戴呐等主演的彩色故事片《边城》。

电影《边城》一开篇,凌子风导演就把我给惊到了!他用纪录片形式,把沈从文先生在家中参与修改自己作品的情景改编成电影剧本的镜头,确实是一处"妙笔生花"的镜头。我在青岛电视台的新闻记者生涯是从电视新闻中心专栏节目《视新20分钟》的主摄像开始的,因此,对于新闻镜头用于故事影片的开头,而且是作者本人在改编电影剧本的"奇思妙想"真的是"大为惊叹"。这样的影片开场,不仅具有新闻性、历史感,也使即将开始的"电影故事"更加具有"还原于生活"的亲历感和真实性!

《边城》这部作品,从目前文学界的评价和重视程度来看,已经越来越凸显出它在中国文学史上"应有的地位了"。这也符合当初我再一次详细阅读沈从文先生的原著后,急于想看看在凌子风的导演下,电影《边城》会是一种怎样的风格,小女孩翠翠和她从事摆渡的外公会是怎样的形象?大佬天保和二佬傩送,两个同家兄弟都爱上了翠翠,他们的表现会怎样用镜头语言来表达呢?这个发生在湘西古城一带溪流宝塔两岸的"平民故事和青春中的恋爱期待"着实让我这个读者和电影观众非常期待!凌子风因这部影片而获得第五届中国电影金鸡奖最佳导演奖,当之无愧。电影《边城》近似还原了原作《边城》的叙事风格,镜头语言淡雅、朴实、宁静、唯美、温柔、清纯,戴呐饰演的翠翠和冯汉元饰演的外公亲切、自然,内心情感富有张力,外部表达和善纯朴,充满着生活的气息,充满着对美好的向往与期盼。

对于戴呐的表演我很喜欢。看到她那纯真的模样,就会想到电影《城南旧事》中英子的扮演者沈洁。她们的眼睛都会说话,很美好很善良的样子!

对于凌子风导演,我不仅熟悉他的名字,而且见过他在青岛拍摄《李四光》时的现场导演。该片由著名演员孙道临饰演地质学家李四光，俞平饰演李四光先生的夫人许淑彬。当年，《李四光》剧组下榻在青岛湛山二路1号别墅，因此，在青岛八大关的家门口，我曾多次遇见孙道临老师和俞平老师，并且现场观看他们拍摄影片。电影《李四光》中还有王铁成、冯奇等著名演员，凌子风本人也在影片中饰演了角色。关于这部影片在青岛第一海水浴场等许多风景区的拍摄，青岛有关媒体曾进行报道。著名演员孙道临曾在《渡江侦察记》《早春二月》《永不消逝的电波》等多部影片和译制片中，有精彩的演出和配音。他的夫人王文娟是我国著名越剧演员，在越剧《红楼梦》中表演艺术精湛，是我国当之无愧的越剧表演艺术家。饰演李四光夫人许淑彬的著名演员俞平，曾出演过谢晋导演的《青春》中的女军医向晖。《青春》中的哑女扮演者是陈冲，这也是陈冲饰演《小花》而成名之前参演的第一部电影。著名作家严歌苓曾在她的散文集中写到，她与陈冲当年最初的交往，缘于俞平与陈冲的电影合作。俞平还曾在《暴风骤雨》《早春二月》《红旗谱》《小二黑结婚》中扮演精彩的角色，在1974年重新拍摄的影片《南征北战》中扮演玉敏。俞平的长相非常俊美，她与孙道临老师在拍摄现场的工作十分认真，一遍一遍按照导演的要求"走场"，对电影艺术的追求可谓精益求精。

凌子风导演的电影《骆驼祥子》与青岛也有关联，因为老舍先生的文学作品《骆驼祥子》正是在青岛完成创作的。说到凌子风拍摄的《骆驼祥子》，两位主演中张丰毅扮演祥子，斯琴高娃扮演虎妞。而张丰毅在电影《城南旧事》中与沈洁搭戏，斯琴高娃在电影《归心似箭》中与赵尔康搭戏，这些电影都是当年的经典影片。《城南旧事》中的插曲《送别》是由李叔同（弘一法师)作词的。

> 长亭外，
> 古道边，
> 芳草碧连天。
> 晚风拂柳笛声残，
> 夕阳山外山。
> 天之涯，
> 地之角，
> 知交半零落。
> 一壶浊酒尽余欢，
> 今宵别梦寒。
> 长亭外，
> 古道边，
> 芳草碧连天。
> 问君此去几时还，
> 来时莫徘徊。
> 天之涯，
> 地之角，
> 知交半零落。
> 人生难得是欢聚，
> 惟有别离多。

这是中国电影百年经典之中仍在传唱的电影名曲。

2022 年 10 月 18 日凌晨 0 点 50 分
子实创作于青岛逍遥轩东窗书屋

《少林寺》

　　按照今天的写作计划,将是遴选国产39部故事片系列中的
最后一篇。因此,我来写写1982年首次由内地与中国香港合作、
张鑫炎导演拍摄的故事片《少林寺》,继而谈谈中国台湾的著名
演员林青霞与著名作家琼瑶的作品,还有中国香港长城影业公
司(现为香港长城电影制片有限公司)的"三位公主"明星夏梦、
石慧、陈思思。

　　1982年,我正在海军某特种部队服役,部队团部礼堂放映

了一部影片叫《少林寺》。这是一部描写我国河南少林寺发生在隋末唐初"十三棍僧救唐王"的故事,导演是中国香港长城影业公司旗下的导演张鑫炎。《少林寺》这部影片的拍摄,成功地实现了中国内地与中国香港电影业的首度合作,可谓意义重大而深远。当初的电影票价 1 毛钱一张,据相关数据,电影收入竟达到 1.6 亿元。

电影《少林寺》的确拍摄的很好看,1982 年的一天,我在部队营区值班巡哨,不远处某部队大院的操场上正在放映《少林寺》,不时清晰传来的电影台词、音响和插曲声,让我差一点"违纪"跑去观看。但是我毕竟是一名军人,即使再好看的电影,也不能影响站岗放哨。后来我接任了团支部副书记、连部班班长、文书岗位和职务后,组织战友们利用节假日,将捡来的废铜烂铁和一些日用废品卖掉后,积攒了一些活动经费,去书店里买来《少林寺》中郑绪岚演唱的插曲《牧羊曲》和许多部电影插曲的"黑木唱片",用唱片机连接操场上的扩音喇叭,不断地播放给战友们欣赏。这也是我们在当时条件下基层连队文化生活的一项内容。

电影《少林寺》的主演李连杰、丁岚、于海、于承惠、计春华等,都因这部影片而一举成名。影片中,李连杰饰演觉远;丁岚饰演白无瑕;于海饰演白无瑕的父亲,也是觉远的师父;于承惠和计春华分别饰演反派王仁则和秃鹰。李连杰 1963 年出生于北京,他从小习武,夺得许多全国武术大奖。丁岚饰演的"牧羊女"白无瑕俊美爽朗、善良仗义,从小随父习武,武功高强,堪称一位非常美丽的女中豪杰。特别是郑绪岚演唱的电影插曲《牧羊曲》,配上丁岚饰演的俊美角色和精彩的影像画面,令人印象深刻。"日出嵩山坳,晨钟惊飞鸟,林间小溪水潺潺,坡上青青草……举起鞭儿轻轻摇，小曲满山飘，满山飘……"这首由王立平先生作词作曲、郑绪岚原唱的《牧羊曲》，已经成为中国电影百年经典插曲之一，至今依旧传唱。电影《少林寺》带给中国影坛一种全新的风格，令许多后来者效仿，但无人超越。河南的少林寺，也因这部电影而名声大噪，成为著名旅游景区，带动了当地旅游业的开展与创新。

在 1982 年内地首次与中国香港合作《少林寺》取得巨大成功后，紧随其后的是 1988 年中国大陆与中国台湾开始迎来"老兵回乡探亲"的大潮。也就是从那以后，我陆续看到了中国台湾的一些电影，了解到林青霞和秦汉等一批电影明星。说来著名演员林青霞与青岛的缘分很深。她的父亲是一名军医，与她母亲离开中国大陆赴中国台湾时，将林青霞的姐姐留在了青岛。当两岸开启"回乡探亲潮"时，她的全家才得以团聚。林青霞出生于中国台湾的"眷村"，与著名歌星邓丽君的背景相似，几乎同龄的两位明星是挚交好友，她们始终对中国大陆故乡充满热情和期待。可惜的是邓丽君 1995 年英年早逝（年仅 42 岁），客死他乡，没能实现回到故乡参访和在大陆演唱的愿望。而林青霞比起邓丽君来要幸运很多很多，她已经多次回到中国大陆走亲访友。如今的她定居在中国香港，尽管已年过花甲，息影多年，她在安享生活的同时，依旧笔耕不辍，进行文学创作。我曾读过她关于跟随圣严法师"闭关修行"的文章，畅谈人生困境中，用"四它精神"破解人生难题。"四它"即"面对它，接受它，处理它，放下它"。2022 年，林青霞在中国香港的豪宅失火，她很坦然地面对和处理了这次意外事件，足见她人生"定力"非常了得！"事非经过不知难"，人生经历得多了，"心智"也就慢慢地成长了起来，就是这个道理。昨天，我在深夜读到林青霞发表的一篇新作《玫瑰的故事》，其写作风格温文尔雅、清新明快，如她本人坐在读者面前娓娓道来一般，她是一位"讲故事"的高手。我看过林青霞在中国台湾拍摄的第一部电影《窗外》，这是根据琼瑶作品改编的电影。那时的林青霞正值"二八芳龄"，模样非常美丽、清纯。说到中国台湾作家琼瑶，就不妨多说几句她的故事。琼瑶本名陈喆，出生在中国大陆书香门第，1938 年她出生时是龙凤胎，小名叫凤凰，同胞弟弟叫麒麟。日寇侵华的战乱年代，全家人避难历尽种种困苦，她 6 岁时一家人险些被逼自杀。在经历几番曲折后，她随家人抵达中国台湾，于 1963 年发表了作品《窗外》。后来，《窗外》被改编成同名电影，由林青霞主演。在 20 世纪八九十年代中国大陆的电视荧屏上，由琼瑶的作品改编的影视剧热播，可以称之为一种文学作品和影视文化的"琼瑶作品热"现象！

在 20 世纪的中国香港，曾有"长城三公主"之称的三位电影明星夏梦、石慧、陈思思的电影作品，引发中国大陆观众的极大关注。这三位明星的电影光盘，我于 2019 年在青岛书城购买收藏。

著名办报人、武侠小说的作者金庸，曾与明星夏梦之间有许多人生趣闻。若干年前，我曾经看过夏梦于 1964 年主演的电影《故园春梦》，影片中的夏梦不仅貌美而且演技精湛。

我曾经看过北京卫视的一期《档案》节目，介绍了夏梦相册里一生珍藏的三幅珍贵的照片。1956 年，中共中央政治局扩大会议上，正式提出"百花齐放、百家争鸣"的方针。在艺术问题上提倡"百花齐放"，学术问题上提倡"百家争鸣"。毛泽东主席在会上说："现在春天来了，一百种花都要它开放。"1957 年 4 月，文化部举办优秀影片评奖，表彰 1949 年至 1955 年间创作的一些优秀影片及先进工作者,这也是新中国第一次国内电影评奖。由金庸编剧、李萍倩导演、夏梦主演的电影《绝代佳人》获奖。1957年4月14日下午,毛泽东主席等时任党和国家领导人,在中南海怀仁堂后面的草坪上,接见了参加中国电影工作者联谊会的代表,并同夏梦亲切握手,合影留念。

著名影星石慧,曾出演电影《雷雨》中的四凤。她曾连续多次担任全国人大代表和全国政协委员。

中国香港长城影业公司"长城三公主"之一的陈思思曾拍摄了著名电影《三笑》。影片中她饰演的秋香,给我留下了极其深刻的印象。

1978年,中国香港一部名为《欢天喜地对亲家》的电影风靡内地。影片中的插曲《男孩女孩都一样》(又名《男女各占半边天》),为当时刚刚施行的"计划生育"政策"只生一个好"平添了特有的喜剧艺术氛围,同时也通过电影艺术起到了积极的推动效果。如今看来,20世纪80年代以后出生的独生子女已经人到中年,特别是女孩子们确实有一种"巾帼不让须眉"的独有生活。

我曾经看过中国台湾著名演员胡慧中主演的电影《欢颜》,其采用的主题歌,就是中国台湾著名作家三毛作词的《橄榄树》。

不要问我从哪里来,
我的故乡在远方。
为什么流浪,
流浪远方,流浪?
…………

还有,还有,

为了我梦中的橄榄树,橄榄树,

不要问我从哪里来,

我的故乡在远方。

2022 年 10 月 19 日凌晨 2 点 20 分
子实创作于青岛逍遥轩东窗书屋

《考古新发现——
长沙马王堆一号汉墓》

考古新发现——长沙马王堆一号汉墓

　　今天是 2022 年 10 月 19 日，首都北京仍在继续着中国共产党第二十次全国代表大会的议程，党和国家的自信与强大，文化的自信与未来的发展，都展现出新的愿景，令人振奋。继往开来，未来的 2035 年和 2050 年，实现第二个百年奋斗目标，实现社会主义现代化，实现中华民族伟大复兴，正在召唤一代又一代人，"为天地立心，为生民立命，为往圣继绝学，为万世开太平"！中国人民在中国共产党的领导下正继续沿着中国特色社会主义

177

道路昂首阔步地前行着！因而，我也深信，未来中国的文学和艺术，尤其是电影、电视、摄影艺术，必将会更好地讲述新时代我们国家自己的故事。文学和各种艺术形式，之于人生精神世界的熏陶作用，的确是不容小觑的，这一点，从中国百年的电影历程中，已经得到印证。

自 1963 年 7 月于青岛八大关太平角一路 7 号出生后，观赏电影便成为我 60 年人生中文化生活里极为重要的爱好之一。散步、读书、摄影、思考、写作，几乎都与电影故事和电影人物以及所喜爱的电影演员的人生有所关联，为什么这样说呢？因为，从我开始对电影产生兴趣的那一刻起，似乎有一种特殊的"电影基因"与我共生共存一样，我时不时地拿电影故事、人物和演员们起起伏伏的人生，作为我人生的参照。或许使我获得精神上的养分，或许看到演员在银幕上与银幕下如此巨大的命运反差，着实使我自悟到：**一个人真正的成熟与成长，与年龄大小无关，而与自己的人生经历和对人生的真正理解密切相关**。人生几十年，看看自己喜爱和熟悉的演员或明星们，银幕上下有时竟然拥有截然不同的人生，"有的平淡无奇，有的遗臭万年，有的永垂不朽"。**真是千差万别，各有人生**。当年，一部由中央新闻纪录电影制片厂拍摄的纪录片《考古新发现——长沙马王堆一号汉墓》中有关考古挖掘的电影《新闻简报》，让我铭记了一生，因为这部纪录片的跟拍上映，着实震撼了当时我幼小的心灵。

20 世纪六七十年代，我们看电影"正片"之前都要"加演"《新闻简报》。就在昨天晚上，我还从手机网络上翻看到中央新闻纪录电影制片厂于 1969 年拍摄的第 9 号《新闻简报》，两则内容是"英雄空军击落美国无人驾驶高空侦察机一架"和"海防军民苦练杀敌本领"（广西、广东、福建）。纪录片中有被我军击落的无人侦察机残骸现场和我国军民的声讨抗议,以及表彰有功人员的大会现场。广西、广东、福建海防军民,在海岸持枪列队巡逻,练习刺杀和实弹射击,让我想到曾经的经典故事片《海霞》中的场景。另外一部由中央新闻纪录电影制片厂拍摄于1975年的《新闻简报》非常珍贵,是毛泽东主席在中南海的书房里会见朝鲜民主主义人民共和国主席、朝鲜劳动党中央委员会总书记金日成同志的影像。这些当年的纪录片如今看来依然很亲切。

中国的电影纪录片,在20世纪电视台尚未诞生之前,是非常重要的视觉新闻来源。纪录片中配有规范的镜头画面,配有解说和现场同期声,以及歌声或音乐等,相当于现在的电视新闻专题片的制作模式。"电影确实是电视的师父",不仅从产生的年代上,就是从拍摄制作的技巧上,也堪称"当之无愧的前辈"。

中国最早的电视台,是1958年5月1日成立的北京电视台。1978年5月1日,北京电视台正式改为中央电视台。1971年9月15日,青岛电视台成立,成为我国较早成立的城市电视台之一。青岛电视台新闻部元老鞠侃彬主任,与当年一起开创青岛电视台新闻事业的同事们,凭靠的是简陋的电影摄影机,拍摄胶片影像后,再转换成电视机上的影像播出,条件很艰苦,但是他们紧跟时代步伐,不断开拓事业,让青岛电视台电视新闻中心一系列开创性发展一直处于全国领先水平。同时,也向全国输送了大批电视新闻主持人、新闻记者、编辑人才。我从1987年开始接触电视新闻。1991年,由鞠侃彬主任借调我到青岛电视台新闻部工作。1993年,我与李蔚、刘吉两位老师同去北京广播学院(今中国传媒大学)电视系进修电视新闻和专题片拍摄制作。回台后,在鞠侃彬主任的策划运作下,青岛电视台开创了历史上第一个电视新闻专栏节目《视新 20 分钟》。这档电视新闻专栏节目的开播,早于央视的同类型节目《焦点访谈》,受到社会的广泛关注和好评,一直被观众视为"青岛的焦点访谈"节目。当我即将在 2023 年的 7 月 28 日从青岛市广播电视台退休时,不觉回首过往,与电视新闻"打交道"已经过去整整 36 年之久了,的确是光阴似箭啊!

我曾听到有人戏谑说,20 世纪六七十年代中国的银幕之上,是"朝鲜电影哭哭笑笑,罗马尼亚电影搂搂抱抱,越南电影飞机大炮,中国电影新闻简报"。对此言论,我个人的看法是,他们并不深入了解电影在 20 世纪中国银幕上的真正内涵。其实,在我看来,中国的《新闻简报》恰恰填充了当初"视觉新闻"的空缺,所谓的"哭哭笑笑""搂搂抱抱"也是译制片中一种人性的真性情流露,面对一次又一次反法西斯战斗的胜利,人们经历战争的磨难后,能不喜悦地相拥吗?在丰收的时刻,或悲惨的人生境遇中,人们能不由衷地哭哭笑笑吗?这就是电影艺术带给观众的感召力。

我要说的是,当年中国电影的《新闻简报》,在今天看来,仍有极高的历史价值和新闻研究价值。比如今天我要说的这部拍摄于 1972 年的新闻纪录片《考古新发现——长沙马王堆一号汉墓》,电影工作者在汉墓的挖掘现场,拍摄下当年考古的真实影像记录,是具有相当高历史价值的事件。规范的考古现场进行一层一层保护性挖掘,当专家们进入墓室后,发现保存完好的棺椁,丝丝入扣地将观众吸引到"即将打开的棺椁里到底是什么"的疑问心态之中。纪录片将考古专家发现棺椁并慎重准备,然后按照方案细致地打开,被新闻摄影机镜头记录的详细通透,让"一探究竟"的观众如身临其境,既紧张又惊喜,在我不到 10

岁观看这些"开棺"的镜头时,内心很是害怕呢!棺椁被考古专家们小心翼翼地打开,被丝帛等层层包裹的是一具保存完好的女性遗体,经医学专家解剖后多次分析和研究,考古专家鉴定出她就是"马王堆一号汉墓"主人——辛追夫人。

自 1972 年位于湖南长沙的马王堆汉墓被发掘,到 2022 年已经过去整整 50 年了,这次考古发现,可谓震惊世界。辛追夫人保存下来的遗体能够"千年肌肤不腐,仍然保有弹性,保存完好",至今仍有许多待解之谜。

我昨天看到一段当年参加马王堆汉墓发掘工作的白荣金先生的口述影像,他在视频中讲述了当年的考古发掘经过,他亲自参与棺椁、随葬品、漆器、帛画等多种珍贵文物的挖掘出土工作。

马王堆汉墓中的文物珍贵异常,为研究我国汉文化提供了宝贵的实物资料。同时,也向全世界展现了"四大文明古国"之一的中国,古往今来,华夏文明,依旧灿烂辉煌。实现中华民族伟大复兴的中国梦,光耀天宇,指日可待!

2022 年 10 月 20 日凌晨 1 点 18 分
子实初稿创作于青岛逍遥轩东窗书屋
2022 年 10 月 21 日凌晨 1 点 18 分
子实二稿修改于青岛逍遥轩东窗书屋

《西哈努克亲王访问济南、青岛》和《尼克松访华》

西哈努克亲王访问济南、青岛

尼克松访华

　　1972年，正在青岛嘉峪关学校上小学的我们，接受了一项外事活动。当然，外事活动的内容当时是保密的，班主任老师从班上挑选了同学后，让同学们回家准备白球鞋、蓝裤子和白衬衣，并且自己要回家扎制"花环"，就是用竹子或藤条、铁丝之类的，弯曲成一个圆圈，然后用粉红色纸张缠绕，再用五颜六色的"金纸"附着在扎制好的圆圈上，这就是欢迎的道具，叫"花环"。被选上的同学必须是少先队员，而且，每人分发一条与以往质料不同的绸子做的"红领巾"。

按照要求准备好后，课余时间便在嘉峪关学校的操场上列队演练，不时变换各种队形，根据辅导老师的哨音，面带微笑，一遍又一遍的欢呼：欢迎，欢迎，热烈欢迎。在20世纪六七十年代，我们会经常参加一些大型集体活动，比如在青岛第一体育场举行盛大运动会时，我们学校就会组织团体操表演，还有在看台上的"摆字"表演，"摆字"用的"翻牌"也是自己回家在家长的帮助指导下，用各种彩色纸张粘贴在纸壳板上做成的，尺寸标准由学校统一制定。参加活动者，都是从班里挑选的优秀学生，类似于现在的阅兵训练。而且都是有替补队员的，动作达不到标准的同学，可能随时被更换掉，这也是一种"竞争下的淘汰制"。因此，谁都不能马虎。记得训练大家的是教音乐的小周老师，她叫周文珮，虽然已经过去半个多世纪了，但我至今仍清晰地记得她的模样。周老师个头不高，长相非常标致。她不像一些老师总是"板着脸"的样子，她总是对学生很和蔼，经常组织全校演出等文娱活动。从嘉峪关学校毕业多年后，同学聚会时仍会不时谈到她，可见她在同学们心目中的印象是极其深刻的。

外事活动的时间到了，我们列队被带到青岛第一海水浴场和文登路小学附近的人行道上，这时，老师才告诉大家，欢呼的口号是：欢迎，欢迎，热烈欢迎，西哈努克亲王。1972年8月柬埔寨国家元首西哈努克和夫人莫尼列访问了青岛。我们所在之地，正是他从济南乘火车抵达青岛访问下榻前的必经之路。当时，西哈努克对青岛的访问，可谓欢迎规模空前，从走下火车的那一刻开始，所经之处都是青岛人民热情的欢呼声。中央新闻纪录电影制片厂曾专门拍摄了新闻纪录片，使我们能从银幕上的《新闻简报》看到他在参观青岛啤酒厂、贝雕厂和海滨风景区时所受到的热情欢迎。西哈努克亲王和夫人莫尼列及其后代对中国人民一直怀有深厚情谊。

就在同一年，也就是 1972 年 2 月 21 日，时任美国总统尼克松乘专机抵达北京。当天下午，毛泽东主席在中南海的书房里会见了到访的尼克松总统夫妇及其随行人员。2 月 27 日，尼克松夫妇从杭州抵达上海。在上海，中美双方正式签订了中美《联合公报》(又称《上海公报》)，并予以公布。

就此，西方世界封锁中国长达 20 年的铁幕终于拉开。尼克松访华前后，有 40 多个国家同中国恢复或建立了外交关系。在那个年代，世界上多位著名摄影家，先后采访拍摄了当时的中国历史影像，如今看来，异常珍贵。

当年中央新闻纪录电影制片厂拍摄公映的《新闻简报》，确确实实是历史档案中的珍贵影像记录，这样的纪录片摄制的很生动、很真实、很珍贵。其中有一部电影新闻纪录片，记录了1971 年世界第三十一届乒乓球锦标赛举行时，中国乒乓球代表团受到各界热烈欢迎的盛况。在那时，有一首著名的新闻纪录片的插曲，叫《乒坛友谊花盛开》。歌中唱到"小小银球连四海，乒坛友谊花盛开"，正是当年"友谊第一，比赛第二"的"乒坛外交"的见证。

观看电影正片放映前加演的，由中央新闻纪录电影制片厂拍摄的《新闻简报》，使我从小可以从银幕上了解不同时期国际重大新闻事件的发生，这也是我日后特别喜爱电视新闻记者工作和纪实摄影的根源。

2022 年 10 月 21 日凌晨 0 点 46 分
子实创作于青岛逍遥轩东窗书屋

海带养殖与全球
生态环境保护

海带养殖与全球生态环境保护

　　我出生于 20 世纪 60 年代的青岛八大关,在日后渐渐形成的人生记忆中,有两点非常清晰的记忆:一点是在我家居住的太平角一路 7 号"赤松小舍"的同一条道路上,有两处国家海洋生物科研基地——第一海水养殖场和第二海水养殖场;另一点就是前文中提到的下榻于太平角一路 11 号、湛山一路 3 号及湛山二路 1 号的上海电影制片厂、北京电影制片厂、八一电影制片厂、长春电影制片厂和中央新闻纪录电影制片厂等故事片、新闻纪录片、科教片的摄制组与电影明星们的趣闻轶事。

为什么要提到家庭居所附近的两处"海水养殖场"呢？因为,20世纪70年代,曾在这里拍摄过有关科学养殖海带的科教影片。太平角一路海岸线,位于青岛第二海水浴场和第三海水浴场之间,这里的海面上曾有一排排的"玻璃水漂"和后来改用的"塑料泡沫水漂"。这些"水漂"的下面,就是经科学研究人工育苗的海带和扇贝等海珍品。每当大风突袭海面后,人们就会捡拾到"玻璃海漂",便会用棉线绳子浸泡上汽油,在事先谨慎敲出的"海漂"上的"玻璃眼儿"周边,用汽油棉线围成一圈,然后点燃汽油浸泡的绳子,人们迅速疏散以防玻璃爆裂伤人。等绳子上的火熄灭后,"玻璃海漂"就会留下一条"裂纹",用铁器沿着裂纹慢慢敲击,就会"抠下一个玻璃盖子"来。一个养鱼用的"鱼缸"就这样做成了,很有意思。那时,我家周边的人们家中几乎都有这样的"鱼缸",养鱼或盛装少量而珍贵的粮食及物品等。

海带养殖的时代,八大关太平角一路的海水很清澈,海面上一排排的海带养殖栏恰似防鲨网,可以抵挡大鱼对海水里嬉戏人们的侵袭。那时,青岛警备区派有警卫连驻扎执勤,外面的游客几乎是无法出入青岛太平角一路的,大型车辆禁止通行,因此这里的居住环境十分的安静。我们戴上自制的大水镜潜水、钓鱼、游泳,夜晚退大潮时在海滩上踩蛤蜊,白天赶海时,可以捡拾许多红钳蟹、海参、鲍鱼、扇贝、海蛎子、蛤蜊、海胆、海螺、八带蛸等海货,还有海菜、海带、紫菜、冻菜。冻菜拣回后,洗净、晒干、筛去沙土,到春节之前,勤劳手巧的母亲便用它熬制成几盆"冻菜凉粉",然后用碗盛上。等它们凉下来时,自然结成一个个碗状的"冻菜凉粉"。那是那时过年的必备菜品之一。所谓"靠山吃山，靠海吃海"就是这个道理。春节时一家人团聚吃年饭，父母一定会讲到当年在太平角一路赶海的情景。那时的海货更多，每一次赶海是用小水桶来盛装的，父亲在太平角一路 2 号的海滩上会钓到许多的大鳗鳞鱼。如今，这种鱼在饭店每斤价格要接近 200 元钱了；一份红烧鳗鳞鱼大约要近 380 元才能吃到，而且仅有几块。鳗鳞鱼是我的最爱，特别是从海里钓上来的鳗鳞鱼，用葱、姜爆锅，酱油红烧后，不放任何佐料，原汁原味且带有一点点泥腥味、海腥味，味道太独特啦。鱼汤很厚很香，配上米饭，那才叫一个"过瘾"呢！这时的父亲，一定会讲鳗鳞鱼故事的由来。母亲在一旁微微笑着附和着，亲情的味道与家的滋味浓浓。海带养殖场的蓝心晓场长，跟父亲很合得来，每年从海带栏上的空海螺壳里抓下的第一批八带蛸，一定会送给父亲尝尝鲜。那时一定由我做掌勺的人，在大锅撒上一点盐，将洗净的八带蛸煮熟后，拌上酱油大葱，父亲就会跟蓝场长喝上一壶纯真的高度粮食酒，聊上小半天家常。

　　父母亲常常讲，鳗鳞鱼可以治疗肺痨；海带含碘量高，可以治疗"大脖子病"，也就是甲状腺的一种疾病——甲状腺肿。那些年，经常有亲戚来家里讨要海带用于治病。后来，大姐夫每每钓到鳗鳞鱼，大姐总是做给我吃，或捎来送我。今天中午，75 岁的大姐还打来电话，说是大姐夫又钓到了一些鳗鳞鱼要送给我吃，我很感动。父母不在了，大姐、二姐对我这个小弟弟多加善待关心，让我倍感温暖，人是需要亲情和友情的，这才是人之常情啊！

　　在我服役前的一年，也就是 1980 年，第一海水养殖场卖给我们院许多海虹，1 角钱 10 斤。海虹都附着在海水养殖场的海带养殖绳子上，个头很大，每一个都肉质饱满。我们买下后，把绳子上的海虹一个个摘下来,然后把带有海草的杂物清理掉,用大锅煮熟后,把海虹肉晾干,以备冬天做菜吃,做出的菜非常鲜美。

在此之前的 1978 年,中央新闻纪录电影制片厂在青岛八大关太平角一路上的两个海水养殖场架起摄影棚,从不同角度打亮灯光,用大型通透的玻璃器皿装满海水,拍摄海带育苗及海洋生物的科研试验镜头。这次电影科教片在青岛的拍摄,给我留下极其深刻的印象。特别是现场摄制人员不停地调整拍摄的最佳光影,让我感受到一种电影摄影的美感和技巧,这对我日后从事电视专题片和新闻片拍摄具有潜移默化的影响和示范意义。

1993 年,我们家从八大关太平角一路的 7 号搬迁到辛家庄。太平角一路 13 号的房屋至今仍在使用。从那时至今,八大关太平角一路及湛山一路到湛山五路周边都发生了急剧变化。原先的两个海水养殖场周围区域早已变成了饭店、酒吧、度假村。赶海人总是两手空空,但是披着各色婚纱等待摄影的新人们却络绎不绝,接踵而至。

昨天晚上,也就是 2022 年的 10 月 20 日,我下班后照例从青岛电视台一路散步至奥帆中心,看到一艘新式造型的大船停泊,船号叫“海状元”。船体宽大,露天平台极大,船载吊车上写有“海大生物”字样。一位个子高大、身穿橘红色工作服的船员正在与散步的行人聊天。新闻记者的职业敏感和好奇,让我与这位船员聊了起来,这才知道,这艘“海状元”号船,是今年最新制造下水使用的浒苔运输船。他告诉我说,打捞后的浒苔经过运输与加工,成了化肥的原材料,令我不得不佩服现代高科技竟然如此先进了! 我们聊到 2008 年奥帆赛前,浒苔突袭青岛,到现在每年都在一个时节出现,青岛派出大量船只在奥帆中心海域打捞浒苔;而时节一过,它又会突然消失。然后我们又聊到喜马拉雅山脉,我们生命水资源的源头地带,出现罕见的绿色植物生长,再到近期的塔克拉玛干沙漠出现大量湖泊的现象……我们的共识是:全球生态环境,人类应当很好地加以保护,这是造福子孙后代,事关人类生存的大事!

我在 2019 年出版的《无一例外》、2021 年出版的《实言微语》及 2022 年新创作出版的《入镜还素》等书中,都涉及全球人类的生态环保话题。地球海洋上形成的巨大垃圾带,浸泡海洋中的塑料制品及塑料微粒,已经严重侵害到人类对海洋资源的利用,已经严重威胁人类及海洋生物的生存与发展,这绝非危言耸听的事情,一切急功近利的"精致的利己主义者的行为",终将使人类为此付出生命的代价,这是现实,不是小说故事,也不是科幻影片。

今天,即 2022 年 10 月 21 日,网络媒体平台冲上"热搜"的新闻是:(1)生态环境部谈野象旅行团;(2)中国成为大气环境质量改善最快国家;(3)中国全面禁止洋垃圾进口。

现在已经是 2022 年 10 月 22 日的凌晨 2 点 16 分,再过几个小时,于 2022 年 10 月 16 日召开的中国共产党第二十次全国代表大会,就要闭幕了。新的时代,新的召唤,新的目标,新的发展,习近平新时代中国特色社会主义思想,早已把改善生态、改善民生作为十分重要的任务。在未来的 2035 年,在迎来祖国百年华诞时,"绿水青山"就是我们的"金山银山"!

2022 年 10 月 22 日凌晨 2 点 29 分
子实创作于青岛逍遥轩东窗书屋

《半夜鸡叫》

　　电影美术片，在我国乃至世界的电影发展史上都具有独特的地位。1962年新中国举办首届大众电影百花奖时，最佳美术片《小蝌蚪找妈妈》荣获大奖。1963年举办第二届大众电影百花奖时，最佳美术片《大闹天宫》获得大奖。出生于20世纪60年代的我们这一代人，已经或即将进入"花甲之年"，但是儿时观看的电影美术片，只要提起影片的名称，估计大家会或多或少的有一些记忆，比如《半夜鸡叫》《渔童》《草原英雄小姐妹》《小八路》《小号手》《带响的弓箭》《东海小哨兵》。尽管这些年,一些外国的动画和动漫一度占据了电影市场,但是,每个人儿时的记忆,就如同血脉中的"基因"一样,具有不可替代和不会消失的"特殊功能和属性",是伴随一生的文化积淀,不是"想忘就可以忘记的"!

实际上中国的美术片,在 20 世纪六七十年代,从绘画、色彩、图案到台词、音效、音乐、插曲,都是具有国际先进水平的。且不说《小蝌蚪找妈妈》和《大闹天宫》这种获大奖的美术片,就是《渔童》这样的美术片中的县官配音,也是著名演员来完成的,他叫阳华。大家还记得经典影片《南征北战》中在军事会议上"斗嘴"的反派人物李军长吗?他的扮演者就是阳华。假如读者有机会看黑白电影《南征北战》,然后再看看美术片《渔童》,就会从这两部影片中,感受到不同形式的电影所带给我们的独特艺术魅力了。

今天是 2022 年的 10 月 22 日,有两件事是应该记录下来的。一是中国共产党第二十次全国代表大会圆满完成了会议议程,选举产生了新一届中央委员会委员、候补中央委员、中央纪律检查委员会委员。明天中午 12 点,第二十届一中全会选举产生的新一届中央政治局常委,将通过现场直播与新闻媒体见面。未来五年中国的发展已经开启新的征程,电影与各项文学艺术的发展,也将开启崭新的篇章。因而,我和大家都充满新的期待,期望更好地用文学艺术的形式,讲好我们的中国故事。第二件事就是我今天应邀出席了与我从小学就在一个班的安润泉同学的公子在青岛海天大酒店举行的隆重的婚庆仪式。孩子们的成家和成长,让我们这些即将退休的长辈们深感高兴,举杯祝贺的同时,也感到人生的光阴似箭,特别是同学们聚在一起时,触景生情,满眼都是回忆,因而会不自觉地追溯起我们童年的时光。在我们这些20世纪60年代出生的人的记忆中,有"小人书""抓特务""看电影",几乎人人都会"模仿秀"。于是,我写下了今天的文章,一是展望,二是祝贺,三是回顾往昔的岁月,期待有一种"童心不泯"的人生状态,过好我们即将开启的未来新生活。

中国美术片《半夜鸡叫》,是根据高玉宝的同名小说改编的,我们这代人都很熟悉这个故事。军旅作家高玉宝拥有自强不息的学习精神,他在创作文学作品前识字不多,但是他特别肯学习,靠学习积累完成了著名作品,我从小就很钦佩他,并努力向这样的榜样看齐,去实践。人生没有什么克服不了的困难,关键在于认知维度和持之以恒的精神。

《半夜鸡叫》描写了那样一个年代,其占有者的人性贪婪无度,为了剥削长工,地主竟然半夜里学鸡打鸣,以此催促长工,剥削长工应有的休息时间,用来为地主劳作。这个地主外号叫"周扒皮",人性的贪婪,在他身上表现得淋漓尽致。后来,人们描述一个人很抠门时,往往使用的语言是:"这个人属'铁公鸡'的——"一毛不拔",或"这个人太像'周扒皮'啦"。类似于大家议论的文学作品中的人物,那个叫葛朗台的吝啬鬼。因而,文学艺术作品具有多种特性,好的自然要弘扬,相对不好的类似于"精致的利己主义者们"就应该鞭挞,这也是文学艺术的一种功能,往往让人在哈哈一笑中,突然之间就会明白很多事情!

2022 年 10 月 22 日夜 10 点 09 分
子实创作于青岛逍遥轩东窗书屋

《带响的弓箭》和《东海小哨兵》

　　1974年,上海美术电影制片厂将一部美术剪纸片《带响的弓箭》呈现给我们这些当代的少儿观众。在此之前的1973年,也就是我10周岁的时候,由上海美术电影制片厂拍摄的美术剪纸片《东海小哨兵》已经在同学中引起广泛好评。对于成长中的我们,这些美术片的思想和教育意义是非常大的。今天是2022年的10月23日,原青岛第二十六中学高中的几位同学和家属们中午在青岛中山路31号的民国海鲜饺子楼聚餐,在进吉和婉丽夫妇热情宴请大家的叙谈中,讲到正在准备 2023 年出版的这本《五十部 —— 电影与 60 年人生随笔》的创作架构,大家兴致盎然地谈起当年的部分电影和图书创作的话题,讲到电影、图书和当年老师们留给我们的美好印象。因而,用美术片的形式,讲述当年那些适宜少年儿童观看的电影故事,便成为我们这代人至今难以忘怀的人生经历。

《带响的弓箭》和《东海小哨兵》这两部美术片所讲述的故事,都发生在 20 世纪六七十年代,与我们这些已是"花甲之年"的人所处同一个时代背景下。半个世纪已经过去了,大家依然可以想起许多的电影故事情节和一些中外经典影片的名称,可谓是刻骨铭心的人生经历。

《东海小哨兵》和《带响的弓箭》都是"抓特务"的故事,一个发生在我国东南沿海的渔村,另一个发生在茫茫的东北林海雪原。在《东海小哨兵》的故事里,有一对叫小红和小龙的姐弟俩,与组织起来的同学们一起"**提高警惕,保卫祖国**",他们用红缨枪站岗,配合解放军叔叔和民兵,与潜伏进大陆企图逃跑的特务们斗智斗勇,表现出新中国的少年儿童以国防安全和集体利益为重,不怕困难、敢于斗争的精神,完全符合少先队队歌《我们是共产主义接班人》所倡导的要求,不仅学习好,思想品德更好! 《带响的弓箭》所讲述的故事,与《东海小哨兵》属同类体裁,只是"抓特务"发生的地域不同。因而,影片描述了不同地域的新中国少年儿童,他们的思想觉悟相同,这源自祖国的积极倡导和思想教育。在东北茫茫的林海雪原里,假期中的同学们在老师的组织下进行打猎活动。小刚接过爷爷当年打击侵略者的弓箭,不仅练就了打猎的本领,还机智地在边防线上截获潜伏入境的坏蛋特务。当特务企图逃跑时,他在爷爷的弓箭上绑上"像雷管似的爆竹"射向林海的上空报警,用"带响的弓箭"为解放军和民兵及时捕获来犯之敌进行了搜索方向上的引导。

美术片短小精悍,画面生动有趣,音乐创作适宜少年儿童,富有积极意义和满满的正能量。因此,当时的美术片,是我们这代人记忆深刻和喜闻乐见的美好电影。那个时候,学校组织的演出活动道具,大多是同学们自己回到家里,在爸爸妈妈或哥哥姐姐们的指导下,自己取材制造的道具"红缨枪"或"大刀"。那个时候,没有现在这样好的物质条件,没有电子玩具和智能产品,只有"土玩法"的各种自制玩具:糖豆枪、火柴枪、纸弹枪、弹弓、铁环、弹玻璃球、扇烟牌、溜滑冰车……照样有我们快乐的童年。此外,还有团体操表演、看台上摆字、夹道欢迎来宾、看国庆假日彩车游行、看春节里的烟花爆竹、看 7·16 横渡汇泉湾、看中山公园里的游园联欢……那时的人们,无论是家长还是孩子,无论是参与者还是观众,都对此充满热情的期待与向往。哪怕兜里没有几个钱,哪怕衣服有些破旧后的缝缝补补,照样满心欢喜。所以,每个人的一生,都会留下一些美好的回忆。这些回忆会成为一生中宝贵的精神财富,电影只是其中的一部分而已。在此,我无意于夸大过去而不认可现在,因为现在的一切也终将成为过去,在此只是回顾我们往昔的人生经历罢了!

2022 年 10 月 23 日夜 10 点 46 分
子实创作于青岛逍遥轩东窗书屋

《大闹天宫》

　　明天是中国农历的十月一日,这一天对于我们来说,是个"特殊的日子"——既是中国的"寒衣节",也是我的爷爷鄢瑞财先生诞辰 131 周年纪念日。爷爷出生的那一年,也是青岛建置的那一年(1891 年)。老人家与青岛同龄很有纪念意义。明天过后,2022 年 10 月 26 日是我的父亲鄢天祥先生和母亲曲凤侠女士,在青岛八大关太平角一路故居海边海葬 3 周年的纪念日。10 月 27 日,是父母双亲在老家青岛下王埠墓葬 3 周年的纪念日。

父母双亲的"身后事"一部分海葬,一部分墓葬,了却了他们二位老人所提出的"特别遗嘱"要求,逝者安息,生者心安!

可能是"特殊的日子"太过于集中,今晨我做了一个白日梦,因为梦中突然醒来,看看时钟,恰好是早晨8点,梦境颇有点《聊斋》的意味,因而我称之为"白日梦"——在一片森林湖泊旁边,我遇到了季羡林先生。起初是擦肩而过,然而当我回首时,我们却正好目光相对。或许是缘分,或许是对季老先生博学多才的敬仰之情,我不自觉地回转身体,朝他走去。此刻我想与蹲在路边的他合影留念。在确认老先生确实是"国宝"季羡林时,他便开始确认我的身份证件,结果他看了看我作家协会的证件没有盖章,便直接揣到怀里没收了,说道:"你的证件没盖章不行!"然后又开始索要我的新闻记者证件。他仔细端详后点点头,看样子是默许了!他把记者证还给了我。然后,拉上我要去见见我的父亲天祥先生,我们俩蹚过森林的一片沼泽地,真是怪,鞋子竟然一点水都没有沾上,我们又绕过大海的一片礁石,来到一个四四方方的院落里。这时父亲走了出来,他们握手寒暄,竟然弃我不顾,边走边谈文学和绘画艺术,走进院落,突然消失不见了!这时"白日梦"醒来,感到一种怪怪的心境,这个梦境一直萦绕在我脑海一整天。这大概就是人们常常感受的:日有所思,梦境所现罢!季羡林先生系山东人,生于1911年,2009年去世,享年98周岁。我的父亲鄢天祥先生,母亲曲凤侠女士均系山东人。父亲诞生于1920年,2018年去世,享年98周岁。母亲诞生于1922年,2014年去世,享年92周岁。再过25天,也就是2022年的农历十月二十五日,就是母亲的"百年诞辰"纪念日了。我的爷爷、父、母亲与季老先生,都是我一生所敬仰的长辈。我在陪伴晚年的父母双亲时,曾给他们拍摄了大量珍贵的影像,发现父亲的脸型、眼神、神韵,特别是"长寿眉"与季老先生颇有几分相像。那时,我会经常把他们两位长者的影像做比较,他们年龄相仿,都对文学和艺术有所偏爱,又都是山东人,这也是我对人文纪实摄影的一项"技术性研究"。

　　父亲出生于 1922 年,生肖是中国特有文化符号"十二生肖"中的"猴"。文化属性总是与艺术属性紧密相连的,这就不禁使我联想到中国经典电影美术片《大闹天宫》中的孙悟空。父亲喜欢文学和书法绘画创作与研究,其简介和作品曾被载入中国书法绘画研究名家大辞典中,这部大辞典我一直珍藏着。早年,父亲在潍坊居住时曾上过私塾,文化功底比较深厚。他是青岛老年大学的首届书法绘画研究生,一生"活到老学到老",2008年突患重疾,险些丧命,然病愈之后即使耄耋之年,依旧笔耕不辍,创作的《蟠桃献寿图》,即祥瑞之猴与蟠桃的构图,蟠桃色泽鲜艳,祥猴炯炯有神,形象生动可爱。

　　　　一从大地起风雷,
　　　　便有精生白骨堆。
　　　　僧是愚氓犹可训,
　　　　妖为鬼蜮必成灾。
　　　　金猴奋起千钧棒,
　　　　玉宇澄清万里埃。
　　　　今日欢呼孙大圣,
　　　　只缘妖雾又重来。

　　这是 1961 年 11 月 17 日,毛泽东主席创作的著名诗篇《七律·和郭沫若同志》。也正是在 1961 年,上海美术电影制片厂拍摄创作了经典国产动画片《大闹天宫》,生动刻画了神猴孙大圣潜入龙宫,取得定海神针如意金箍棒,随即在花果山大战天兵天将的故事。这部动画片,在我出生的 1963 年,荣获了第二届大众电影百花奖最佳美术片奖。这部获奖的动画片,由邱岳峰、富润生、毕克、尚华、于鼎等著名配音演员配音。

《大闹天宫》中神猴孙大圣的形象,取自吴承恩创作的我国文学四大名著之一的《西游记》。孙大圣神通广大,驱妖降魔,与猪八戒、沙僧一起,护佑唐僧西天取经。

今晨,我的"白日梦"中,著名的国学大师季羡林先生,正是精于中国文学、梵学、佛学、吐火罗文等多门类学术研究并取得巨大成果的大家。今天的梦中,他与我的父亲聚首闲谈后,突然一起消失于一处方形院落中,是否一起去了"西天"发现并求取"真经",不得而知!但他们生前"晴耕雨读"式地在各自领域里努力学习和工作,倒是实实在在发生过的事情。

2022 年 10 月 25 日凌晨 1 点 51 分
子实创作于青岛逍遥轩东窗书屋

《东方红》

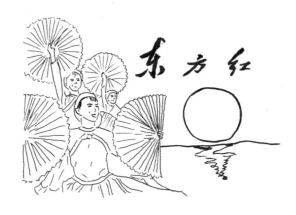

　　今天是 2022 年 10 月 25 日,是新中国将士出征参加抗美援朝战争 72 周年纪念日。就在 3 天前的全国代表大会闭幕式上,激昂的《国际歌》在北京人民大会堂里再次奏响,这是一曲融入中国共产党人血脉中的战斗乐章,激励并鼓舞着一代又一代人,为实现伟大理想而英勇奋斗。因而,今晚我特意再一次观看了大型音乐舞蹈史诗《东方红》,以此缅怀我们的前辈和先烈们!

　　大型音乐舞蹈史诗《东方红》,是为庆祝中华人民共和国成立 15 周年而筹备的一台大型文艺舞台演出,包括主持、音乐、舞蹈、声乐、诗朗诵、歌曲、情景剧目表演等。根据电影字幕显示,1964 年 10 月 16 日,毛泽东主席亲临人民大会堂观看并亲切接见了演职人员。1965 年,由八一电影制片厂与中央新闻纪录电影制片厂合作,拍摄成彩色舞台艺术经典影片。这部影片的导演为八一电影制片厂著名导演王苹。王苹曾导演过许多经典影片,比如《柳堡的故事》《永不消逝的电波》《槐树庄》等,她是我国第一位电影女导演。1962 年,在新中国举办的第一届大众电影百花奖中,她因成功导演了电影《槐树庄》而荣获最佳导演奖。

王苹导演在《东方红》电影的开篇,第一个镜头运用的即是晚霞中的北京天安门城楼,然后缓缓移动拍摄长安街和雄伟的人民大会堂,用新闻镜头,依次记录了有序入场的观众和华灯璀璨的人民大会堂穹顶,并用摇镜头将人民大会堂从顶层到舞台进行了全景式的拍摄,展示为庆祝新中国成立 15 周年而装饰一新的北京人民大会堂。此刻,导演用一位观众手中节目单上的三个红色大字"东方红"特写,进行了转场,随之舞台上响起雄壮的《东方红》乐章,伴着乐章的节奏,年轻的舞蹈演员们,以金色向日葵花组成各种绚丽的图案,身后的合唱团引吭高歌,在《东方红》的旋律声中,满怀深情地歌唱党,歌唱祖国,歌唱人民,歌唱毛泽东!**"东方红,太阳升,中国出了个毛泽东,他为人民谋幸福,呼儿嗨哟,他是人民的大救星……"**

大型音乐舞蹈史诗《东方红》用章节分场次,将旧社会的黑暗与新中国的光明美好进行了全景式的对比。1840 年鸦片战争以来,中国人民饱受外来侵略和半殖民地半封建社会的压迫,这不由地使我想到父母双亲曾于生前讲到我的爷爷和他们所经历殖民统治下中国青岛的暗无天日的生活。我的爷爷出生于1891 年,与青岛胶澳建置同年。音乐舞蹈史诗《东方红》第一章《东方的曙光》表现的场景就是海港码头上,遭受双重奴役的劳工和妇女,背景的牌子上写着:"华人与狗,不准入内。"在中国的土地上,外国侵略者竟是如此嚣张,飞扬跋扈,侮辱民众的人格与尊严。

"十月革命一声炮响,给我们送来马克思列宁主义。"随着马列主义和新思想、新文化的传播,中国的工农大众联合起来,以毛泽东为代表的中国共产党人,高举共产主义旗帜,开创了一次又一次崭新的武装斗争。从 1921 年中国共产党的成立,到秋收起义、南昌起义,从井冈山会师,到遵义会议,从红军长征,到抗日战争、解放战争,直至新中国的诞生。在中国共产党的英明领导下,56 个民族的大家庭,走进了社会主义建设的伟大新时代。北京人民大会堂的舞台上,著名歌唱家胡松华的《赞歌》和才旦卓玛的《唱支山歌给党听》直击人心。一首首动情的歌曲,无不发自歌唱家内心对新中国的真情实感。《没有共产党就没有新中国》是一首旷世之作,更是中国人民在中国共产党的领导下,前赴后继进行伟大实践所得来的颠扑不破的真理!

尽管大型音乐舞蹈史诗《东方红》是我若干年以前看到的舞台艺术经典影片,但是其中的经典歌曲和舞蹈,至今依旧流传。每当我看一次《东方红》,都会有一次新的感觉和新的收获。这就是电影带给我们的魅力,这就是音乐舞蹈史诗《东方红》带给我们精神世界的美好享受和深度思考。

2022 年 10 月 26 日凌晨 1 点 46 分
子实创作于青岛逍遥轩东窗书屋

《长征组歌》

红军不怕远征难，

万水千山只等闲。

五岭逶迤腾细浪，

乌蒙磅礴走泥丸。

金沙水拍云崖暖，

大渡桥横铁索寒。

更喜岷山千里雪，

三军过后尽开颜。

这是 1935 年 10 月毛泽东所作的著名诗篇《七律·长征》。1934 年 10 月,中央红军离开江西瑞金等地的中央苏区,开始了战略大转移。途中党中央于 1935 年 1 月召开了著名的遵义会议,在毛泽东的指挥下,英勇的红军战士爬雪山、过草地,击溃敌人无数次的围追堵截,连续行军二万五千余里,于 1935 年 10 月胜利到达陕北。红二方面军和红四方面军也于 1936 年 10 月到达甘肃,与中央红军胜利会师。这就是举世闻名的长征。

萧华是我军著名的开国将领,曾担任原总政治部领导工作。1964 年 9 月,他因病在杭州疗养期间,回顾我红军将士在长征路上艰苦卓绝的历程,决定写一部组诗,于是,他以毛泽东《七律·长征》为引领,历时两个月完成了《长征组歌》的创作和定稿。1965 年,萧华将这部组诗,交给原北京军区战友文工团编曲。1994 年,青岛电视台新闻中心的电视新闻专栏《视新 20 分钟》节目,采访了《长征组歌》的 4 位编曲者之一的唐诃老师。我是当时新闻专栏的主摄像之一,况太原老师担任栏目的主持和编导之一。晚年的唐诃老师在青岛安家,我们与唐诃老师约定好之后,来到他在青岛的居住地采访。唐诃老师的居室很简洁,毫无奢华之感,他像一位离职休养的普通老者一样,待人亲切。

著名曲作家唐诃老师曾经参与创作了许多脍炙人口的歌曲,比如电影《红牡丹》中的插曲《牡丹之歌》、电影《甜蜜的事业》中的主题歌曲《我们的生活充满阳光》。此外,《众手浇开幸福花》《老房东查铺》《打靶歌》等传唱已久的经典之作,都有他与许多著名词曲作家合作的心血。唐诃老师 1922 年出生于河北易县,15 岁参加八路军,一生戎装。他于 2013 年 7 月 25 日在青岛逝世,享年 91 岁。

　　记得那次在唐诃老师位于青岛的家中采访,我用摄像机拍摄了大量的访谈影像资料,他与我们畅谈《长征组歌》创作期间的往事,仿佛历历在目。

　　《长征组歌》,又名《红军不怕远征难》,于 1965 年首次公演,是我国音乐界的著名红色经典之一。1976 年 2 月由八一电影制片厂摄制完成的彩色音乐片《红军不怕远征难·长征组歌》,是由八一电影制片厂著名导演王苹和黄宝善共同执导的。整部组歌是由《告别》《突破封锁线》《遵义会议放光芒》《大会师》等 10 个部分组成,独唱为马玉涛、贾世骏、马国光、王克正。组歌生动地再现了中国工农红军在毛主席的领导下无私无畏、不屈不挠的革命精神和英勇气概,谱写了一曲伟大的长征精神赞歌,至今仍在几代人中传唱不息。

　　1997 年,我随青岛市扶贫救灾慰问团赴贵州、四川、云南采访时,曾参访过贵州的遵义会议会址纪念馆和人们尊称为“红军山”的遵义红军烈士陵园,也曾驱车路过当年炮声隆隆的娄山关。在这些当年红军浴血奋战的地方,我仰望苍天白云,俯瞰万丈深壑……毛泽东曾在 1935 年 10 月创作的《七律·长征》和在 1935 年 2 月长征途中创作的激昂诗篇《忆秦娥·娄山关》,仿佛总是在我的耳畔萦绕。

　　　西风烈,
　　　长空雁叫霜晨月。
　　　霜晨月,
　　　马蹄声碎,
　　　喇叭声咽。
　　　雄关漫道真如铁,

而今漫步从头越。

从头越，

苍山如海，

残阳如血。

2022 年 10 月 27 日凌晨 0 点 46 分
子实创作于青岛逍遥轩东窗书屋

《沂蒙颂》

据新华社消息,第二十届中共中央政治局常委一行,在中共中央总书记、国家主席、中央军委主席习近平的带领下,来到陕西延安瞻仰延安革命纪念地。习近平总书记等先后瞻仰了中共七大会址、毛泽东旧居等,并在延安革命纪念馆参观《伟大历程——中共中央在延安十三年历史陈列》。

这一新闻不由地引发我这个山东人想到了一部由八一电影制片厂拍摄的革命现代舞剧《沂蒙颂》。在中国革命历史的伟大进程中,经过二万五千里长征胜利会师延安的中国共产党人,在党中央、毛泽东主席的领导指挥下,全国军民团结一致,同仇敌忾,进行了伟大的抗日战争和解放战争。山东的革命根据地也涌现出许多可歌可泣的英雄故事,这些故事呈现在《南征北战》《铁道游击队》《地雷战》《红日》《济南战役》等影片中。其中,有一部描写解放战争期间沂蒙山区英嫂用乳汁救解放军伤员的故事,被改编成革命现代舞剧,呈现在舞台之上,并拍摄成舞台艺术电影《沂蒙颂》,带给全国广大观众极大的感动和震撼!

由八一电影制片厂拍摄的这部革命现代舞剧《沂蒙颂》,是1975 年由中央芭蕾舞团(原中国舞剧团)创作并演出的。主要演员中,英嫂的扮演者是程伯佳,方铁军的扮演者是张肃;影片的导演是李文虎、景慕逵,摄影是张冬凉、曹进云。

影片开场,英嫂怀抱婴儿,依依不舍地送丈夫鲁英及其战友上前线。她与乡亲们送走子弟兵后,开始隐蔽转移。一群敌兵涌来,拿出一条白色印有红五星和"为人民服务"字样的毛巾确认后,开始大肆搜查解放军伤员。

解放军某部排长方铁军,在山东沂蒙山区作战时英勇负伤。他拖着负伤的腿不仅行动不便,而且极度缺水,直至昏迷不醒。躲进深山挖野菜的英嫂,发现了负伤的方排长,危难之中,情急之下,正处在哺乳期的英嫂,大义凛然,用自己的乳汁将解放军伤员救活!

英嫂救活方排长后,将他掩藏在山洞中。回到家里,她烧红炉膛,熬煮鸡汤。一曲《沂蒙颂》的赞歌《我为亲人熬鸡汤》,成为舞台上的时代经典,一直传唱至今。

蒙山高，

沂水长，

军民心向共产党，

心向共产党。

红心映朝阳，

映朝阳。

炉中火，

放红光，

我为亲人熬鸡汤。

续一把蒙山柴，

炉火更旺；

添一瓢沂河水，

情深意长。

愿亲人，

早日养好伤。

为人民求解放，

重返前方，啊——

重返前方！

　　这首《沂蒙颂》中动情的歌曲，配上中国舞剧团著名舞蹈演员程伯佳精彩细腻的舞蹈语言，将"军民鱼水情"演绎得深情优美，纯朴动人。这样的子弟兵，这样的人民，这样的无私奉献，这样的军民情深，怎能不万众一心、团结协作，怎能不打胜仗呢？因此，无论是舞台艺术上的表达，还是黑白故事片或彩色故事片，无论是中国工农红军，还是八路军、新四军、解放军，所到之处首先想到的是人民，每一场战役也离不开人民的支持。这就是毛泽东主席在天安门城楼上高呼"人民万岁"的真切含义。这就是人民英雄纪念碑冠以"人民"二字的真切内涵。这就是社会主义新时代"江山就是人民,人民就是江山"的最为生动真实的诠释。

2017 年冯小刚导演的电影《芳华》中,大量引用了《沂蒙颂》的歌舞音乐。特别动情的是,舞蹈演员何小萍被派往反击战前线救护所工作并获得英雄模范荣誉后,身心患上了重病,正是在医院治疗期间,看到自己当年所在的文工团演出的舞蹈《沂蒙颂》,由此唤醒了她内心的激情,让她在病中豁然站立起来,随着《沂蒙颂》的音乐,不由自主地来到操场上翩翩起舞,释放出积压已久的情感。这让我看到艺术的力量,更看到《沂蒙颂》的故事和乐章是如何深入中国人的心田中。《芳华》中的男主角刘峰,是山东籍军人,因而他更加清楚山东沂蒙山英嫂那样的军嫂与其他百姓,对于人民军队,是何等的爱护,甚至不惜牺牲自己的一切。当刘峰来到医院看望重病的何小萍,与她重逢时,其内心深处的感受是难以用语言表达的。于是,才有了刘峰看望后何小萍的那一段《沂蒙颂》的舞蹈,这便是"言之不足舞之蹈之"的舞蹈艺术内涵!

八一电影制片厂拍摄的革命现代舞剧《沂蒙颂》,中国舞剧团程伯佳和张肃等舞蹈艺术家在舞台上为我们留下的英嫂和方铁军的形象,已成为中国舞台艺术的经典之作,永恒传流。这不仅是一种艺术,更是一种精神。

2022 年 10 月 28 日凌晨 0 点 59 分
子实创作于青岛逍遥轩东窗书屋

我眼中的舞台戏曲
艺术电影百花园

今天是 2022 年 10 月 28 日,是我生命中一个特别的日子,2014 年 10 月 28 日下午,我亲爱的母亲永远的离开她所热爱的这个世界,距今天已经整整 8 年了,她走的那年,享年 92 周岁。2022 年的 11 月 18 日,也就是农历的十月二十五日,我们将在青岛八大关太平角一路"赤松小舍"海边,隆重纪念母亲"百年诞辰"。连日来,父母双亲不断"入梦而来",我们在梦中相聚,分外亲切地叙说着往日时光。

20 世纪 70 年代,我还在青岛嘉峪关学校上中学时,每每遇到母亲上中班,总是骑上自行车去接她下班。那一天,家门口的湛山一路 2 号别墅大院里,放映电影戏曲片,庭院的两棵松树间挂起了一块白色的电影银幕,这是那个年代看电影通常采用的放映方式。尽管影片已看过数遍,但仍然吸引我的目光,看着看着,母亲下中班的时间临近了,只好暂时放弃观影,骑上自行车赶路接迎。接上了母亲,沿着正阳关路的下坡一路飞奔,心里还在想着赶上电影的"尾巴"也行啊。结果情急之下,在正阳关路 16 号山东省青岛疗养院院部门前,一不留神,被马路上的一块小石头垫了一下,瞬间我与母亲从自行车上摔了下来。母亲顾不得自己的疼痛,赶忙起身上前扶我,忙问我摔伤了没有。她没有一句责备我的话,而是以慈母的疼爱之心,为我拍拍身上的土,深情而心疼地看着我,她一直在说:看看都是为了接我下班,把你摔着了。我们看了看倒在马路上的自行车,扶起它来,简单地检查了一下,并无大碍,于是,我又骑车带上母亲往家奔去……还好!电影没散场,正演到解放军小分队和民兵穿越林海,接近威虎山"百鸡宴"现场,准备捉拿"座山雕"的情节。是的,大家一定猜到了,这就是现代京剧《智取威虎山》里,接近"尾声"的一个片段。

许多年过去了,母亲与我都不曾给家里人讲过从自行车上摔倒的事情。时光进入 21 世纪之后的一个寒冬,突然一天母亲脚趾肿胀,我跑下楼来,蹲在雪地上,一捧一捧地把刚刚下过的雪收起来,装进一个个小塑料袋里。上了楼,母亲看到"雪冰袋",看我冻得通红的双手,我的耄耋母亲啊,赶忙拉过我的双手揣向她的怀里,温暖此刻涌向我的全身,泪水在眼眶里打着转转。我把"雪冰袋"敷在母亲肿胀的脚趾上,以此"物理疗法"给母亲疼痛肿胀的脚趾镇痛降温。在发现母亲脚趾肿胀的那一刻，我就在想，是不是当年为了看电影抢时间，从自行车上倒地时摔伤了母亲，这么多年旧伤又复发了呢？我心疼着望着慈祥善良却已年迈的老母亲，心头不觉一阵紧缩，一种"负罪感"油然而生——那场电影让我刻骨铭心，直到今天！

"古为今用，洋为中用"，20世纪五六十年代，特别是70年代，中国舞台戏曲艺术的"百花园"里，真的可以说是"百花争艳"！《红色娘子军》《白毛女》《红灯记》《沙家浜》《智取威虎山》《奇袭白虎团》《龙江颂》《磐石湾》《海港》《平原作战》《杜鹃山》《沂蒙颂》——涉及的表演形式有故事片、现代芭蕾舞剧、现代京剧，而且都被拍摄成电影保存了下来。其舞台艺术堪称经典，被永久地载入中国舞台艺术的史册。我集齐了所有的剧目光盘，其中有许多是青岛电视台元老、电视新闻中心鞠侃彬主任的贵子鞠松烨记者，帮助我费尽周折才购买到的珍贵光盘，我一直视若珍宝地珍藏着！

《红色娘子军》《白毛女》《红灯记》《智取威虎山》《奇袭白虎团》《平原作战》等在编排成戏剧之前，都曾拍摄过故事影片。其中，《红色娘子军》的主要演员是祝希娟、王心刚、陈强，还有向梅、铁牛等著名演员参演。这部谢晋导演的故事片曾获得1962年首届中国大众电影百花奖最佳故事片奖；祝希娟因扮演吴琼花而获得最佳女演员奖；陈强因扮演南霸天而获得最佳配角奖。后来由中央芭蕾舞团集体改编成著名革命现代芭蕾舞剧《红色娘子军》，这部舞剧电影拍摄时，薛菁华扮演吴琼花。她有一段"倒踢紫金冠"的动作，成为舞蹈艺术家永恒的经典之作。其中的交响乐《快乐的女战士》《万泉河水》至今依然是名篇佳作，无可替代。而现代京剧电影《红色娘子军》中，著名京剧表演艺术家杜近芳老师的表演可谓精湛，其唱腔令观众为之惊叹！

故事影片《白毛女》中喜儿的扮演者田华，也是"新中国二十二大电影明星"之一。现在年过九旬的她，依旧活跃在舞台上，为新的时代讴歌。芭蕾舞剧电影《白毛女》中喜儿的扮演者茅惠芳、石钟琴，曾先后多次应邀出访交流，其芭蕾舞蹈技艺精湛。《白毛女》中的演唱者之一的朱逢博老师，是山东济南人。其演唱的《北风吹》《盼东方出红日》等名曲脍炙人口，成为演唱艺术不可复制的原唱经典佳作。芭蕾舞剧《白毛女》中还有插曲《大红枣儿甜又香》。著名歌唱家王昆、郭兰英等演出的歌剧《白毛女》优美动听，传唱至今。

现代京剧电影《红灯记》拍摄之前，已拍摄故事片《自有后来人》，于彦夫担任导演，由著名演员赵联、车毅、印质明等主演。现代京剧电影《红灯记》中，浩亮扮演李玉和，刘长瑜扮演李铁梅，高玉倩扮演李奶奶。其中刘长瑜扮演的李铁梅的唱段《打不尽豺狼决不下战场》，表现了这"本不是一家人"的三代人，为保护密电码同日本侵略者及叛徒进行了英勇顽强的斗争，表现出共产党员及其后来人，为革命事业视死如归的英雄气概和大无畏精神。

现代京剧电影《智取威虎山》拍摄之前，曾拍摄过故事片《林海雪原》，著名演员王润身扮演机智勇敢的侦察员杨子荣，由在电影《南征北战》中扮演张连长的刘沛然担任导演。现代京剧电影《智取威虎山》中杨子荣的扮演者童祥苓的一首《共产党员时刻听从党召唤》唱腔激昂，催人振奋；他的一段表演《打虎上山》难以模仿超越，经典至极。

现代京剧电影《奇袭白虎团》拍摄之前，曾有拍摄过抗美援朝同类题材的电影《打击侵略者》，就是消灭敌军"白虎团"的影片。影片中志愿军丁大勇的扮演者张良，曾在电影《哥俩好》中一人饰演大虎、二虎两个角色，他也因此获得第二届大众电影百花奖最佳男演员奖。现代京剧电影《奇袭白虎团》中志愿军指挥员王团长的扮演者方荣翔，是我国著名京剧表演艺术家。他的一段《趁夜晚出奇兵突破防线》，表现出志愿军指挥员坚定的胜利信念。现代京剧电影《奇袭白虎团》是根据杨育才的事迹改编的。

现代京剧电影《平原作战》拍摄之前，曾拍摄同类体裁故事片《平原游击队》，著名演员郭振清扮演的李向阳，是中国电影形象的经典之一。后来，此片又被山东籍的青岛话剧团演员李铁军重拍为彩色故事片。现代京剧电影《平原作战》的主角为赵永刚。

半个多世纪以来，这些呈现在舞台上的电影艺术作品，特别是现代京剧、现代芭蕾舞剧中，涌现出一大批京剧表演艺术家、舞蹈表演艺术家、音乐家和歌唱家。可谓老、中、青三代结合，推陈出新，百花盛开，留给我们不朽的艺术经典和精神食粮。例如，参演《沙家浜》的洪雪飞、马长礼、周和桐，参演《龙江颂》的李炳淑，参演《海港》的李丽芳，参演《杜鹃山》的杨春霞，参演《沂蒙颂》的程伯佳，参演《红灯记》的袁世海等。

近期看过一段视频，专门介绍舞台戏剧艺术。其中，现代京剧《海港》中方海珍的扮演者李丽芳老师，在大病之际让人搀扶登台，演唱了《海港》中的《忠于人民忠于党》。她对舞台艺术的真诚与执着，对党、对祖国、对人民的深情，无不令人心怀感念，潸然泪下。这才是文化艺术的"天花板"，需要后学们很好地继承与发扬这样的敬业精神。

2022 年 10 月 29 日凌晨 3 点 09 分
子实初稿创作于青岛逍遥轩东窗书屋
2022 年 11 月 8 日凌晨 1 点 33 分
子实二稿修改于青岛逍遥轩东窗书屋

《茶　馆》

　　《茶馆》是"人民艺术家"老舍先生极具影响力的杰出的话剧作品。自 1958 年以来,话剧《茶馆》始终是北京人民艺术剧院的"看家大戏"。于是之、郑榕、蓝天野等老艺术家在剧中饰演了重要的角色。至今,一代代北京人艺的话剧表演艺术家们,接续前辈的艺术造诣,仍在不断深刻挖掘老舍先生的创作思想和创作意境。

　　《茶馆》讲述的是在世纪交替的老北京,有一处名叫裕泰的茶馆里所发生的一幕幕社会与人生的故事。故事发生的年代背景是从清朝光绪年间的"戊戌变法"开始，一直延续到新中国成立前夕。在时代的巨大变迁中，物是人非、洋人入侵、军阀混战、民不聊生……裕泰茶馆浓缩了社会背景中的人生与人性。在我看来，这是一部记录历史、启迪人生的鸿篇巨制，不仅有风云际会、变化万千的时代交替，更重要的是述说那个时代下民生之艰难与人性的复杂多变。

1934年，老舍先生曾携家人来到青岛，与一大批知名学者在位于青岛的国立山东大学任教。他在青岛期间曾几度搬迁居所，最后下榻在黄县路上，并在青岛完成了著名作品《骆驼祥子》的创作。

至今，青岛安徽路上的街心花园命名为老舍公园，正门处矗立着一尊由我国著名雕塑家徐立忠先生为老舍先生雕塑的铜像。

徐立忠先生是青岛人，待人真诚豁达，从不摆艺术家的架子，穿戴朴素自然，讲一口青岛话。他总是戴着一顶草帽，骑上自行车，去采风、挖掘艺术素材。他和他的家人都与我十分熟识。这位至今已是耄耋之年的老艺术家，曾经专门创作赠与我一幅大肚弥勒佛水墨国画，并题跋："**能容天下难容事，不笑天下可笑人**"，对我的人生修养产生了积极的影响。徐立忠先生的这幅赠品，一直被我视为极其珍贵的书画精作纪念品，珍藏至今。

《茶馆》中的主要演员于是之先生，在20世纪70年代，曾参加拍摄电影《大河奔流》。当时，摄制组的主要演员张瑞芳、张金玲、葛存壮等在青岛拍摄该影片时，都曾下榻在青岛八大关太平角一路11号，与我家在一个院落里。因而日常进进出出时，我经常会遇见这些电影演员们，有时也会看到电影的现场拍摄，收益颇丰。

　　《茶馆》在 1982 年曾被北京电影制片厂拍摄成电影,参加电影拍摄的演员依旧是北京人艺的老艺术家们。于是之饰演王掌柜,郑榕饰演常四爷,蓝天野饰演秦二爷,黄宗洛饰演松二爷,英若诚饰演刘麻子,等等。裕泰茶馆的场景也是按照北京人艺话剧《茶馆》里设计的场景布置,且增加了一些街景拍摄和话剧演出时被局限的电影元素。电影《茶馆》的导演是谢添。谢添是一位多才多艺的著名演员和导演。他曾参演过电影《林家铺子》等多部影片,曾被评选为"新中国二十二大电影明星"之一。他曾导演拍摄了经典歌剧电影《洪湖赤卫队》并在其中扮演张副官。他曾导演电影《甜蜜的事业》,让电影演员李秀明和李连生"追求爱情的慢动作镜头"家喻户晓。谢添导演的这些影片,连获大众电影百花奖、金鸡奖和文化部优秀影片特别奖等多项中国电影大奖,而他的临终遗愿是:不举行任何告别仪式,骨灰撒向大海! 让我感慨人生如戏,戏如人生!

　　历经半个多世纪,老舍先生创作的《茶馆》剧作,北京人艺的老艺术家们在《茶馆》里的精彩演绎,谢添导演的著名电影《茶馆》,均已成为中国文学与艺术舞台上的经典。经典的艺术作品,让观众在悲伤中沉吟、在笑声中反思,在反思中警醒,在警醒中期待,在期待中奋斗,在奋斗中前行,这就是艺术所带给我们的精神力量!

2022 年 10 月 30 日凌晨 1 点 16 分
子实创作于青岛逍遥轩东窗书屋

译制电影篇

《列宁在十月》（苏联）

　　"十月革命一声炮响，给我们送来了马克思列宁主义。"像我这般 20 世纪 60 年代出生的人，从银幕上看得最多的译制影片，莫过于苏联拍摄的《列宁在十月》《列宁在一九一八》，这些影片形象化地让我们"认识了"弗拉基米尔·伊里奇·列宁同志这位世界无产阶级的领袖形象。2022 年 10 月 16 日至 22 日举行了中国共产党第二十次全国代表大会，在闭幕会上再一次奏响《国际歌》。

为了写作这篇文章，今晚我再一次重温了《列宁在十月》这部影片。这部黑白故事片由苏联拍摄于 1937 年，也就是 1917 年苏维埃布尔什维克政党在列宁等组织领导下，推翻沙俄统治以后的第 20 年，那时在苏维埃联盟领导人斯大林的部署下，为纪念"十月革命"胜利 20 周年而拍摄的影片。这部影片由东北电影制片厂译制，《列宁在十月》的导演叫罗姆，主演列宁的演员是有着"世界第一特型演员"之赞誉的史楚金。很可惜和遗憾的是，这位特型演员后来不幸英年早逝，他是一位非常值得纪念和缅怀的经典电影明星。当然，一直让我们这些观众记住的银幕形象，还有那位个子高高、相貌英俊、身手敏捷，对待列宁同志交付的一切工作，都能够克服困难，忠心耿耿、尽职尽责的警卫员瓦西里同志。

2022 年随着戈尔巴乔夫去世，"1991 年苏联解体"的话题再一次被推向风口浪尖。对此，各种舆论褒贬不一。以美国为首的北约集团各国，针对解体以后的俄罗斯国家实施各种制裁性打压，使世界和平与经济局势，显得动荡不安。瓦解分化苏联后，美国"仿佛已经失去可以抗衡的世界级对手"，其言行变得更加肆无忌惮，政治、军事、经济等方面在全球的挑衅不断加剧，战争危机变得"一触即发"，美国霸权行径昭然若揭。当今世界，面对种种磨难，人类和平共处、共渡难关，显得尤为重要和紧迫。世界需要发展，发展需要和平。但是，当霸权主义、军国主义、帝国主义、法西斯行径有所暴露之时，就应如毛泽东主席所言："人不犯我，我不犯人；人若犯我，我必犯人"。国家安全意识，时刻不能松懈，国家领土完整，必须坚决守卫，这是不可逾越的底线。

让我们再回到著名的经典影片《列宁在十月》中。影片开场，彼得堡便充满"白色恐怖"，列宁同志在瓦西里的警卫护送下，从芬兰乘火车前往彼得堡，车站、街道岗哨密布，反动派部署追捕前往彼得堡的列宁同志。在瓦西里机智周密的保护下，列宁同志安全到达瓦西里的家中。瓦西里的妻子娜达莎正在用一台手摇缝纫机做着婴儿服装，为即将出生的宝宝做准备。他们商量把床铺给列宁同志用，但是列宁同志执意不去打扰他们的生活，坚决睡在地板上，并用书当枕头，这就是当时苏维埃布尔什维克最高领袖的人格魅力，艰苦的生活环境算不得什么，他们没有自己的需求，只有为革命斗争的不屈与献身精神，这样的领导者是真正难能可贵的。

瓦西里就坐在椅子上休息，把手枪放在桌子上，守护着睡在地板上的列宁同志。即使是瓦西里的妻子，也不知道地板上休息的人就是苏维埃最高领导者列宁同志，她还一直与瓦西里和列宁同志探讨列宁长得什么模样呢，可见瓦西里等人的保密工作是多么的严密。

瓦西里按照列宁的部署，落实好斯大林同志与列宁同志的见面交谈，他们继而统一思想，在彼得堡秘密召开苏维埃领导会议，研究联合工农兵武装起义。经过周密部署，"阿芙乐尔号"巡洋舰配合起义大军，向沙皇冬宫开炮。1917年的炮打冬宫武装起义，推翻了沙俄统治，正是"十月革命一声炮响，给我们送来马克思列宁主义"的注解。

正是在这样一场世界革命运动趋势的背景下，《共产党宣言》和马克思列宁主义得以在中国传播。1919年中国发生了震惊世界的"五四运动"，1921年中共一大在上海和嘉兴南湖红船上举行，宣告了中国共产党的正式成立。

我一直珍藏着《列宁在十月》《列宁在一九一八》这两部苏联的经典影片光盘。这些影片不仅故事曲折生动，特型演员扮演精彩,而且我们从童年时代看起,一直看到了"花甲之年"也不厌其烦,究其原因,是因为越看越觉得:马克思列宁主义、毛泽东思想——为人类求解放,为劳苦大众过上幸福生活而奋斗的思想,一直在深入人心!

2022 年 11 月 2 日凌晨 0 点 28 分
子实创作于青岛逍遥轩东窗书屋

《列宁在一九一八》（苏联）

　　"同志们：要维持一个政权，比夺取他还要难！我们的革命正在前进，正在发展和成长，可是我们的斗争，也是正在发展着和成长着……普列夫斯基同志被刺杀，说明了反革命对我们的白色恐怖。被人民意志所判决的叛徒们，一定要无情地消灭他们！"今天是 2022 年的 11 月 2 日，我再一次观看在小时候就已经观看无数次的经典译制影片《列宁在一九一八》，列宁同志在工厂中面对人民大众的慷慨激昂的演讲，依旧让我的心灵被深深震撼着！

电影《列宁在一九一八》的拍摄时间，比电影《列宁在十月》晚了两年，也就是拍摄于 1939 年。这部影片是由莫斯科电影制片厂摄制，中共中央电影局、上海电影制片厂于 1951 年译制。

在影片中依旧是由有"世界第一特型演员"之称的著名电影表演艺术家史楚金扮演列宁同志，扮演警卫员的瓦西里及其妻子娜达莎的，也是原先在电影《列宁在十月》中的演员们。上海电影制片厂著名演员张伐，为影片中的列宁同志配音，获得了振奋人心的效果，特别是列宁同志遇刺前，在工厂里当众演讲时的配音，堪称我国译制影片配音之经典片段。将列宁同志演讲现场的"二度创作"，发挥到极致。所以，电影译制片之所以好看，一是故事情节的展示，二是演员的出色表演，但是，还有一个关键元素，那就是"配音演员的二度创作"。在我看来，一个好的电影配音演员，可以将原先引进的译制影片"提升若干个高度"，使银幕上的形象更加鲜活生动。这样的例子太多了，比如童自荣、毕克、邱岳峰、李梓、尚华，当然还有《列宁在一九一八》中为列宁同志配音的张伐。这位上影厂的著名演员曾在著名导演汤晓丹执导的经典影片《红日》中，与著名演员高博、里坡、杨在葆等一起出演，扮演我军指挥员的重要角色。

电影《列宁在一九一八》中，1917 年苏维埃俄国在列宁的组织领导下"炮打冬宫"，推翻沙皇的统治后，一场空前的新革命由此展开，列宁同志担任了苏维埃人民委员会主席，日夜在莫斯科的克里姆林宫处理繁重的事务。与此同时，反动派在豪华剧场上，一边观看著名芭蕾舞《天鹅湖》，一边加紧策划对苏维埃领导人列宁和斯大林等同志的谋杀行动。

影片的开场,是瓦西里的妻子娜达莎在用手摇缝纫机缝制衣服,她的小宝宝已经出生,躺在摇篮里。瓦西里回到了家中,他与妻子热情相拥,并告诉妻子,他受列宁同志委派,要立刻出发去找察里津前线上指挥作战的斯大林同志运回粮食。当1917年武装起义胜利之后,反动派与富农封锁了粮食和物资,人民的生活和工作产生了巨大的困难,现实生活非常的残酷。娜达莎告诉瓦西里,没有牛奶和面包,孩子怎么活下去呢?瓦西里一边望着摇篮里褓褓中的儿子,一边安抚为难哭泣的娜达莎:"会有的,面包会有的!"这是20世纪60年代我们小时候看这部影片时记忆非常深刻的一句著名台词。纯朴坚毅的瓦西里,将妻子悄悄塞进他衣服口袋里的一块食品,又在告别拥抱妻子时,从兜里掏出来,悄悄给妻儿留下,他饿着肚子上路,去执行列宁同志交办的运粮任务。这一段故事演绎,让曾经往日、现实今日里的我无数次感动!

莫斯科克里姆林宫里,苏维埃人民委员会主席弗拉基米尔·伊里奇·列宁同志,不断处理来自各方的电文,频繁接待多位来访者,探讨新生人民政权下的诸多问题。著名作家高尔基出现了,列宁同志非常高兴地接见了他,并就作家和科学家面临的物资供应短缺问题,特别是对控制粮食,与对抗人民的富农和反动派斗争的问题,进行了思想上的统一。当听到反动派大肆血腥屠杀人民时,列宁听取并同意有关建议,决定派出工人武装协助农民武装,保卫劳动果实不受富农和反动派的剥削与侵害,巩固新生的人民政权。高尔基同志深受启发和教育。政权斗争是极其残酷的!

瓦西里突破重重困境,终于冒着枪林弹雨,把粮食安全地运了回来,而他却恪尽职守,守着一火车粮食,不肯动用"公家的一粒米",在完成任务后竟然饿的昏死过去,这位具有钢铁意志的人，比起现在动辄贪污公款几个亿乃至数十亿上百亿的"贪腐蛀虫们"，瓦西里真的是好生了得。如今那些贪得无厌的"蛀虫般贪腐者们"大肆侵吞人民的利益、集体的利益，为此，他们必将被绳之以法。

张伐配音列宁同志在工厂演讲的声音，仍在耳畔回荡："当整个阶级在灭亡，他和一个人的死亡根本是完全不相同的。人死亡后尸首可以抬出去，但是旧社会在灭亡了的时候，很可惜，资产阶级的这个尸首，那就不可能把他一下子钉在棺材里，埋葬在坟墓里。资产阶级的尸首在我们心里头腐烂着，他把毒气传染给大家，他在发散着臭气！我们让资产阶级们去发疯吧，让那些无价值的灵魂去哭泣吧，我们的回答就是这样的，加上三倍的警惕和小心还要忍耐，大家应当守住自己的岗位，同志们你们必须记住，我们只有一条出路，那就是胜利，还有另外一条路，死亡，死亡不属于工人阶级！"

伴随着《国际歌》的旋律，列宁同志演讲结束，他在工人和各界大众的簇拥下，边交谈，边离开会场，反动派耍弄阴谋，一边假装保护列宁安全在高声叫喊"别挤，别挤，让列宁同志先走"，一边用身体挡住离开演讲现场的人，反动派女杀手卡普兰，趁机溜到车身后，朝着列宁同志射出带有毒弹头的罪恶的子弹，列宁同志就这样应声倒地，遭遇卡普兰的暗杀之手……小的时候，一直到现在，每当看到这一片段，总是对卡普兰这个坏女人恨之入骨，但凡有长相与之相似的恶人形象出现在身边，总是首先会想到卡普兰刺杀列宁同志时的狠毒恶相，唯恐避之不及，令人厌恶不已。"境由心造""相由心生"实乃真实不虚之言，恶人或不善之人，确有"阴沉脸"或"满脸横肉"之相，这是"犯罪心理学"的面相之说，在现实生活中也颇有几分实际道理。

电影《列宁在十月》《列宁在一九一八》中列宁同志的形象，之所以受到人们的尊敬和热爱，不仅仅是因为他自身工作勤勉、务实，生活的勤俭与自律，还有他始终有一颗与人民血肉相连的心。比如，在克里姆林宫的办公室里，当他看到并了解到小姑娘娜达莎不仅是一个饱受饥饿的小女孩儿，还是一位失去了父母双亲的孤儿时，他放下手中的工作，用爱心陪伴可爱的娜达莎，并指导她一起画小房子，这样的电影画面一出现，一位亲民的领袖形象立刻呈现在人们面前。所以，列宁同志遭遇暗杀这一卑劣行径后，更加激励世界人民的斗争实践。这就是苏联的电影艺术家们留给世界人民宝贵的精神财富，这种财富不会因岁月的流逝而变得"廉价"，反而会使"我们的往日时光"更加值得回味，弥足珍贵，历久弥新，成为世界电影史上永恒的经典之作。

2022 年 11 月 3 日凌晨 1 点 26 分
子实创作于青岛逍遥轩东窗书屋

《摘苹果的时候》（朝鲜）

　　1970 年,《摘苹果的时候》《鲜花盛开的村庄》《卖花姑娘》《一个护士的故事》《看不见的战线》《原形毕露》《南江村的妇女》《在阴谋者中间》《无名英雄》等一大批朝鲜经典故事影片扑面而来,走到中国观众的电影银幕中,获得无数赞誉。那时我已开始了青岛嘉峪关学校的小学生活,因而,对于那个年代的朝鲜影片,印象特别深刻,对于银幕上朝鲜演员与朝鲜人民的生活状态和精神面貌,也是特别的熟识和喜欢。

因此，2006 年抵达辽宁丹东的鸭绿江畔，走上中朝鸭绿江大桥，并乘坐游艇行进在鸭绿江上，遥望对岸近在咫尺的朝鲜新义州时，我的心情感慨万端。时至今日，我仍有一个心愿，那就是有生之年，如有机会的话，我一定要亲自走进美丽朝鲜的三千里江山，亲身感受童年时代的美好梦境。

再过整整 15 天，我亲爱的母亲 100 周年诞辰纪念日就要到了，连日来，情难自禁的我，总是不停地回首往昔岁月，总是不时地回想到父亲母亲带我一起去看朝鲜电影时的幸福岁月，感慨人生的美好与短暂，打开记忆的闸门，回溯往日时光。

中国农历的金秋十月，依旧按照时节的到来，瓜熟蒂落，硕果飘香。朝鲜经典影片《摘苹果的时候》，就是在这样一个苹果成熟采摘的时节，在这样一个"心境忙而不乱"的时刻，再一次地走进了我的人生视野中。

翠绿的山岗上，

红红的苹果飘香，

沉甸甸地压满枝头，

姑娘们采摘好喜欢。

朝鲜电影《摘苹果的时候》一开场，便是一个"主观镜头"，伴随着苹果丰收的喜悦歌声，学习回来的贞玉姑娘乘坐在汽车上，眼前移动的镜头中，果树之下堆放着成排收获的红艳艳的大苹果，贞玉的脸上挂满笑容。朝鲜姑娘干净贤淑之美，深深地印刻在我的心灵中。

不同的人生中经历的时代，都会有与众不同的时代背景和特征。战争年代有战争时期的策略，社会主义建设就会有社会主义时期的建设方针。朝鲜的北青农场，是在朝鲜人民的伟大领袖金日成同志冒雨视察后的积极倡导下,在山峦中发展起来的国家果园农场。当时贞玉还是小学生,跟着"班长大叔"栽种下满山的苹果树,她问大叔:果树什么时候才能结果呢?大叔回答:大约要 7 至 8 年吧。贞玉当时感到这样的成长时间好漫长啊!然而,一眨眼的工夫,10 年过去了,贞玉不仅长成了学有所成的大姑娘,而且当年栽种的苹果树早已是年年硕果累累,受到领袖的夸赞。电影《摘苹果的时候》中的这个片段,也让我仿佛回到了几十年前的岁月。那时,我家住在青岛八大关太平角一路 7 号和 13 号,马路的对面就是青岛园林绿化局的一处果园,果园中有桃树、梨树,更多的是苹果树,每年的这个时节,真是瓜果飘香啊!一些顽皮的孩子,会沿着"大沟底"排污通道,爬进果园。"大沟底"是青岛汽水厂直通大海的排污渠道,杂草丛生,虫鸣蛙叫,果园外有铁蒺藜围堵,巡园人总是牵着大狼狗,有时狼狗会狂吠几声吓唬人。果园在太平角三路上有一个正门,每当苹果收获的时节,我们总是会去采购一些小国光或黄金帅苹果,也会买葡萄或水蜜桃来品尝。那时候,大家的经济条件都一样的"不富裕",一些"落果"会便宜出售,每当这时,各家都会采购一番,回来加工食用,那是一段蛮有意思的人生记忆。所以,当电影《摘苹果的时候》演到桂玉、贞玉姐妹俩和妈妈、爷爷带头将捡拾的落果加工成苹果干时,我便会有似曾相识的记忆涌向脑海之中,好亲切好真实的人生经历啊!现在的人恐怕是再也没有这样一个经历啦!所以,现在的人难以体会在"没得吃的岁月"里得到仅有的一点食品时,是多么幸福的感觉,因而,现在有些人缺少了"幸福感",或许,他们也从不知道什么是幸福感,又何来珍惜呢?

电影《摘苹果的时候》是由朝鲜艺术电影制片厂于 1971 年

摄制,朝鲜著名演员郑英姬、黄敏、金世荣等主演。在朝鲜电影《看不见的战线》中扮演"老狐狸"的著名演员,在这部经典影片中扮演了桂玉和贞玉姐妹俩的爷爷,是一个严格自律、勤奋踏实、集体观念强以及主动帮助后辈们进步的"老前辈"形象。

这部影片同年由中国长春电影制片厂译制完成并上映,主要配音演员有赵文瑜、向隽殊等,译制导演刘斐。

《摘苹果的时候》上映的时候,我们现在居住的市南区逍遥二路还不存在,更遑论"逍遥轩东窗书屋"!青岛辛家庄、逍遥村在1971年还是一片麦田、菜地和果园。当年我们这些青岛嘉峪关学校的小学生和初中生会经常组织来这里,帮助生产队捡麦穗和摘苹果,一场学农劳动结束后,我们会感到一些疲惫,但却收获满满,其乐融融。直至今天,这些过往已成为我们非常宝贵的精神财富和人生阅历,是不可多得、不能再有的珍贵时光。

伴随着《摘苹果的时候》电影主旋律和优美动听的歌唱,我们正在享受"别人"永远也无法感知的幸福时光。

2022年11月4日凌晨1点06分
子实创作于青岛逍遥轩东窗书屋

("三三柏枫居"注:逍遥轩楼下,有三棵柏树三棵枫树,故取数二三得六,三三得九,六顺九长,柏树之坚强,枫红二月花,寓意晚年生活顺利长久,坚强而美好!安静读书、安静创作、安静生活、安静观察、安静学习、安静思考。安静即是悄悄。悄悄来,悄悄活,悄悄走,悄悄看,悄悄悟,悄悄干。故自号曰:三三未老,或曰:三三虚静;三三有易经乾之相似貌,乾即阳、即天、艳阳天中取虚静,可谓天天虚静也。子实自悟。)

《一个护士的故事》（朝鲜）

现在是 2022 年 11 月 4 日午夜 23 时 56 分，夜不能寐的我一边再次观看朝鲜经典影片《一个护士的故事》，一边思绪万千地创作着眼前的这篇文章。

就在刚才，鞠松烨记者发来信息，青岛市市北区已接近封控。这是自疫情发生以来，青岛市区最严重的一次疫情出现，从昨日起，每天早晨 5 点 30 分至 12 点，全体市民核酸检测，连续进行 4 天。已经检测出多例无症状感染者，市南区、市北区等多个居民楼被封控,疫情的发展情况广泛而紧急,出乎了所有人的预料!

传染病和护士,这两个词汇交织在一起时,我的眼前总是会浮现出刘敏的模样,她与电影《一个护士的故事》中姜连玉护士的脸庞和穿军装或护士服时的神态像极了。今天,我与战友顾岩通电话,确认了1983年8月他从我们连队考入济南的军校,就是那时候,我从观察班侦察岗位上接替了他的文书岗位,然而,连队一场突如其来的"甲肝"传染病,让我也"中招",一时间,身体极度疲乏,头晕恶心,拖地板时大汗淋漓,一查转氨酶500以上……急性病毒性甲型肝炎,在连队迅速传播,我们迅速被隔离,住进海军406医院传染科。

我经历过这次"传染病",知道了"传染病"的厉害。1945年抗日战争胜利那一年,我那位乳名叫"胜利"的大哥出生后才几个月,母亲带着他去照顾一位生病的亲属,结果双双被病毒传染了,大哥不久就去世了,母亲是靠一次又一次喝下了许多冰河下的凉水才把命缓过来,母亲生前一直喜欢吃冰棍和冰镇西瓜这些冷食的习惯,就是那次"传染病"留下的。之所以在这里记录人生历程上发生的这些事情,是想告诉人们,传染病麻痹不得,尤其是疫情袭来,"躺平""不在乎"都是不行的。我们那么多的医生和护士以及志愿者,日夜不停地守护着人民的生命安全,现在不像过去战争年代那样缺医少药,国家提供这么多的便利条件,我们配合并做好防疫工作,应当势在必行。

朝鲜经典电影《一个护士的故事》,是由朝鲜二八电影制片厂于1971年拍摄的,由我国长春电影制片厂译制上映。影片采取倒叙的方式,讲述朝鲜人民军护士姜连玉,在枪林弹雨的前线护送4位重伤员去野战医院的路上,经受各种考验,心向祖国、心向党组织的成长故事。她在危急之中，自己抽自身的鲜血抢救伤员的生命；她独自一人爬越百里高山峡谷背回粮食，及时解救全体伤员的危困；她一人采集了上百斤重的草药，解决伤员治疗物资的短缺问题。"蓝蓝的天上飘着白云，我们心里充满欢乐，党的培育使我获得荣誉，战火中锻炼我茁壮成长。"每每听到电影《一个护士的故事》里优美动听的歌声，美丽的女护士姜连玉和许多军队医护人员或欢快歌唱或上前线救死扶伤的画面就会浮现在我的眼前。我也会想到在海军 406 医院传染科住院治疗时遇到的刘敏护士。

刘敏护士与我年龄相仿，模样像极了《一个护士的故事》中的姜连玉护士，她是我一生中第一个给我"打吊瓶"的护士，针法很娴熟。1983 年，我刚刚过 20 岁生日后就感染了病毒。20岁之前我从没打过吊瓶，那时的医疗基本上是口服药，最多打个青霉素肌肉针消消炎，病也就很快好了。所以，那是我第一次"打吊瓶"治疗，给我留下了极其深刻的印象，当然还有刘敏护士漂亮的护士模样。那时，作战部队，特别是我所在的特种兵部队是没有女兵的，正值青春芳华，又在"第二故乡"，给我留下了那个年龄时段与军旅生涯相悖的青春梦想。每个人的一生都会有这样的年龄，留下这样的一些美好回忆，当然我也不例外，刘敏护士待我与待所有的病人一样，都是一样的好，治疗总是很耐心，很细致，也很轻柔。这就足够了，一个青春勃发的年龄，有了疾病能有这样的一个护士疗愈，实在无法用语言诉说，没有经历过的人是很难体会到的。

后来，我出院回到部队，一天早晨，我专门请了假，从老旅顺，经海岸桥，再到新旅顺的 406 医院传染科，一路狂奔，只为在传染科的窗外看她一眼。这是很美好的一件事，就是想看看她——一个 20 岁的部队小伙子的纯真!

后来,我为刘敏护士创作了人生中的第一部短篇小说《印象》,那时没有电脑,我是用笔写的,是一次特别认真的创作经历,作品至今保存着。我很珍视这样的一次人生经历,一直珍藏着这样的一份美好印象。

不能不说,1971 年的朝鲜电影《一个护士的故事》在看后许多年,都留下了难以磨灭的印象。这其中,有信仰,有梦想,有锻炼,也有成长的基因。那时的电影都是满满的正能量,极少涉及物质的东西,但心里很纯净,很快乐,很幸福。这就是那个时候的电影与现实留给我们的往日时光,值得我们一生去怀念与珍藏。那些往日时光是多少金钱也买不来的,因为,那是一种精神的血脉流淌在我们那一代人的身上,镌刻在我们心灵之上的历史与事实,是谁也无法复制和模仿的人生啊!

2022 年 11 月 5 日凌晨 2 点 09 分
子实创作于青岛逍遥轩东窗书屋

《卖花姑娘》（朝鲜）

　　再过 2 天,也就是 11 月 7 日,就到了 2022 年中国二十四节气的"立冬",立冬的到来,说明已是"秋去冬来",很快寒冷的冬天又要到了,不过冬天到啦,春天还会远吗？我看不会是太远的吧,无论怎样,日子总是循环前行的,我相信不久的将来,疫情总是会过去的,就如同今天我再次重温了朝鲜经典影片《卖花姑娘》后内心的感慨一样,再苦再难的日子,也会度过的,美丽的金达莱花,一定会盛开的。

1972 年,在中国观众中曾产生过极大影响的朝鲜电影莫过于《卖花姑娘》这部影片。那时,爸爸 52 岁,妈妈 50 岁,我只有 9 岁,爸爸妈妈带着我去青岛剧院,观看了这部著名的朝鲜影片。我们和全场观众一样,都为剧情中花妮一家的不幸遭遇流下悲伤、同情和期盼的泪水,那是一种真情实感,完全发自内心。我不知道现在的观众如果看到这部影片会是一种怎样的心情,但是,回首整整半个世纪(1972—2022 年)以来,我们这些曾经首次观看这部影片的观众,早已是铭心刻骨了。如果一起观看电影的爸爸妈妈依旧健在的话,2022 年爸爸已经 102 岁了,妈妈在 11 月 18 日(农历十月二十五日)刚好是 100 周岁诞辰日,在此,我只能用半个世纪一同观看的《卖花姑娘》这部影片再一次地祈愿和纪念"天堂里我深深挚爱着的父母双亲"了!人生真的是"一刹那"间的经历,再回首,父母已在"天堂",而我这个当年观影的小学生,也已到了"六秩花甲"之年,时间过得真快啊!

　　朝鲜经典影片《卖花姑娘》是根据朝鲜人民的伟大领袖金日成编剧的同名作品改编拍摄的,而影片的导演之一则是金日成将军的儿子金正日将军,署名朴学和崔益奎,其中采用了化名。他们父子编导的这部经典电影,在 1972 年的中国银幕之上,可以用两个字来形容,那就是:震撼!

　　《卖花姑娘》开场便是经典的《卖花姑娘》主题曲:卖花来哟,卖花来哟!花儿红,红又香,色泽鲜艳味芬芳,卖了钱去买药来救亲娘;卖花来哟,卖花来哟!朵朵鲜花红又香;卖花来哟,卖花来哟!爱花的人儿快来买,鲜花卖给你,春光照进我怀里。

　　朝鲜艺术电影制片厂拍摄的这部影片,在成东春编曲的《卖花姑娘》映衬下,在朝鲜著名演员洪英姬、金龙麟、朴花善等对剧情的演绎下,感人肺腑,催人泪下。当然,在中国上映的这部朝鲜译制影片,离不开长春电影制片厂译制工作者的勤劳和汗水,特别是他们对角色的把握和配音的成功,让中国观众把《卖花姑娘》深深铭刻在自己的心中。影片的翻译是何鸣雁,译制导演是姜树森,主要配音演员有向隽殊、张惠君、潘淑兰、张玉媛、白玫、肖南、陈汝斌、陈光廷等。

让我们回到银幕上来,再看一次经典影片《卖花姑娘》的剧情片段吧。

朝鲜姑娘花妮,捧着从山上采撷的鲜花,一路沿街叫卖:买花吧!买花吧!多么新鲜的花啊,买一朵花吧!

有人买下几朵,有人不屑一顾,花妮一声声的叫卖着鲜花,她走到一个"算命"先生前,这位先生道出了花妮的身世:父亲去世了,母亲重病卧床,年幼的妹妹双目失明,哥哥被地主关进了牢房。花妮只能靠从山上采撷鲜花叫卖,换来给妈妈治病的药钱。

重病里的妈妈被地主逼迫着去他们家卖命干活,却再次病情加重,没能等到花妮卖花挣钱买来治病的草药,撒手人寰。妹妹顺姬被地主家烫伤了双眼,从此双目失明,她没有告诉姐姐,为了生活,悄悄去街头一边卖唱一边乞讨。著名演员金龙麟扮演的哥哥,被地主抓进大牢,后来逃了出去参加了朝鲜革命军。

金日成将军创作的《卖花姑娘》这部剧作,描写的是 20 世纪30 年代朝鲜人民的生活。有钱人家花天酒地,只是看到花妮手中的鲜花美丽,却不知像花一样青春貌美的花妮命有多苦。

《卖花姑娘》用活生生的现实揭露着社会的不公与"用钱和权势对劳动者的欺压与剥削",这种旧的社会制度,让多少个家庭遭受苦难,家破人亡。

这部电影在无声地呐喊:**为了自由、平等、人生而斗争**。

当花妮出逃后,参加朝鲜革命军的哥哥回到久别的家乡,电影观众眼前为之一亮,仿佛看到了花妮未来人生的曙光一样,充满对美好生活的期盼、信心和力量。这让我联想到中国著名电影《红色娘子军》中的吴琼花,在洪常青的帮助下,逃出了南霸天的魔爪,参加了红军队伍;让我联想到中国著名现代舞剧电影《白毛女》中的喜儿,在荒蛮的山洞里见到了亲人八路军战士赵大春。"盼啊,盼啊,我盼望东方出红日！"喜儿唱出的正是劳苦大众的期盼。吴琼花走在娘子军连的队伍中:向前进,向前进,战士的责任重,妇女的冤仇深。这样的冤仇之深,又怎能不是《卖花姑娘》中像花妮一样所有穷人的遭遇和冤仇呢！

　　所以,当1972年长春电影制片厂的电影艺术家们,将他们再度译制创作的《卖花姑娘》呈现给广大中国观众时,怎能不激发人们的共鸣之声,让人们泪如雨下呢？时至今日,整整过去半个世纪,这部经典影片《卖花姑娘》,无论是故事,还是演员,甚至是歌声,都已深深根植于几代人的心中,挥之不去,成为世界电影史册上的经典佳作！

2022 年 11 月 6 日凌晨 0 点 50 分

子实创作于青岛逍遥轩东窗书屋

《看不见的战线》（朝鲜）

　　入夜,立冬前的岛城下起了雨,十分的阴冷,日常的散步锻炼被取消,儿子骏骏来电话问候,我告诉他正在看朝鲜经典影片《看不见的战线》,看朝鲜安全部侦察员是怎么样征服特务"老狐狸"的。

　　在看过的朝鲜译制片中,《看不见的战线》这部"抓特务"的影片,给我们这一代人留下了极为深刻的印象。

　　影片的开场,朝鲜安全部侦察员马国哲,正在与家人一起收拾卫生,与可爱的小女儿窗里窗外的对着脸、吹着哈气,仔细认真地擦拭着窗户玻璃,马国哲的妻子正在熨烫着服装。在一双儿女的恳请下,马国哲准备与妻子一起,陪同孩子们去参加学校每年一次的运动会。然而,就在此刻急促的电话铃声响起,接到任务的马国哲神色凝重,一场侦破敌特大案的序幕就此拉开。

飞驰而去的汽车来到海岸边,工作人员勘查现场,提取鞋印,分析泅渡者遗留下来的服装,人民群众高度警惕与配合侦办,在案件不断发现的各种线索下,马国哲等人确认敌特人员已经潜入市区,而通过电台广播收集的情报来看,"老狐狸"正在暗中指挥敌特与国安人员进行较量。

宋德宝就是潜伏入境的特务,他的妹妹是一家医院朴成律医生的妻子。他们都是解放期间潜伏下来的特务,因怕暴露身份,制造了一场医院药品仓库失火的案件,并迫害了负责消毒的护士崔德实,让她承担责任,并且连累同样在医院工作的崔护士的女儿离开医院去了畜牧场工作。随着案件侦破的进展,一层层迷雾拨开,一个个真相显露出来,在出逃的现场,国家安全部人员揭穿了"老狐狸"的真相,原来他就是平日里装作老实人的裴明奎——老裴大哥。他与医生朴成律配合,故意让许一医生给他的老婆看病,并利用朴成律的老婆与许一医生之间的暧昧关系,制造出种种假象,迷惑侦破工作的进行。在温泉宾馆,假装偶遇的朴成律老婆与许一医生有一段著名台词:"许一医生!噢,你也在这儿,我神经痛,噢,洗温泉。"

实际上,温泉宾馆是特务们的接头地点。宋德宝与朴成律接头时,隔壁就是国家安全部的侦察员,装扮成生病的样子,把他们的接头暗号全部取证:

"你拿的是什么书?"

"歌曲集。"

"是什么歌曲集?"

"阿里郎。"

电影的尾声，朝鲜著名演员黄敏扮演的"老狐狸"，在车站候车厅里，面对马国哲等国安部侦察员，依旧狡猾多变，最终，侦察员不仅缴获了他藏在怀里的手枪，而且从他裹腿的皮夹层里，取出了暗藏的情报。

朴成律被"老狐狸"在温泉宾馆的酒里下毒药杀死后，企图嫁祸许一医生，许一被马国哲及时挽救。朴成律的老婆最终被带到"老狐狸"面前时，她才如梦般初醒说道："你毁了我的青春"！原来这个与她和丈夫一直生活在一起的"老工人"，这个一贯被她欺负、谩骂，走起路来有些"瘸腿"的老头裴明奎，竟是她一直在听其各种指令的"绝密"上级"老狐狸"呀！

所以，我们这些 60 年代出生的人，在 20 世纪最先看到的译制影片中的探案片，就是《看不见的战线》，这也是我们为什么至今仍然感到此片亲切的原因，这里面有国家安全的正义之举。在 21 世纪，网络数字化智能时代，保密工作和安全工作中依旧有"老狐狸"存在，万万不可放松警惕！

朝鲜经典故事影片《看不见的战线》由朝鲜艺术电影制片厂于 1965 年摄制出品，编剧是李长松，朝鲜功勋演员闵正植担任导演，功勋演员车继龙饰演马国哲，功勋演员沈荣饰演安全部部长，黄敏饰演"老狐狸"裴明奎。1970 年此片由长春电影制片厂译制，刘健魁、史可夫、白玫、陆小雅、找双城、张冲霄、马静图等参加译制片配音。

我在想，在"看不见的战线上"，对"疫情这个老狐狸"还要继续斗争下去，绝不能手软！

2022 年 11 月 6 日深夜 11 点 59 分

子实创作于青岛逍遥轩东窗书屋

《原形毕露》（朝鲜）

　　晚上,打开电脑,进行新书创作,朝鲜经典影片《原形毕露》进入思考中的脑海,为什么是《原形毕露》呢?因为,我把影片的名称与当前正在全球肆虐的新冠感染联想在一起,我想,机会一到,总会揭露它的真实面目,将疫情传播病毒"一网打尽"!这三年来,它把"地球人"害得好苦好惨啊!这个"神出鬼没"的坏蛋,无论再怎么狡猾,也终将让它"原形毕露",有来无回!

　　朝鲜故事影片《原形毕露》,是一部我人生中印象极其深刻的反特译制影片。故事围绕社会主义建设中的朝鲜,一些境内外相互勾结的特务组织，以各种身份渗透到人民的生活和工作环境中，窃取正在研制的型号极其特殊的钢材资料，她们的行动和计划出人预料，甚至让人不敢相信这样的事情竟然发生在身边。

一列火车在轨道上奔驰，朝鲜一家钢铁厂的技术人员顺任，带着一双儿女乘坐火车。顺任看上去是一位面相善良又有素养的专家，这次回到家乡是为了协助研究一种特殊钢材。

镜头转场，炼钢炉前工人们在积极工作，热情高涨，一间休息室里，贞姬大夫正在认真地为炼钢工人查体。

炼钢厂警卫室担负警卫工作的是顺任的亲妹妹，她找到为工人查体的贞姬大夫，告诉她姐姐就要来了，一时间，她们充满喜悦之情，恰在这时路遇一位正在扫街的卫生保洁员，人称"扫帚大叔"，贞姬与他打了个招呼，告诉他要去车站接顺任姐姐。

火车徐徐进入站台，人们上前迎接亲人，唯独贞姬站在原地不动。当顺任的妹妹告诉姐姐说："贞姬姐姐也来接你们了"，此时的顺任才缓过神来，贞姬缓慢走上前去，两个人互相打量着，难道眼前的这个贞姬，真的是自己失散多年的亲妹妹吗？

这部朝鲜二八电影制片厂 1970 年拍摄的反特悬疑片《原形毕露》，由长春电影制片厂译制并在中国上映时，我才十几岁，有许多故事情节当时是看不明白的，所以，半个多世纪以来，我反反复复看过许多遍这部影片，印象也就特别深刻。

朝鲜安全部侦察员，对于炼钢厂这一特殊区域，始终盯紧不放松。即使这样，潜伏在朝鲜的狡猾敌人"白桃花"，还是利用手段获取了偷拍机密炼钢资料的机会。就这样，在境外指使下，潜伏特务"白桃花"看似神秘的隐蔽行动，还是难逃侦察员和人民群众的眼睛。

原来，这个潜伏的特务"白桃花"正是贞姬大夫，她在境内外反动势力的操纵下,冒充顺任的亲妹妹,以达到偷取新型特殊钢材研究资料的目的。

这些特务经过长时间秘密策划,制造了一系列假象,先是以"传染病"为借口,强行将顺任与贞姬姐妹分开,用救护车拉走后再无任何消息。几年后,他们按照贞姬的模样,以手术"超级整容",把潜伏特务"白桃花"整容成贞姬的模样后,派遣到医疗系统充当大夫。她利用顺任与贞姬当年的照片和"假妈妈"作掩护,骗取善良的姐姐顺任的信任。当事情败露之后,"白桃花"又在"扫帚大叔"等一干敌特的协助下,妄图借陪护之际,将遇害受伤的顺任采取注射方式置于死地。然而,安全部侦察员们顺藤摸瓜,排除疑惑,终将"白桃花""蚂蟥"等敌特一网打尽,特务真实的嘴脸"原形毕露",社会主义建设中的朝鲜乾坤朗朗,真是大快人心啊!

20世纪看朝鲜电影,一是音乐优美,二是歌声动听,三是演出精湛,故事耐看,内容积极向上向善,充满着满满的正能量。引进译制的朝鲜影片,将朝鲜人民对祖国、人民、集体和伟大领袖金日成主席的爱戴和尊敬,时时展现在银幕之上,如《原形毕露》《看不见的战线》等这样一些反特片,结局总是给人一种"正义必将战胜邪恶"的人间正义之感。

如今再看《原形毕露》影片时,我的脑海会时不时地出现一些人的模样。他们或她们,动不动也去"整整容",而且价格不菲。本来嘛,"爱美之心,人皆有之",本是"无可厚非"之事,然而,偏偏有人偷取公款,而且用50多万去"美臀",这就不免"贻笑大方"了,偷用公款本就是违法犯罪行为,而且花费巨资"美的也不是地方啊"!令人不齿。

2022年11月8日凌晨1点19分

子实创作于青岛逍遥轩东窗书屋

《无名英雄》（朝鲜）

今天是 2022 年 11 月 8 日，是中国的第 23 个记者节。昨天，青岛网络电视台《爱青岛》发布了 2022 年为纪念母亲百年诞辰创作的新书《入镜还素》新闻。10 天后，母亲 100 周年诞辰纪念日就要到了，但是，近期来肆虐的疫情，在无情绞杀生活中的一切。记者节庆祝的预订方案被取消，电话与大姐二姐沟通交流后，决定母亲百年诞辰在八大关太平角一路海边的隆重纪念仪式也取消，并于今晚在"五好家庭"群中，由二姐发布信息。

父母的一生是渴求安安稳稳、安安静静过日子的一生,他们最担心儿女们"惹是生非",因而今天决定因疫情取消母亲百年诞辰隆重的纪念仪式,我想父母双亲一定会赞成的,他们一定会为儿女们做出这样的决定而在"天堂"里致以赞成和微笑!父母的口头禅历来是:**活着的时候一定要好好地活!**

今天是记者节,也让我想到一系列关于记者生活和工作的影片,比如伊斯特伍德导演的《廊桥遗梦》,弗朗西斯卡与那个突如其来的"地理摄影师"罗伯特的人生故事;比如奥黛丽·赫本与格里高利·派克主演的《罗马假日》,派克饰演的角色乔,就是一名新闻记者。这些译制片的故事,我想留在后面的章节里讲述,这一次,我还是继续讲朝鲜的经典影片,那部著名的《无名英雄》吧!

朝鲜影片《无名英雄》,是我看过的所有朝鲜反特片中,我认为是最精彩的一部影片。这部影片是一部系列电影,拍摄了许多部,每一部的故事都扣人心弦。由于我的父亲早年一直从事党的地下工作,他在世的时候,曾回忆并给我讲述的部分经历,听起来并不亚于电影中惊心动魄的故事情节。我们现在回忆过去战争岁月里老一辈人出生入死的人生,都是在当故事来听,但是老一辈革命者当年的奋斗,是像父母亲所讲述的那句话一样:那是把脑袋别在裤腰带上啊!就是说革命事业可能随时是要掉脑袋的啊!

所以,在今天第 23 个记者节的时候,我想到了初建于 1937 年的中国记协前身的历史,想到了以记者身份为掩护从事我党情报工作的英雄们,想到了延安窑洞的新华广播电台,也想到了1949 年 6 月 2 日杨洁老师在青岛人民广播电台发出青岛解放的声音。

1978 年长春电影制片厂译制了朝鲜电影《无名英雄》），那时我 15 岁，还在青岛嘉峪关学校读初三。看这部电影的时候，是在八大关太平角一路 9 号居住的王咏雪阿姨家，她是一位幼儿园的园长，待我特别好，王阿姨的儿子王建大哥是青岛市人民医院放射科医生，平日里喜欢无线电研究，他自己买来零件，动手安装了一部电视机，9 英寸大小，是黑白荧幕的。在那个年代，这架电视机让我们如获至宝，看到许多电影和电视剧，反映朝鲜特工惊险情境的旷世之作《无名英雄》就是在那时从电视机上看到的。从音乐、故事，到朝鲜著名演员金龙麟饰演的"卧底"新闻记者俞林，著名演员金贞花饰演的"卧底"特工金顺姬，都给我留下了终生难忘的印象。还有反派人物朴茂、马丁、金昌龙等阴险狡诈的形象，衬托出俞林和金顺姬在"群狼之中"艰苦卓绝的秘密工作实属"命悬一线"，这一点充分说明了如父亲般战斗在敌人心脏中的"地下工作者们"经历了怎样不为人知的艰险与曲折。

俞林的身份是英国《伦敦新闻》派驻联合国的记者，他以此为掩护，积极开展情报工作。在汉城，他不仅遇到了剑桥大学的同学朴茂，也遇到了他老师的女儿、青春时期的恋人顺姬，她的身份是美八军谍报队上尉军官，代号"金刚石"，与此同时，俞林还要与美军克劳斯机智地进行周旋。故事可谓一波三折，跌宕起伏，扣人心弦。我时而为俞林和顺姬的命运担心，时而为他们成功地与敌人周旋，并获取情报而欣慰和赞叹不已。特别是顺姬借用钢琴曲向俞林报平安，令人感慨这对曾经的恋人与战友，在"狼窝"里工作是多么的不易。正是这些无名英雄，及时掌握敌人动向，为战场上的胜利立下了可歌可泣的不朽功勋。朝鲜著名导演柳浩孙执导的这部系列影片，经长春电影制片厂译制，特别是经徐雁、向隽殊、孙敖、陈汝斌、白玫等众多著名译制演员配音之后的"电影再创作",更加增添了这部经典系列影片的独特魅力。

类似这样的中国故事,我们也应当及时整理采访、写书创作,讲给中国的子孙后代们听。当我们享受着国家的资源时,应该知足地意识到,所有这些物质条件,是若干先烈们用他们的血肉之躯换来的,而绝非某个人的功劳,也不是任何人的施舍,这是理想与奋斗的结果,这个结果的过程是:信仰、理想、追求、奉献、牺牲!

历史从来都不是虚无的,真正的正义与精神力量,是需要代代相传的。还是那句话:**忘记了过去,就意味着背叛**!这是真理!

2022 年 11 月 9 日凌晨 0 点 19 分
子实创作于青岛逍遥轩东窗书屋

《地下游击队》（阿尔巴尼亚）

　　疫情之下的生活变得"两点一线"，只能行走于电视台和家里之间，沿街道散步锻炼，也仍需"谨小慎微"，索性暂时停止了步行锻炼，留下时间可以多回顾几部经典影片，多读读书，多练习写作，或许是"**上苍给予的一种生活平衡法则**"吧，"失之东隅，收之桑榆"，让"**急速的脚步**"放缓下来，以便静下心来能够好好反思人类的行为和人生。昨天读到一个标题新闻：一周后全球人口将达到 80 亿！那么，地球这颗宇宙中小小的星球也确

252

实"疲惫的难以载重啦"！想想看,80亿的人类在这样的一个球体中,每天需要消耗多少的物资才能满足生存？又将产生多少的废物和垃圾才能保障"代谢循环"？因而,人生海海之中,要满足各类人的各种需求,是何其艰难。况且,这个地球上从未中断过各种形式的侵略与霸权行径,历次世界大战都可以使人们清楚地看到"这一点",于是,地缘、资源争夺,或法西斯侵略他国的暴行,自然受到人民的抗争。

今晚,再次观看的这部20世纪70年代译制的阿尔巴尼亚影片《地下游击队》,就是一部反映二战时期反法西斯的经典故事影片。1970年,我初次观看这部影片时才刚刚7岁,紧张的故事情节,就这样烙印在我的生命之中,无论何时,只要这部影片的音乐一响起来,影片的画面就会浮现在我的脑海中。

电影《地下游击队》一开场,阿尔巴尼亚反法西斯的一个秘密地点被敌人包围,战斗瞬间展开,异常激烈。领队的法西斯头目马哥利特上校向游击队员喊话:"年轻人,抵抗是没用的,只要你们放下武器投降,意大利当局是不会枪毙你们的。"勇敢年轻的游击队员,虽然一个个不幸牺牲倒下,但依旧顽强战斗,游击队员厉声高喊:"**共产党员决不投降！**"他从楼上一跃而下,高举手雷,跳上敌人的坦克,揭开坦克顶盖。此刻,游击队员勇敢的形象,像塑像一般定格在观众心头！

电影语言的最大特征之一,就是演员形象在银幕之上,无论他是什么国籍,什么语言,观众都能辨识画面语言,甚至角色的"好与坏"。《地下游击队》电影由新阿尔巴尼亚电影制片厂拍摄,导演是希·哈卡尼。尽管《地下游击队》在中国译制上映已经过去了半个多世纪,但在我个人看来,时至今日,这部影片依旧是世界反法西斯斗争电影中的不朽之作。无论是音乐,还是演员、台词、故事,都是千回百转,惊心动魄,跌宕起伏。

影片序幕过后,在紧张地音乐声中,两名游击队员悄悄袭击了敌人的材料库,获取印刷用的纸张,却遭遇敌人的巡逻队,在一连串镜头细节展示下,游击队员化险为夷。但是,游击队负责人契克同志批评了游击队员阿格隆违反区党委纪律,擅自行动,在组织会议上,经过表决后,契克同志决定让阿格隆"把枪交给吉尔吉"!

交出心爱的手枪,意味着游击队战士阿格隆失去了参加战斗的机会,他痛苦地反思着自己擅自行动的后果,茶饭不思。

这时,大婶为他送来一件盖着布的物品,阿格隆打开一看,原来是自己心爱的手枪,他欣喜万分,与契克同志深情拥抱,契克同志叮嘱他,一定不要辜负组织和同志们的期望。

俗话说得好:"天狂有雨,人狂有祸!"此话一点不假。因为袭击游击队而"荣获罗马勋章"的法西斯马哥利特上校,在庆功酒会上骄狂不可一世,他哪里知道,在游击队契克同志的周密部署下,阿格隆按照计划在市中心迎面交给马哥利特一张纸条,纸条上写着"地下游击队",他义正词严说道:"我代表人民!"然后,连开三枪,当场击毙了法西斯上校马哥利特,大快人心!

"把枪交给吉尔吉"和"我代表人民"这些台词,是20世纪70年代我们童年游戏时的经典台词,说明这些台词在当时是多么的深入人心。"把枪交给吉尔吉"代表组织纪律和组织决定,一个人在行动的时候,要有集体和组织观念。"我代表人民"则是对那些法西斯、卖国者发出审判的正义之声,也是代表人民反对一切侵略战争的呐喊之声!

电影《地下游击队》接下来的精彩看点还有很多,比如游击队袭击弹药库,获取武器装备;比如组织被捕的同志们轮换挖地道越狱；比如由于叛徒出卖，女游击队员被捕，在敌军中的游击队卧底被命令枪毙女游击队员，女游击队员正气凛然、宁死不屈。关键时刻，游击队卧底宁肯自己暴露，也要与敌人搏斗，正当身份暴露时，被契克同志率领的游击队营救，并一举俘获一心想要剿灭游击队的法西斯头目！

阿尔巴尼亚电影在 20 世纪六七十年代上映的还有很多部，比如《宁死不屈》《第八个是铜像》《战斗的早晨》《脚印》《创伤》《勇敢的人们》《广阔的地平线》《海岸风雷》，内容涉及反映二战的影片、反特影片和生活片。电影音乐优美，故事内容积极向上，充满正能量。

2022 年 11 月 10 日凌晨 0 点 46 分
子实创作于青岛逍遥轩东窗书屋

《宁死不屈》（阿尔巴尼亚）

Ngadhënjim
mbi vdekjen

　　"消灭法西斯,自由属于人民!"1969年,我才刚刚6岁,从一部由新阿尔巴尼亚电影制片厂拍摄,由上影厂译制上映的经典电影《宁死不屈》中第一次学会了这句富有战斗激情的口语。由此,这样的信念,伴随了我半个多世纪的人生——为人类和平安宁的生活而斗争!今天,当我重温这部经典影片时,依旧心潮澎湃,思绪万千。

"赶快上山吧,勇士们!

我们在春天加入游击队,

敌人的末日即将来临!"

伴随着电影《宁死不屈》中的这首插曲,年轻的地下工作者米拉和游击队员蒂达,从法西斯监狱中走来,她们俩并肩前行,昂首挺胸,毫不畏惧地走向了敌人的绞刑场。

电影《宁死不屈》的拍摄,采用了插叙、倒叙等多种电影艺术表现手法,展示了"二战"时期的阿尔巴尼亚人民反抗法西斯不屈的斗争精神。

故事发生在反法西斯斗争最艰苦卓绝的年代,女游击队员蒂达,在一次伏击法西斯机械化部队的战斗中英勇负伤,她被安排在女地下工作者米拉的家里养伤,米拉对她精心照料,两个年轻的战士憧憬着胜利的未来。然而,由于叛徒的告密,她们被敌人包围,虽经顽强抵抗,还是没能逃脱魔掌而被捕入狱。

在狱中,法西斯运用酷刑和心理战术威逼利诱,企图让她们俩变节,但是,米拉和蒂达始终坚贞不屈,监狱外的党组织和同志们通过秘密渠道把慰问信传递到狱中,使她们更加坚定了对胜利的信心。

她们面对种种酷刑和心理战,脑海中不时闪回以往战斗中的场景,她们在电影院里散发传单,在教室的黑板上画漫画……大家还记得那句著名的台词吗?教室里的同学们看到法西斯墨索里尼的漫画后嘲笑"墨索里尼,总是有理,永远有理",从而引发反法西斯斗争的激情。米拉从布店买来3尺红布,自己加工成宣传画布,激发了全城人的热议和对法西斯的厌恶情绪。"哎!哎!巧克力,花生糖,又香又甜的花生糖,快来买呀,花生糖。"米拉和同志们,利用这样的办法,使法西斯的军乐队吹鼓手们一个个垂涎三尺,不时地擦着口水,吹奏下的乐声跑了调,使沉湎于享乐中的法西斯大为扫兴。

即使法西斯黑云压城,导致民不聊生,米拉及其同伴们依旧坚定胜利信心,唱响战斗的歌声。

> 不管风吹雨打乌云满天,
> 我们的战斗是新的战斗,
> 赶快上山吧,勇士们!
> 我们在春天加入游击队。

她们既坚强战斗,又充满浪漫情怀,一边弹奏吉他,一边憧憬未来。当法西斯让狱中的米拉登上阳台,俯瞰监狱下的城市全貌,企图瓦解她的斗志时,米拉的眼前却呈现出另外的画面,她与同学在回家的路上躲过法西斯的屠杀,但是却亲眼所见老人和年幼的儿童,被法西斯无情地枪杀,倒在血泊之中,她含泪托起失去生命的儿童,对法西斯强盗入侵家乡杀戮民众充满仇恨的怒火。

阿尔巴尼亚经典影片《宁死不屈》就是这样一部与众不同的电影,回顾式的镜头叠加层层递进,积累观众的情绪,让故事的叙述与观众的思绪融为一体,看似场景混编,但却逻辑分明,这也是阿尔巴尼亚影片当年让许多人仿佛"看不懂"的原因所在,当然,这也是阿尔巴尼亚电影艺术显著的标志性特征之一。就好似一些译制片中总是突如其来的插上歌舞一样,实则是一种艺术手法变化体现和情绪表达,有言曰:"言之不足舞之蹈之"。电影艺术与其他艺术的表达道理是相通的。

所以,今天再来看这部阿尔巴尼亚半个多世纪以前的经典影片《宁死不屈》，依旧感到好看，在看似平淡的叙事方式中讲述反法西斯战争的故事，却充满紧张与悬念、理想与信仰。

影片让我联想起许多的往日时光：带上小板凳，早早来到电影放映的操场等候，早已挂好的银幕前后人头攒动，大家喜笑颜开，随着电影的放映，场地上只有放映机哗哗哗转片子的声音，人们此刻悄无声息地沉浸在电影故事里，或与故事同悲，或与故事同喜，一会儿泪流满面，一会儿欢声笑语。这是一种精神的传递，是一种真性情的表达，是刻在骨子里的幸福感！

只要电影音乐一响起来，我就好像被电流击中，思路全部开通，立刻知道这就是《宁死不屈》电影的插曲："赶快上山吧，勇士们！我们在春天加入游击队！"宁死也绝不屈服！这部影片让我联想到，1840 年以来的中国，有多少女中豪杰为了理想与信仰，慷慨赴死，血染疆场，秋瑾、杨开慧、刘胡兰、江姐……这样的中国故事还有许多，在新世纪的今天，在人生奋进的路上，我依然感到需要这样"向死而生"勇敢面对现实的担当、魄力和勇气！

2022 年 11 月 11 日凌晨 2 点 23 分
子实初稿创作于青岛逍遥轩东窗书屋
2022 年 11 月 12 日凌晨 2 点 06 分
子实二稿修改于青岛逍遥轩东窗书屋

《创伤》（阿尔巴尼亚）

今天是 2022 年的 11 月 11 日，当人们沉浸在"双十一"购物节的狂欢之中，当青岛的疫情错综复杂、广州又一次沦为疫情的重创之地时，"躲在"家中的我，再一次观看了半个多世纪前的经典影片《创伤》。这部经典之作，并没因岁月的流逝而失去其独特的价值，反而在我眼中更具有思想性和艺术性。

从电影字幕上看，这部阿尔巴尼亚拍摄于 1968 年的电影，1969 年 11 月由上海电影系统《创伤》译制组集体导演译制，随即在中国上映。配音演员有李梓、伍经纬、严崇德、戴学庐、张同凝、杨成纯等。

尽管许多年来若干次观看这部译制影片,我对影片的音乐、台词、故事到演员的表情动作都记忆犹新,但却没有像今天观看时的感受那样深刻。当初只是当做一部电影在看,有些台词,有些情节觉得"好玩儿"而已,这就应了那句人们常说的经典话语:会看的看门道,不会看的看热闹!

那么这部阿尔巴尼亚经典译制影片《创伤》,到底好在哪里呢?

故事的开篇是在一个山区,一群农民在伐树,准备着修建村里的电线杆所用的木料,这是一部生活题材的影片,而且是一个正在起步建设中的国家,有计划、有目标地从物资匮乏的现实生活中逐步走出来。

此刻,一场事故发生了,正在参加伐木工作的弗洛姆,突然被砍伐的树木压伤了腿脚。他被紧急赶来的救护车送往遥远的首都地拉那医院进行手术治疗。恰在这时,村里的一位吉姆大叔,告诉前来急救的医生,说自己的胳膊里有一颗子弹已经27年了,医生帮他进行了简单的诊断后,建议他去地拉那医院接受手术治疗。

吉姆遵照医生的嘱咐,走出大山来到地拉那医院接受治疗,伐木受伤的同村人弗洛姆与他的病房相邻。此刻,刚刚成立家庭的外科医生薇拉的丈夫纳依姆,从首都地拉那来到矿区调研,他曾是一位煤矿工程师,被调往首都煤炭部工作,而失去了从事一线工作的机会。这次矿山调研,让他再一次体会到一线火热的工作激情,他与矿工一起下井作业,收获满满。

纳依姆回到首都后,决定离开部里舒适的环境,到一线去发挥一个工程师的作用。他的选择,得到了薇拉父母的积极支持,但是却遭到妻子薇拉的强烈反对,因为这样的选择将面临两地生活,最关键的问题是,她认为在山区医院里只能干一些护理、包扎的简单工作,作为一名外科医生,她将失去非常热爱的大医院手术室里的工作。

而此时住院的吉姆大叔,听说是女医生薇拉将为他做手术取子弹,对此颇有偏见,决定悄悄溜走,不让薇拉给他进行手术。受伤后正是由薇拉成功救治的弗洛姆,把这一情况向薇拉诉说,薇拉决定换一个医生给吉姆大叔做手术。吉姆大叔只好留了下来,他气不打一处来,冲着病房大骂:"你这个混蛋弗洛姆,把我给出卖啦!"这是 20 世纪很时兴的一句经典台词。

最终,薇拉为吉姆大叔进行的手术获得成功,取出了埋藏在胳膊里 27 年的子弹。

薇拉的丈夫纳依姆坚持要去一线工作,他的岳父母支持他的决定,"你去矿山会多出一个好的工程师!"纳依姆回答:"这样部里就会少一个官僚!"

外科医生薇拉的态度受到父母的严厉批评:"你别忘了,是人民培养了你!"

在工作和人生中纠结的薇拉,终于战胜自己,做出决定,到矿区医院,与丈夫并肩工作。她的决定得到了同事们的鼓励,一位老专家告诉她,在医院的手术室里不一定就能培养出一名好的医生,但是一个好医生可以去创造一个好的手术室。

薇拉医生决定要去工作的山区医院恰巧离吉姆大叔的家乡只有 1 小时的路程。吉姆大叔手术后康复出院,特意来向薇拉医生道别,并赠送给她一双精美的手工毛袜留作纪念,薇拉不肯接受,她说:医院有规定,接受患者的礼品,就等于变相增收患者的费用。但吉姆大叔执意相赠,薇拉将自己的钢笔作了回礼!
吉姆大叔非常珍惜,他希望自己的小孙女能向薇拉一样做一名
好医生。当吉姆大叔知道薇拉要去山区工作,他非常高兴,真诚
邀请薇拉一定要去家中做客,他表示,他们全家人一定会非常高
兴地欢迎她。此刻的薇拉已切身感受到,**人民是多么的希望和
欢迎好医生来到他们的身旁**。

　　事业、爱情、生活、责任、信任、友谊、世界观、人生观、价值
观,在阿尔巴尼亚半个世纪前的这部经典影片中,得到了充分的
阐释。《创伤》看似平淡的一部影片,却包含诸多深度的思想形
态。在阿尔巴尼亚电影中,无论是战争片,还是生活片,人民的
事业始终是主体和主题,这一点与同时代中国电影的意识形态
相似。

2022 年 11 月 12 日凌晨 1 点 53 分
子实创作于青岛逍遥轩东窗书屋

《海岸风雷》（阿尔巴尼亚）

OSHETIME
HE BREGDET

今天初冬的寒气逼来，风雨交加。恰逢周末休息日，读书学习，写书创作，看一场老电影，在我个人看来是很好的休息和放松心境的方式。晚上，济英姐打来电话，祝贺《入镜还素》新书面世，说她看到从青岛市人民医院调往青医附院心内科的专家刘松老师在群里转发《爱青岛》出书新闻，才知道我又出版了一本新书。我和济英姐因为防范疫情已经好久没有机会再谋面，因此，我们今晚的通话超过了一个半小时，所聊话题广泛，涉及文学、电影、历史、读书、出版、医疗、社会、疫情防护与健康等。济英姐是我国医药学名家刘镜如先生的爱女,她本身也是多普勒超声专家,我们两家是"世交"。我非常感谢多年来大家对我创作的支持和关心!

为创作《五十部——电影与60年人生随笔》这本新书,今晚我再一次观看了由阿尔巴尼亚拍摄并于1966年由上海电影厂译制,反映二战的经典故事影片《海岸风雷》,很受震撼!

《海岸风雷》在中国上映时,我才刚刚3岁。一个3岁的孩童,只是看热闹。但是,看过许多遍放映之后,其中一句著名台词却至今记得:"消灭法西斯,自由属于人民!"这是游击队员与地下工作者见面时必说的一句话,也体现出人民反抗侵略的信心。因而,我的心灵深处也就深深镌刻了这句著名台词。半个多世纪眨眼之间已成过往,今天当我再看这部影片时之所以震撼,是因为现在的我,看懂了这部影片讲述的故事,其不仅仅是情节令人感动,而且让我深深地感怀到:**胜利总是伴随着无数人民的伟大奉献与牺牲精神!**

影片一开场,是夜色中苍茫的大海上,飘着一艘小小的渔船,随老渔夫奥怒滋一起出海的两个儿子,正聚精会神地听他讲述刽子手屠刀之下的英雄好汉如何英勇悲壮的故事,使孩子们受到了极大的教育。面对海上波涛汹涌的浪潮,老渔夫奥怒滋依然坚定地与孩子们撒网捕鱼,不惧任何惊涛骇浪!

奥怒滋的老伴提着马灯,来到沙滩焦急地等待老渔夫和出海的两个儿子归来。这样的煤油马灯,我在小时候家里也有一盏。马灯上有一根宽宽的灯芯子,可以调整火苗的大小,有一个玻璃灯罩,外面有丝网加固,可以走路照明。母亲当年曾在灯下纳鞋底,为我们做布鞋和缝补衣服。

此刻，奥怒滋还有两个儿子，一个在酒吧里酗酒滋事，一个却在秘密从事着反法西斯地下工作。身为四个儿子的父亲，奥怒滋总是用自身的言行感染和熏陶着孩子们的成长。然而，还是应了那句话：**一娘生九子，各个都不同。**

随着法西斯的入侵，整日在酒吧酗酒，梦想过上舒适日子的老大，最终沦落为人民的敌人，他出卖了弟弟和游击队员，自己则成为法西斯的傀儡。

老渔夫奥怒滋的二儿子蒂尼，是一位地下工作者，他与战友出生入死，袭击法西斯的印刷厂，缴获印刷机械，印制传单，秘密散发，并开展一系列打击敌人的行动。他在危机之中舍身掩护在教堂秘密集会的战友，他还组织大家营救被捕的同志们。

老渔夫奥怒滋的三儿子是一名医生，四儿子也是一名反法西斯斗争的积极参与者。一位游击队员受伤后，躲进了奥怒滋家，他和老伴以及三儿子、四儿子一起给伤员紧急包扎处理伤口。法西斯根据奥怒滋的大儿子这个反动傀儡的告密，前来追捕受伤的游击队员，奥怒滋与家人将伤员转移至自家的秘密地窖，并与敌人周旋，情急之中，当医生的三儿子假扮伤员勇敢地挺身而出，他告诉自己的父亲，是在大海上听到关于那位英雄视死如归的故事，让他产生了反法西斯的勇气和力量。这是一个多么好的儿子，这是一个多么了不起的英雄家庭啊，是这个家庭中父母自身的言行，教育着孩子们的成长！看到这里，**我从内心深处由衷地赞美这些平凡而伟大的父亲母亲们！**

法西斯强盗，即将把被捕的游击队员和地下工作者们秘密押送转移。老渔夫奥怒滋的二儿子蒂尼，组织游击队员准备伏击营救，然而，狡猾的敌人提前采取了转移行动，而带头押运的正是奥怒滋的大儿子。

时间已经来不及了，老渔夫挺身而出，亲自上阵，他告诉二儿子蒂尼，从海上有一条近路，可以赶在敌人的前面，提前到达转移被捕游击队员们的车辆必经的大桥，他将亲自掌舵，用自家的渔船送游击队员去营救同志们。

老渔夫奥怒滋的请求得到了批准，夜色之下，在汹涌的浪涛中，奥怒滋镇定自若，快速摆渡，镜头前的这位老渔夫，让我这个当下"看懂了故事"的观众感动不已！

在世界反法西斯的斗争中，每一个正义的国家和民族，都有可歌可泣的英雄故事。我想到了中共中央、国务院、中央军委，于2005年和2015年分别颁发给父亲的"纪念抗战胜利"60周年和70周年金质纪念章。

阿尔巴尼亚经典故事影片《海岸风雷》所带给我的不仅仅是故事的震撼，更是一次思想深处的思索与文学创作的反思，那就是我们应当记录好、宣讲好我们中国人民和世界人民一道反对侵略战争的故事，传承我们在任何困难面前永不屈服的伟大民族精神！

2022年11月13日凌晨0点53分
子实创作于青岛逍遥轩东窗书屋

《第八个是铜像》（阿尔巴尼亚）

　　大自然总是这样的变化万千，昨日狂风夹杂着骤雨扑面而来，今日雨后的阳光也洒向人间照耀在万物之上。人生就是这样，不会总有阴霾，也不会天天阳光普照，阴晴圆缺才是生活与宇宙的常态。我们总是在这样的过程中感受人生，这或许就是本来应有的形态。

　　晚上，我再一次欣赏了由上海电影制片厂于 1973 年译制的著名电影《第八个是铜像》，这是 20 世纪新阿尔巴尼亚电影制片厂拍摄的一部反映二战的经典影片。

《第八个是铜像》上映的时候,我刚好10岁,在青岛嘉峪关学校上小学三年级。就在上个月(10月)的23日,青岛第26中学的宋婉丽同学邀请我们几位同学在青岛中山路上的"民国饺子楼"小聚,我们谈起了正在创作的这本新书,还讲到了关于阿尔巴尼亚拍摄的这部故事片《第八个是铜像》,有几位同学表示这部影片"一会儿这样,一会儿那样的"看不太懂!

其实,这是导演拍摄影片的一种手法,艺术地讲叫"电影插叙",也就是电影故事的"讲述"中,总是"插入一些与影片主体事件相关联的人物或事件的回忆"。比如经典影片《第八个是铜像》,反映的是二战前后的背景下,一位叫易卜拉欣的地下游击队员,开展宣传与武装斗争的故事,他在一次阻击法西斯傀儡的战斗中英勇地牺牲了,人们为了纪念他,为他雕塑了一尊半身铜像,运往他的家乡。影片从雕塑家为易卜拉欣雕塑铜像开始,便围绕与易卜拉欣相关联的人物和事件展开叙述。整部影片的进展,都是采用了这样的手法。为什么影片的名称叫《第八个是铜像》呢?正是从塑像开始,到运送至其家乡的路上,护送易卜拉欣铜像的有7个人,他们每一个人都回忆了与易卜拉欣的相处相知过程,所以就讲述了与易卜拉欣相关的7段故事,而被讲述者作为"第八个人",正是铜像的主人易卜拉欣,关于他和反法西斯正义之士并肩斗争的英雄故事。

运送易卜拉欣铜像回故乡的人物中,有老师、医生、雕塑家、铁匠、女游击队员埃玛尔,还有易卜拉欣曾经的"对手"等。

故事从易卜拉欣在与法西斯傀儡的一场战斗中负伤开始。游击队地下党中的一位老师,曾经教过的女学生埃玛尔的父亲是一位医生,他们一家住在城里,医生的儿子正是后来为易卜拉欣雕塑铜像的雕塑家,老师写信给医生,鉴于游击队野战医院在山区不便,希望这位医生能为易卜拉欣治疗。医生和他的家人,都是非常正直的好人。易卜拉欣在医生的家里治疗期间,一方面积极配合医生的治疗,一方面不停地开展秘密工作,利用各种方法,组织游击队打击法西斯及其傀儡萨利德巴巴,宣传并控诉法西斯屠杀人民的野蛮罪行。在易卜拉欣的正义言行感召下,医生全家都积极参与到反法西斯斗争中去。女儿埃玛尔,在父亲的支持下,不仅与法西斯傀儡者"解除了婚约",而且还积极阅读进步书籍,按照易卜拉欣的部署,秘密联络城里的游击队员,冒着巨大的风险为山区游击队筹备医疗用品和药物。埃玛尔最终与易卜拉欣一起上山参加战斗,由一位医生之家的"富家子女"成长为一名反法西斯的坚强女战士。埃玛尔的哥哥也同样受到易卜拉欣反法西斯精神的启发,他去帮助易卜拉欣秘密与铁匠铺的游击队员取得联系,并且发挥自己的美术专长,在地下工作的宣传单上绘出铁匠工人的形象,而最终易卜拉欣的半身铜像,也正是由这位医生的儿子完成的,塑像给人们带来对易卜拉欣的缅怀和对历史过往的记录。

运送易卜拉欣铜像的队伍中,还有一位"富家子弟",他曾是易卜拉欣反法西斯思想和行为的"对立者",他曾经与法西斯傀儡萨利德巴巴"混在一起"吃喝玩乐,随意开枪取乐。然而当他目睹了这些傀儡对人民的残暴屠杀,尤其是对手无寸铁的儿童、妇女和老人,也使他明白了当年易卜拉欣对他的"忠告"。于是,他义无反顾地与易卜拉欣一起参加游击队的行动,并且在负伤的同时,亲手消灭了那个自称"教他打枪"的法西斯傀儡萨利德巴巴!

影片在"插叙"的同时,有许多精彩的台词。比如法西斯与傀儡萨利德巴巴围困村庄搜捕易卜拉欣时,开始枪杀百姓,其中一位大叔不惧死亡,仍诙谐幽默地反讽萨利德巴巴说:"萨利德巴巴,请你亲亲我的屁股吧,在这里留下印记,将来你也好来找我"。他用蔑视法西斯侵略者及其傀儡者的言行,进行了不屈的抗争,随之被枪杀,令人为之动容!

在影片中,随处可见可闻反法西斯战士们每逢告别时,都会举起拳头相互宣誓:"**消灭法西斯,自由属于人民!**"这即是"同道者们的铮铮誓言",为国家的解放和民族的独立而斗争!

国难之时,总是有勇敢坚强者,但也不乏胆小懦弱者;总是有大公无私者,但也有巧取豪夺者。易卜拉欣与游击队员来到村里,全村的人拥挤在一起购买咸盐,这在当时是非常紧缺的生活必需品,他从咸盐贩子手中接过秤来,将咸盐分给村民:"咸盐是人民的,因为大海是人民的"。他为咸盐贩子"打下欠条",告诉他:等胜利解放了,就来取回盐钱。易卜拉欣等游击队员的举动,深受百姓们的欢迎,所以,才有了易卜拉欣等游击队员遭受法西斯围困的关键时刻,村民们不惧强暴挺身而出,保护游击队员的安全。老百姓深知游击队员不怕流血牺牲,不惧舍生忘死,是一切为了人民、为了国家。正应了那句话:"世上没有无缘无故的爱,也没有无缘无故的恨!"

所以,胜利后的今天,我们应当更加精准地理解,为什么要讲:"人民万岁!"为什么要讲:"人民就是江山,江山就是人民!"

"**人心向背,决定战争的胜负!**"人民永远是一个国家坚定的基石,无论是战争年代,还是和平年代,都是如此!

《第八个是铜像》中的这个铜像是阿尔巴尼亚人民心中永远的丰碑。正如影片中的那句台词:**这个铜像是属于人民的!**

2022 年 11 月 14 日凌晨 2 点 19 分
子实创作于青岛逍遥轩东窗书屋

《广阔的地平线》（阿尔巴尼亚）

今天是 2022 年的 11 月 14 日，国家主席习近平及其夫人一行，今日乘专机抵达印度尼西亚巴厘岛，出席即将在此举行的G20 峰会，并将在此举行中美两国元首会谈。世界目光聚焦巴厘岛，也聚焦世界的未来走向，祈愿世界和平发展，人类合作团结，期待"广阔的地平线上"，升起新希望的曙光。

1968 年 11 月，上海《广阔的地平线》译制组，将阿尔巴尼亚的这部经典影片译制后在中国上映，"眨眼之间" 54 年的时光过去了。今晚，当我再次回顾并观看这部影片的时候，许多精彩的台词和场景，不知不觉中将我"拉回到"往日时光里。

"工作完了洗个澡，好像穿件大皮袄！"

还记得《广阔的地平线》中阿滋姆和乌拉恩一起在拖船上洗澡的镜头吗？工作之后，一身油污的他们，一边欢快地洗澡，一边说着这句俗话，把观众立刻带入劳动之后愉快的生活情景中来。

1968年，当我第一次跟随大人们在青岛海政校操场看《广阔的地平线》露天电影时，才5周岁多一点的年龄，半个多世纪以来，尽管看过许多遍，这部电影的名称也在我脑海中留下深深的印记，但在今天重温这部影片之前，除了一些演员大致的模样，还有上述的台词，大部分故事情节可以说早已淡忘了，因此，今天的观看，让我的心头不觉为之一震！

二战胜利之后的阿尔巴尼亚，同世界各国一样，进入了和平发展时期。曾经的游击队员乌拉恩，在海港工作，他是两个孩子的爸爸，既忙于工作，也忙于生活。他送孩子上幼儿园时，路过烈士纪念馆，**在烈士们的塑像前他告诉孩子，这是牺牲在我们前面的先烈，要永远地记住他们。**

乌拉恩送孩子到学校，每次道别时，孩子总是说："爸爸，您一定要早点来接我！"

然而，乌拉恩是一位工作忘我的人，他总是在拼命地工作。

一位海港工人失足从塔台掉进了大海里，水深寒冷，乌拉恩顾不得这一切，一个跳跃入海救人，人被及时救上岸，他却悄然离开，甚至丢掉了一只鞋子。

他被调往拖船上工作，与船长和大伙儿一起研究起吊水泥桩，操作失败后，他摸索机器的工作原理，不惜冒着严寒潜水下套,终于使作业圆满完成。

他敢于同社会上的"小流氓"进行较量,甚至不怕打击报复,也要教育其遵守道德与法纪。

他与阿滋姆一起,凌晨 3 点爬上塔吊,自觉自愿地工作,只是为了及早排除险情,多为社会主义建设做贡献,甚至不惜被船长误解,被官僚刁难。

他把党的事业看得高于一切:"**我们共产党员,加入党组织,不是为了谋求特权,而是不惜牺牲自己的一切,要努力奋斗和工作。**"

社会主义建设事业是伟大的,令人充满着火热的激情。这其中有艰辛的劳动与创造,有甜蜜的爱情,还有未来。阿尔巴尼亚姑娘那时的择偶观念,也充满着对生活的美好向往,宁愿在寒风中等待自己心爱的青年工人阿滋姆,也不愿意接受父母包办的具有官僚做派的主任。这种爱情价值观的考量,正是基于一种对于人性品质的诉求。**官僚主义和形式主义不仅在工作中处处遭遇人们的抵制,而且在生活中也不会受人待见。**所以,影片中的那位官僚主任,成为人人厌恶的讨厌鬼。由此看来,**人性是相通的,每个人都有一双看待世界的眼睛,只是你来选择看什么罢了!**

乌拉恩这位二战中的游击队员,现实生活中的一位平凡朴实的劳动者,当暴风雨来临之际,电闪雷鸣惊醒睡梦中的他,他首先想到的是自己工作的浮吊拖船在狂风暴雨中是不是安全?尽管是休息日,他依旧穿衣起床,冒雨将孩子送到幼儿园,然后直奔自己的工作岗位,与大家一起抗击暴雨与风浪的考验。

狂风暴雨之中,乌拉恩受伤了,浮吊拖船一次又一次出现险情,随时可能冲向泊位的货轮,这是一艘中国援助阿尔巴尼亚运送物资的"无锡"号货轮,险情之中,缆绳一根根断裂,乌拉恩与船长和工人们一次次冲向暴风雨,用身体当船锚,拼命抗争危机! 救援的拖轮来了,紧紧地拉住了浮吊拖船,暴风雨渐渐地平息下来,然而,共产党员乌拉恩,却永远地倒在了他的工作岗位上,再也没有醒来。

什么叫伟大? 什么叫崇高? 什么叫永恒? 什么又叫永垂不朽? 肉身是载体,总有灰飞烟灭的时候,而伟大、崇高、永恒则是人生的一种精神。在平凡的人生之中,彰显出这样的一种精神,才可称为永垂不朽! 当一部影片,能够带给你一些人生的思考与正能量,那么,这样的影片就会带给你与众不同的素养,日积月累,将会使自己的人生产生一种与众不同的力量之源——**看淡生死,直面人生,不惧艰险,勇往直前!**

2022 年 11 月 15 日凌晨 1 点 19 分
子实创作于青岛逍遥轩东窗书屋

《桥》（南斯拉夫）

　　中午时分，朋友刘杰给我发回信息，祝贺新书《入镜还素》出版，同时告知本周四将赴美国，归期未定。来信缘于昨天午休时，突然梦见了与她在青岛的会见，于是发去信息问候其近况，由于她这些年一直在外地生活，又逢疫情影响，因此我们已经5年多的时间没有再见过面。她赴美国的时间，恰逢印尼巴厘岛举行 G20 峰会，中美元首正在会晤中，期望未来世界趋向稳定的发展！

今晚,我特意观看了南斯拉夫 1969 年拍摄的经典影片《桥》。这部影片由北京电影制片厂译制,1977 年与中国观众见面后,立刻引起巨大轰动。直到今天,影片《桥》依旧给中国观众留下极其深刻的印象,这部公映前的"内参片"价值和影响力非同一般。目前,参演这部影片的前南斯拉夫的明星们,大部分已经过世。影片中少校"老虎"的角色,是有原型人物的,他是一位中尉军官,牺牲时年仅 26 岁,后人为其塑像纪念。

啊朋友,再见,

啊朋友,再见,

啊朋友再见吧,再见吧,

游击队员,

快带我走吧,

侵略者闯进我家乡,

假如我在战斗中牺牲,

请把我埋葬在山岗,

再插上一朵美丽的花。

这首著名的《啊朋友,再见!》就是经典影片《桥》的主题曲。半个多世纪过去了,只要人们一听到这首歌的旋律,眼前就会闪现出"二战"时期,在南斯拉夫的土地上,一群热血的游击队员保卫家园、打击法西斯的经典电影画面。

在"二战"接近尾声的 1944 年,法西斯军队开始战略转移,一支机械化部队要通过一座位于深山峡谷的桥,而 7 天之内,只要法西斯军队顺利通过这条必经之路,将造成游击队 5 000 人全部牺牲的局面,情况万分危急。

游击队少校"老虎",接受了 7 天之内必须炸毁这座桥的艰巨任务。而法西斯霍夫曼受命接管该桥的指挥权,将原先封锁严密的桥上桥下都布满电网和雷区的同时,又秘密派遣"猫头鹰"和"狐狸"假装游击队情报员,混入"老虎"率领的炸桥小分队,采取窃取情报、分化瓦解等一系列手段,甚至在埋藏炸药的修道院枪杀了敲钟报警的修女。这支炸桥小分队里,个个都是身怀绝技的游击队员,唯独其中一位特殊人物,正是这座大桥的建筑设计工程师。面对自己设计的大桥即将被炸毁,设计工程师的心情可想而知,但是,当他面对法西斯的暴行,面对为炸桥而死在自己面前的一个个游击队勇士,面对可能通过大桥的法西斯军队将会残酷地杀戮 5 000 名发起总攻的游击队员时,他毫不犹豫地旋转手中的引爆装置,与自己的大桥同归于尽。这是悲壮的一幕,无需多言,银幕前的观众都能切身感受到这部影片此时此刻所产生的巨大震撼力,从内心深处为这样一些看似平凡的英雄们赞叹!

在民族大义面前,在国家生死存亡之际,每一位热爱祖国的人民,都会形成相同的价值观。这是一群热爱生命的人,这是一群反对法西斯侵略的人,这是一群为了国家不惜牺牲自己生命的人,难道这样的人生不值得赞美,不值得怀念吗?

历史从来就不是虚无的,尽管电影是一种艺术载体的表达手段或方式,但是,其内容所要承载和讲述的故事,往往来自现实的真实与历史的真事。艺术再现往昔岁月,是需要创作者们具有一种情怀的,而不是"胡编乱诌"。为什么有许多电影可以被称为"经典影片",除了电影艺术手法的生活化再现,必定有真实可信的"史料证据",比如"卢沟桥事变""南京大屠杀""血战台儿庄"等。这些法西斯残暴的入侵和反法西斯侵略的英勇斗争,都是有史可据、有料可查的,绝非儿戏,也绝非用谎言可以遮盖、甚至被抹杀掉的历史事实。用电影艺术再现这样的历史事实，可以让后来者**"以史为鉴，面向未来"**！因而，南斯拉夫的经典影片《桥》为我们留下了非常珍贵的"二战"中反法西斯斗争的故事，值得我们很好地回味，**铭记那些全人类共同经历的战争苦难，才能更好地珍惜和平岁月的来之不易！**

《桥》这部影片所留给我们的岁月遗产，是一份极其珍贵的精神财富，正如我国著名的"两弹一星"科学家钱学森先生所言："一个国家，经济落后了，可以用十几年赶上去，风气坏了就是几代人也难恢复。"人们确实应当用历史的过往来透视未来的走向，在人类的历史上，法西斯言行、军国主义、帝国主义是始终存在的，那就必须防范战争的可能性，这绝非危言耸听，而是历史的经验与教训。

2022 年 11 月 16 日凌晨 2 点 53 分
子实创作于青岛逍遥轩东窗书屋

《瓦尔特保卫萨拉热窝》（南斯拉夫）

　　根据相关数据显示,全球疫情感染人员数量巨大,不容乐观。我站在窗前,看到一群老人穿着棉服,戴着口罩,聚在一起打扑克,我拍摄下了在疫情防控期间老人们的"娱乐活动"。晚上下班,遇到采购食品的易玫老师,她与我交流了许多的话题,涉及退休的问题比较多,也讲到10月份的经济广播电台建台30年聚会,没承想岁月一晃就是30年,曾经参与建台的人员,有去世的、退休的、出国的和在外地生活的,人生变化很大。我对她说:**人生就是这样,好比人人是一根蜡烛,火苗燃烧得越旺,蜡烛熔化的就越快,熄灭的也就越早;慢慢地燃烧吧,照亮自己,也照亮未来的路;归宿都是一致的。**她说:"是啊,那些早走的人,或许是早早就把自己"浓缩的精华"都给用光了。"

　　今晚我再次观看了南斯拉夫波斯纳电影公司拍摄的经典影片《瓦尔特保卫萨拉热窝》,这是一部反映二战时期的影片,导演叫哈·克尔瓦瓦茨,主演瓦尔特的演员叫巴塔·日沃伊诺维奇。这部影片是由北京电影制片厂在 1973 年译制的,译制导演是凌子风、马尔路,参加配音的演员有鲁非、胡晓光、葛存壮、马尔路、雷明、侯冠群、于蓝、李连生、毕鉴昌、关长珠、韩廷琦、王炳彧、劳力。

　　影片一开场,即是第二次世界大战即将结束前的一个法西斯的军事会议现场,主持会议的军官宣布了一项重要消息:莱尔上将接到命令,A 军团开始按计划从巴尔干撤军,但是机械化部队缺乏燃料,必须从萨拉热窝运输燃料解决,萨拉热窝这个城市在历史上曾经引起了第一次世界大战的爆发,这个城市里抵抗运动的力量非常强大,是一条真正的秘密战线,他们的领导是个老练的游击队员,人们都叫他瓦尔特,要想从萨拉热窝将燃料运送出来,就必须实施一项"劳费尔行动计划",上校·冯·迪特里施为了执行这次秘密计划已经抵达萨拉热窝。

　　电影故事就是从瓦尔特领导的游击队与法西斯迪特里施上校的较量中展开的。法西斯假冒瓦尔特,骗取游击队员的信任后,使抵抗运动组织遭受严重破坏。瓦尔特一次又一次地识破了法西斯的阴谋,将计就计,清除了叛徒和假冒的瓦尔特,与苏里和吉斯驾驶列车,冲破法西斯一道道严密的封锁线,机智勇敢地炸掉了法西斯的运输燃料,沉重打击了他们精心策划的"劳费尔行动计划"。

　　《瓦尔特保卫萨拉热窝》这部影片看点很多，首先是将《不朽》这首著名音乐始终作为电影的背景音乐，给人一种正义庄严的感受。当钟表店老游击队员谢德的女儿和游击队员惨遭枪杀，认领遗体的场景时，当谢德在教堂前为掩护瓦尔特而英勇献身时，当瓦尔特与游击队员们勇敢地炸毁燃料运输列车时，总是会响起激昂的《不朽》乐章。第二点是这部影片的台词很精彩，比如在钟表店里对暗号："大地在颤抖，仿佛天空在燃烧。""是啊，暴风雨了！"第三点是编剧把握故事的脉络走向精巧，跌宕起伏，悬念迭出，惊心动魄；演员对于角色的理解精准，演绎得非常到位，表演丝毫没有"造作感"，而是带给观众真实可信的感受，具有一种与众不同的电影美感。

　　老游击队员谢德的女儿，也是一位地下工作者，她是医院的护士，与游击队员一起机智地转移和抢救伤员。谢德既担心女儿的安危，又暗暗鼓励女儿战斗，非常令人感怀！

　　谢德在钟表店接到情报后，知道这一次去执行任务就再也不能回来了，于是，他把店里的钥匙交给自己的徒弟，并嘱咐他："要好好工作，好好学一门手艺，不要虚度了自己的人生。"这些台词，再加上谢德这位扮演者端庄大方、不卑不亢的形象，让人感到了一种敬畏、钦佩和亲切！

　　南斯拉夫反映二战的两部电影《桥》和《瓦尔特保卫萨拉热窝》，堪称是世界经典影片，我虽然已经看过无数遍了，但是总有一种"看不够"的感觉，每一次看都"很过瘾"。影片将"瓦尔特"和"老虎"的形象与众多反法西斯游击队员的形象紧密地结合在一起，凸显出一种团结抗敌的力量。这种力量是正义的力量，是不畏强暴的力量，是为自由而战不惜牺牲的力量。

2022 年 11 月 17 日凌晨 1 点 36 分
子实创作于青岛逍遥轩东窗书屋

《鲜花盛开的村庄》（朝鲜）

　　今天是中国农历的十月二十五日,也是我亲爱的母亲诞辰 100 周年的纪念日。连日来,我多次梦到与父母相聚在太平角的"赤松小舍"和大海边上,感到分外亲切。昨晚,为了今天写作纪念母亲百年诞辰的文章,特别再次观看了朝鲜故事影片《鲜花盛开的村庄》。今天晚上,我来到青岛八大关太平角一路的海边,回到了久别的故乡,海岸滩涂退潮很大,星空下的大海,波澜不惊,安静而神秘,一如父母双亲生前做人的姿态,谦虚而低调,不卑亦不亢,恰如滚滚汇聚的激流,穿越高山峡谷,闯过万水千山,入海而去。100 年就这样过去了,我的耳畔再次回响一首曾经的歌谣:100 年啊,多漫长,36 500 个日夜和初升的太阳,数不清啊,数也数不清,这么多的夜晚有多少梦想,这么多的太阳有多么辉煌。

我出生在青岛八大关太平角一路 7 号的"赤松小舍",我们家在 13 号还有一处房子,比邻大海,夸张地讲,在这里打开窗子,就可以垂钓。这里的环境很奇特,有别墅,有大海,有果园,有菜地,既有城市的生活条件,又有农村的瓜果蔬菜。因而,我把我的故乡称为"都市里的村庄"。由此,朝鲜经典影片《鲜花盛开的村庄》是我从小就喜欢看的影片。

影片《鲜花盛开的村庄》是朝鲜艺术电影制片厂于 1970 年拍摄的,1972 年由中国长春电影制片厂译制上映,那时我才 9 岁。记得春节在山东省青岛疗养院的体疗部,看完电影《鲜花盛开的村庄》,回家的路上,便闻到了母亲用大锅煮猪头肉的味道,真香啊!母亲煮的猪头肉那是一绝啊,煮出来的肉冻,亮晶晶的半透明状,肥而不腻,吃上一片便是满嘴的香气,回味悠长,这么多年过去了,我依然记得那个味道,而且没有任何一种烹制的猪头肉可以与之相比。那时候,军属家庭享受拥军优属政策,春节时可以用购物票买半个猪头。母亲用松香退去猪毛,先在大锅里"毛洗",然后加上八角大料,用劈柴烧大火煮,只有到这个时候,春节的味道才渐渐出来了。这也是母亲最忙碌的时候,她总是让我们去看电影,然后津津有味地听我讲电影给她听,母亲何尝不想亲自去看一场电影呢!可是忙碌的她总是先把机会让给大家。

影片《鲜花盛开的村庄》讲述的是一个新闻记者采访一个

朝鲜家庭的变化,曾在《一个护士的故事》《卖花姑娘》《无名英雄》等许多部朝鲜影片中扮演主要角色的著名演员金龙麟,在该影片中扮演了一位多次荣立战功的退役军人炳哲,他主动放弃城市生活的机会,回到家乡带领乡亲们挖井抗旱,实现农业机械化生产灌溉。炳哲的弟弟原本一心想脱离农村进城市搞科研,对农业劳动和青年工作表现消极,炳哲的父亲原本是一个有着小农自私倾向的"个人利己主义者",但是,炳哲和青年委员长顺姬因势利导,用新、旧社会变化对他们进行教育。炳哲的弟弟在一次劳动中受到哥哥的批评:"难道我们在前线流血流汗,不怕牺牲,就是为了保卫像你们这样自私的人们吗?"

他们在挖井抗旱的劳动中,发现了黄地主的账本,炳哲的爸爸回忆起了炳哲妈妈不幸惨死的经历:炳哲的爷爷去世后,炳哲的爸爸为了给父亲买一口棺材,迫不得已向黄地主家借了3块钱,就是这了还这3块钱,炳哲的妈妈背着刚刚出生不久的弟弟被黄地主强行带走,去为黄地主家捣米还债,结果,连日劳作又累又饿,炳哲的妈妈惨死在春米机旁。

炳哲的弟弟和父亲追溯历史,触动思想,言行都发生了深刻变化。

炳哲的弟弟也到了婚配的年龄,父亲给他张罗着,拿着一张照片,照片上的姑娘胖墩墩的,看上去很健壮,炳哲的父亲觉得姑娘很能干:"她一年能挣600公分啊!"这也是这部影片的一句著名台词,成为那个年代找对象时的"一句调侃话"。

影片中还有许多著名台词,比如一位烈士家属大婶,工作很能干,村民们经常组织劳动竞赛,她在一次劳动中,小组获胜,高兴地说:"上一次输了,气得我连饭都没吃,今天我可要吃两大碗面条啊!哈哈!"

爷爷给炳哲的儿子买了一件背心,穿上太大,爷爷却说:"不大,不大,正合适啊!"这就是那个年代的语言,在我们的生活中也会经常出现。那时物资比较匮乏,一块布料、一件背心、一双球鞋,都会让人高兴半天,生怕买小了不能穿浪费,所以总是尽量往大一些的尺码买。要不怎么认为电影《鲜花盛开的村庄》好看呢,这样的镜头语言和台词,真实地贴近我们的生活!

炳哲的弟弟炳基,并没有按照父亲的想法"娶 600 公分"的老婆,而是赢得了幼儿园园长顺姬的芳心。在顺姬的帮助下,炳基放弃了一心想去城市里工作的想法,而是踏踏实实地研究电气机械化农田灌溉,成为农业机械化的领头人。

正如顺姬在接受记者采访谈到炳基的转变时所说:"记者同志,一个人要相信自己的力量,这是非常重要的!"

炳哲的父亲也改换了自私的思想,把心爱的小猪仔分给了烈属大婶,炳哲帮助大婶修好猪圈。炳哲的父亲还把自己家的木料亲自运往幼儿园,为孩子们搭建滑梯等游乐设施。

炳哲的儿子长大后如愿实现了自己像父亲一样当兵的理想,穿上军装,入伍服役。

作为长辈,一生中最希望看到的是后代健康茁壮地成长起来,这是一代又一代人的接续,这就是人生和历史。

所以,在亲爱的母亲"百年诞辰"的纪念日里,我把这部著名的《鲜花盛开的村庄》影片,再一次"讲给母亲听"。**讲述的过程,就是人生回味的过程,有欢乐,也有追忆,有缅怀,也有敬仰!**

2022 年 11 月 19 日凌晨 1 点 02 分
子实创作于青岛逍遥轩东窗书屋

《追捕》（日本）

　　记得 1978 年，我在青岛嘉峪关学校上初中，临近毕业前夕，住在"海军南岛大院"的同学安润泉，讲到他从电视上看到一部影片叫《追捕》，非常好看。这是我第一次听到电影《追捕》的名字，不是在电影银幕上，而是在电视机上播出后听安润泉同学讲述的。

　　后来，我通过各种途径，包括电影院、电视机、VCD、DVD、投影机、智能手机等，无数次观赏了这部由上海电影译制厂译制的经典影片,也从这部影片中,"认识了"著名电影演员高仓健、中野良子,原田芳雄、田中邦卫以及著名的中国译制片配音演员毕克、邱岳峰、杨成纯、丁建华、富润生、尚华等。

《追捕》由日本拍摄于 1976 年,导演是佐藤纯弥。中国引进这部影片时正值"改革开放之初"。

《追捕》这部影片,在我的人生中留下了许多深刻的印痕,不仅仅是"时间节点上"所带来的,更多的是剧情和人物所带来的人生思考。

《追捕》中的高仓健,是我非常喜欢的一位著名演员。他主演的影片《追捕》《远山的呼唤》《幸福的黄手帕》《铁道员》《千里走单骑》,都给我留下了深刻的印象。而且,2014 年 11 月,高仓健是在我母亲去世仅仅几天后,也不幸离世的,中国外交部发言人在例行记者会上,对高仓健为中日文化交流给予肯定,这是极为罕见的事情,说明高仓健在中国观众心目中的位置显著。

中野良子在《追捕》中饰演的真由美一角非常成功,她曾数次访问中国,为中日文化交流做出了贡献。

2016 年 12 月,我曾随旅游团首次去日本,临近午餐时间,趁着备餐的间隙,特意去看了看日本的新宿车站和警视厅,拍摄了一些图片资料,这两个地方,曾是影片《追捕》中的一些重要拍摄场景。

高仓健在《追捕》中饰演的检察官杜丘,是一位因履行职责而被陷害却始终刚毅不屈的硬汉形象。他为了证明自己的清白,更为了侦破案件真相,在一次又一次的险象环生中,机智勇敢地摆脱追捕与陷害的双向逼迫,且在逃亡途中,不惜生命危险,果断开枪击熊,及时挽救了养马场场主远博先生的女儿真由美。

真由美认定杜丘不仅仅是自己的救命恩人,而且是一位正直善良的男人。于是,当远博的秘书告密之后,警视厅石村警长搜山之前,她纵马相助杜丘,杜丘大惑不解,一再探问:"为什么?你为什么要来救我?为什么?"真由美温情地回答:"我喜欢你!""我是一个被警察追捕的人!""我是你的同谋!"此刻,伴随着优美独特的主题音乐《杜丘之歌》,跃马穿越林间的一对璧人,呈现给观众一份美好的情感力量!我所拍摄的资料照片新宿车站附近,是真由美用马群相救杜丘的地方,这里的日常行人摩肩接踵。

《追捕》这部影片悬念迭出,环环相扣。东南药厂制造神经阻断药物迫害仁人志士,伪装自杀现场,利用精神病院实施药物试验犯罪行为,灭绝人性,令人发指。检察官杜丘不畏强暴,在真由美和矢村警长的配合下,终于获取了长冈了介和院长唐塔的犯罪证据:"杜丘,你看多么蓝的天啊,一直走,你就会融化在这蓝天里!"结果,被杜丘当面揭穿罪行的唐塔,面对追捕而来的矢村和细江,自己从楼上一跃而下,结束了罪恶的生命。

矢村和杜丘面对抵赖的长冈了介这个幕后黑手说道:"昭仓不是跳下去了,唐塔也跳下去了,现在你也跳下去吧!你倒是跳啊,怎么,你的腿发抖了!"害人者,终将害己,这是真理!长冈了介没能逃脱这样的定律,他在拒捕中倒在杜丘和矢村正义的子弹下。

《追捕》这部影片之所以赢得了观众的交口称赞,其关键在于影片发出的正义之声!高仓健、中野良子、原田芳雄等所塑造的角色形象,给予期许之中的观众满满的正能量。

望着远远走来的杜丘,早已等候在路旁多时的真由美迎上前去问:"完了?"杜丘深有感慨的回答:"哪有个完啊!"真由美羞涩之间真诚地探询杜丘:"我也去,行吗?"杜丘以他宽厚的臂膀揽住了真由美,两个人并行向前走去,留给观众开放式的故事结尾!

影片中的主题音乐《杜丘之歌》传唱至今,影片中的经典台词,也不时会被观众们用来"消费"。影片中正反两派的角色,几乎个个出彩,包括杜丘、真由美、矢村、远博、唐塔、长冈了介、横路敬二等。几十年过去了,一提到这些电影中的"名人",观众自然就会想起译制《追捕》这部影片的上海电影译制厂,就会想到为杜丘配音的毕克等中国电影艺术家们,正是他们"配音的再度创作",使译制片中的人物更加生动鲜活。毕克是山东济南人,《追捕》中的检察官杜丘和《尼罗河上的惨案》中的侦探波罗先生,是他在译制片配音角色中的经典之作。

2022 年 11 月 18 日下午,"译声言心,守正创新——庆祝上海电影译制厂成立 65 周年学术论坛"在上海举行。老、中、青电影工作者共聚一堂,回顾上译历史,畅谈上译辉煌,共商未来发展,为"上译品牌"出谋划策。

期待中国未来的译制影片,带给观众更多的惊喜和享受!

2022 年 11 月 22 日凌晨 1 点 49 分
子实创作于青岛逍遥轩东窗书屋

《绝唱》（日本）

　　时逢中国二十四节气中的"小雪"时节，天气开始变冷，金灿灿的枫叶在冬雨和寒风里飘落一地，虽然枫叶仍不失本色，但却被行人肆意践踏着，只有树上的枫叶，依旧不肯向风雨低头，顽强抵抗着寒风冷雨。

　　"小雪"这一节气，让我想到一部著名影片《绝唱》，其中的女主角就叫"小雪"。这部影片是由山口百惠和三浦友和主演的，他们俩既是银幕之上也是生活之中的一对璧人。

　　1980 年,我在青岛市人民会堂二楼观看这部影片,当时 17
岁,正在青岛第 26 中学上高中。记得这部影片观看结束时,我
好久没有缓过神来,内心的感受是无法用言语诉说的,既为小雪
与顺吉坚贞不屈的爱情所感动,也为小雪的离世感到悲伤。那
时的我,还没有艺术上所谓"悲剧"的概念,只是内心有一种心
情的压抑和悲伤感。**后来,我才知道了"所谓的悲剧,就是将美
好的东西撕碎了,然后再展示给人们看"。啊! 生活和人生啊,
真的是"太残酷无情了"!**

　　《绝唱》的故事很凄美,地主家的儿子顺吉,看上了佣人家
的女儿小雪,尽管彼此有好感,但是小雪知道"阶级的差异",刻
意回避顺吉。在重重的阻力面前,顺吉不顾家庭的强烈反对,与
小雪私奔。他们的生活很清苦,但是彼此间的爱却很幸福。然而,
战争服役使顺吉不得不离开小雪,独自生活的小雪得了肺结核,
咳血之后,卧床不起。可恶的战争,让平民百姓本就艰难的生活
"雪上加霜",小雪用凄美的民谣,呼唤顺吉早日归来,但是,在那
个风雪之夜,小雪却永远离开了这个世界……只有民谣的歌声
回荡,顺吉终于把小雪接入家族之中举行"冥婚",**但是,没有生
命的岁月是冰冷的!**

　　山口百惠和三浦友和,是 20 世纪 70 年代非常著名的一对
银幕上下的情侣,后来结为夫妇,他们一起合作过许多电影和电
视剧,首部合作的影片是《伊豆的舞女》。

　　山口百惠品貌清纯,三浦友和端庄和气,他们的合作给观众
留下了极其深刻的印象。20 世纪 80 年代的山口百惠和三浦友
和曾合作电视连续剧《血疑》,在电视台一经播出,便引起强烈
反响。《血疑》中的山口百惠和三浦友和饰演的幸子和光夫是
一对情侣,宇津井键饰演了幸子的父亲大岛茂。一曲主题歌《谢

谢你》和演员们精彩的表演,折服了万千观众,观众们时而被亲情感动的泪洒衣襟,时而因幸子重疾缠身而焦急万分。那时人们的生活没有现在这般繁杂忙碌,一天下来,忙完家务,大家围坐在电视机旁看电视连续剧,是非常盼望和惬意的事情,头一天看完的剧情,也会是第二天休闲时候的话题。所以,山口百惠和三浦友和,是大家难以忘记的影视明星。

当然,那个年代还有许多的日本电影和电视剧,比如《望乡》《人证》《砂器》《远山的呼唤》《幸福的黄手帕》《排球女将》《入殓师》《铁道员》《海峡》《兆治的居酒屋》,以及不可不看的黑泽明和小津安二郎导演的经典影片《罗生门》《东京物语》。这些影视剧或悬念迭出,或在平淡中蕴含着生命的主题。

《绝唱》作为山口百惠和三浦友和合作主演的电影作品,的确是那个时代的亮点。他们的作品充满人性的善良,充满人生凄楚的悲凉,充满失望中的等待,也充满命运的不屈与抗争。

2022 年 11 月 23 日凌晨 0 点 19 分
子实创作于青岛逍遥轩东窗书屋

《人证》（日本）

　　《人证》这个电影名字，实际上是"来自人性的证明"的"缩写"，人性怎么来证明呢？那就是用生活中的故事，来证明人性的"多样性"，其实，这是一种很"悲催"的"揭疮疤"，从言行到实质性的举动，无不"透露"出"人性的欲望和自私"，结果可想而知，都是"死路一条"，可以说是"没有任何赢家"，只有"悲惨的现实结局"！

　　1979 年《人证》影片被长春电影制片厂译制，向隽殊、徐雁、张玉昆等配音。日本佐藤纯弥导演了这部著名影片，冈田茉莉子、乔治·肯尼迪等主演。乔山中在许多公开场合演唱《人证》的主题歌曲《草帽歌》，以其哀婉潜回，情牵百断，近似声声力竭的演唱声，让无数观众伴随着电影镜头的闪回而垂泪深思。

我喜欢《人证》这部影片，在于其缜密的推理和对人性的揭示，多维度且深刻。当时那个年代，我经常会在邻居王建大哥家听他讲《福尔摩斯探案》，自己也会时常读一读日本著名作家松本清张的推理作品。1979 年，我已经开始在青岛第 26 中学读高中，当时分文科班和理科班，学制两年。我考取的高一·三班是文科班，班主任是王秋老师。我们高中的文科班，可以学习英语，也可以学习日语。日语对我们这个年龄的学生们来说是以往"没有触及的新语种"，除了电影上学几句"乱七八糟的台词"外，真正学起来还是比较"新鲜的事情"。教日语的任老师，中等个头，衣着朴素，相貌清瘦，待人随和，学识渊博，曾在日本留学多年，很像鲁迅先生笔下的"藤野先生"。所以，我跟他学习日语时，并没有感到任何额外的压力与负担。40 多年过去了，我依旧清晰地记得他的模样和教课时的样子，很认真，很谦和，即使同学们上课时偶尔"出一些小插曲"，他也不会"勃然大怒"，而是轻声细语地劝同学们好好学习，不要影响别的同学。这是一位见过"世面"、涵养极高的老教师，与这样的老师相遇相识，也使我对日本电影产生了更多的研究兴趣。后来，我从事新闻工作，晋升中级和高级新闻职称时，外语都是考取的日语。还记得我在考试临近时恰逢一场大病住院，青岛市人民医院干部保健科的刘丽护士日语极佳，每次下了班都会应邀晚走一会儿，给我辅导日语，她不仅长相甜美，业务也超级棒，待人慢声细语、谦和温暖，她的辅导让我重拾信心，上了考场便一举拿下高级职称外语资格。后来，刘丽护士辞职去日本留学，回国期间，我们曾路遇交流,异常高兴,我非常感激她当年在我住院时给予的关照和辅导我学习日语时付出的帮助!再后来,我曾在 3 年内两次赴日本旅游,特别喜欢看一些日本电影中的拍摄现场及现实中的真实景观,给我增加了许多感性认识,我也拍摄下许多参考价值极高的新闻资料。

再来说说《人证》这部著名的译制影片。女主角八衫恭子是一位著名的服装设计师,设计作品口碑极佳,拥有极高的社会地位和广泛的人脉资源。令人没有想到的是,这样一位成绩出众的人物,竟然"倒在了"自己的两个儿子手里,一个是现在身边的宫平,一个是远在美国的乔尼。八衫恭子豪富的家庭却把儿子宫平培养成了一个纨绔子弟,一场事故为宫平和八衫恭子带来隐匿的灾难,而此刻,一个当年美国大兵与八衫恭子生养的儿子乔尼,正踏上去往日本寻找亲生母亲之路。

八衫恭子为了隐瞒事实,与乔尼相见拥抱的瞬间,用刀子刺中乔尼的心脏,大惑不解而又心灰意冷的乔尼,望着眼前苦苦寻找的亲生母亲,自己将刀子深深扎进心间,他双手紧握刀子,踉跄而行,倒地身亡。而八衫恭子的另一个儿子宫平,在逃避追捕的过程中也被击毙身亡。

作为设计师的八衫恭子比赛再一次获得大奖,事业完美谢幕,而这位失去两个孩子的母亲,在面对警方追捕时,却将一顶草帽抛下山崖,跳崖自尽。这顶草帽,正是当年乔尼的父亲与八衫恭子爱恋的见证。于是,影片中响起那首著名的插曲《草帽歌》:**妈妈你可曾记得,你送给我那草帽,很久以前失落了,它飘向浓雾的山坳!**

《人证》的结局很悲惨,八衫恭子和她亲生的两个儿子,以跳崖、击毙、遇刺的方式结束自己的生命,寓意很深刻。这部影片揭示了八衫恭子为了维护自己的荣誉和地位,为了顾及身边的亲生儿子，可以毫不顾及不曾照料的私生儿子，她对两个亲生生命的"溺爱与漠视"，恰恰印证了她"人性中的虚伪与荒唐"，也恰恰印证了她对生命的理解是多么的浅薄无知。**所谓一生追逐的荣誉、地位、金钱在与生命最后时刻的对比之下，显得是那么的苍白而不值得一提，没有了生命的存在和意义，名誉、地位、金钱又能作何用处呢？这就是八衫恭子及世界上万千相似者人性之悲哀所在！**

就在写作这篇文章之前，我读到了一篇骇人听闻的报道。48 年前，一个叫戴维的间谍，控告自己的亲姐姐艾慈尔是出卖核机密的间谍。姐姐无端被弟弟抹黑，遭电刑杀害，她是一位两个孩子的母亲，连续 5 次行刑才将她电击身亡，因为她始终惦记自己的孩子，这是一种人性所在。几十年过去了，垂暮之年的弟弟戴维，承认了当年无端指责亲姐姐，让她当了自己的替死鬼，他才是出卖核机密的真正始作俑者，最终也被处决。但是，令人不解的是为什么戴维要让自己的亲姐姐当替死鬼呢？原来，戴维也有两个年幼的孩子，这个当年出卖核机密的工程师，为了保下自己的生命来保障自己孩子的生存，不惜用自己亲姐姐的生命来"作垫背"。戴维的人性是何等的卑鄙，却又代表了多少相似的人性行为？

人性不可试探！在我的生活周围，也曾有人做过人性的测试，但结果并不如意。

由此，我也就更加理解了《人证》这部影片的"核心要义"，人性难以捉摸。人性是永远可以创作的题目，现实和历史都已充分地证明了这一点。

2022 年 11 月 24 日凌晨 1 点 26 分
子实创作于青岛逍遥轩东窗书屋

《望乡》（日本）

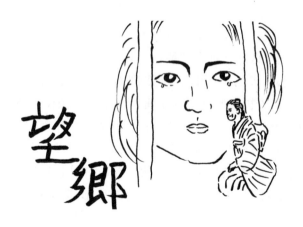

初冬时节的岛城，阴云密布，寒风嗖嗖，下班散步途中，我蓦然抬头，只见一些公司的橱窗上，已经贴出"2023"字样，猛然间感到，2022 年就要成为历史中的记忆，2023 年真的就要到来了，时间确实不经过啊，我心里在想！

晚上，我再次观影了日本经典影片《望乡》。这部影片拍摄于 1974 年，是日本导演熊井启的作品，曾获得第 25 届柏林国际电影节金熊奖提名，1978 年经上海电影译制厂译制在中国公映。这部影片我最先还是在电视上看到的,饰演女记者山谷圭子的栗原小卷,饰演阿崎婆的田中绢代,给我留下了极其深刻的印象。就在《望乡》拍摄三年后,67岁的田中绢代因病去世,但是《望乡》电影中的阿崎婆形象的成功塑造,却为身后的她带来诸多殊荣。曾有许多资料记载了关于田中绢代饰演阿崎婆时所表现出的专业与敬业精神,令人感动不已!更值得一提的是《望乡》中女记者山谷圭子的饰演者栗原小卷,今年77岁的她,不仅是一位著名的电影表演艺术家,而且是一位优秀的中日文化交流使者,曾数十次到访中国。她的形象端庄优雅,亲切善良,给人的感觉"总是如沐春风一般",她被观众赞誉为"东方的奥黛丽·赫本"。1963年我出生的那一年,恰是栗原小卷进入演员培训班的年代,她学习电影、话剧表演,也学习过芭蕾舞蹈,并以芭蕾舞演员的身份拍摄过电影。她曾拍摄影片《望乡》和《生死恋》,1991年她应中国著名导演谢晋邀请,参与拍摄了电影《清凉寺钟声》,饰演一位日本母亲,与中国演员濮存昕搭戏。这些影片我曾专门看过数遍,我对栗原小卷谦和优雅的扮相和精彩至极的表演功力以及她带给观众的正能量赞叹不已。

《望乡》中的栗原小卷,让中国观众第一次认识了她,并通过再度引进译制的著名影片《生死恋》中的夏子,加深了观众对她的熟知和喜爱。

《望乡》讲述的是作为记者的山谷圭子,回忆起她在天草采访的阿崎婆,她一路艰辛跋涉,进行有关社会学方面的研究,试图记录和探究"那些年"被迫下南洋谋生的"南洋姐"的经历,揭开一个时代中人生的"本来面目"。然而,她的寻访却是困难重重。正当她的采访陷入困乏与饥饿之际,在一家小饭馆里,恰巧遇到了一位向她推荐炒饭的老婆婆,山谷圭子发现老婆婆正在捡拾桌子上客人丢掉的烟头，便将自己的香烟递上去，老婆婆很感动，但是，山谷圭子同行者的一句冒失话惊吓了老婆婆，老婆婆落荒而逃，却将烟杆丢失在桌子上，圭子赶忙追赶上去还给老婆婆。老婆婆邀请圭子："如果不嫌脏，就请到我家里坐坐吧！"

在天草村子的边缘处，有一片破旧漏风的房屋，老婆婆请圭子进屋，一群小猫儿聚拢上来围住老婆婆，圭子问道："您养了这么多的猫啊？"老婆婆回答："都是些野猫，但野猫也是生命啊！"

简单的一问一答，老婆婆的善良显露无遗。**这是一个"有故事的人啊！"**圭子心想。恰在此时，一对村里的邻居来到老婆婆家，圭子赶忙奉茶，邻居问道她是谁啊？老婆婆回答：她是我的儿媳妇，两个孩子留在京都了，她来看看我一会儿就走。邻居们悻悻而去，圭子满脸疑惑！老婆婆告诉圭子，她有一个儿子叫永志，结婚住在京都，因嫌"她脏"从不来看她，儿媳连封信都不写给她，她一个人独居生活。

圭子没有嫌弃老婆婆房屋里满地的灰尘，而且席地而卧陪老婆婆午睡了一觉，这让老婆婆大为感动，一再向她致谢，并希望圭子再来看她。

回到自己的家中，圭子与丈夫商量，决定再次前往天草。一个月后，她趁夜晚一人独自来到了老婆婆的家，见到圭子，老婆婆像是见到了久别的亲人，她拿出了从南洋带回来自己都舍不得用的被褥给圭子铺好，圭子确认，这位老婆婆就是她一直苦苦寻找线索，却始终未果的"当年的南洋姐"阿崎婆！

电影《望乡》的故事情节由此展开，从天草到南洋的"山打根 8 号"，"南洋姐们"的悲惨命运惨不忍睹。为了生存，为了早日离开"这魔鬼般的地方",她们根本就没有"作为人的基本尊严",又何谈自己应有的爱情、家庭和未来!她们受到的不仅是非人的折磨,而且还有社会与人们的歧视,更是"死无葬身之地",只能朝拜故乡的方向,回故乡之难,"难于上青天"!

　　阿崎婆的悲惨人生,是一部活生生的"现实人性的证明",是一部人生血泪史的强烈控诉,没有尊严的人生是何等的悲催,然而,这就是现实中的人生。"人世间"千百年来,"人性千变万化""各种欲望膨胀",我们只是看到的太少,经历的太少,记录的太少。作为记者的山谷圭子,能够深入民间,扑下身子与亲历者交朋友,把阿崎婆真正当人看,并通过阿崎婆记录下那段不堪回首的凄楚历史。栗原小卷把山谷圭子的职业精神、敬业精神、善良真诚的人性演绎的精准到位,值得我们每一个从事新闻记者工作和社会学工作研究者很好地审视自身的业务技能和职业追求,是不是真的能像圭子那样,熟悉社会、洞悉社会、观察了解社会、反馈记录社会,我们进行创作的笔锋应当伸向何处呢?

2022年11月25日凌晨2点09分
子实创作于青岛逍遥轩东窗书屋

《入殓师》（日本）

　　一部曾获得 13 项奥斯卡大奖的影片《入殓师》，对我心灵的冲击异常强烈。其实，死亡是一件再也正常不过的事情，只是有些人讳忌"谈死"而已。"生与死"本就是相对"矛盾的统一体"，大多数人并不知"生而为何生""死又为何死"。**"向死而生"**本就是一个哲学命题！中国古代的先贤提出："未知生，焉知死！"

　　《入殓师》是一部醍醐灌顶般破解人生与死亡尊严的经典

大片，是一部人生中"**一定要看一次的，极其重要的，具有生死教育启迪意义的电影艺术杰作。**"

第一次观看《入殓师》大概是 10 多年前的事了，我在自己的"逍遥轩东窗书屋"用投影机"投射到墙上"观看。影片的观赏让我大为震惊，对"生命的认识和意义"有了一次"电影艺术上的熏陶"，我赶忙推荐给儿子长骏，希望他能好好地看一看这部佳作。长骏从小受原生家庭的影响，喜欢摄影、电影、篆刻、拼插模型、文学名著、跆拳道、散打。岛城著名的曹茂恩父子是他的散打教练，他在国内外学习过西餐工艺的专业技术。他跟爷爷奶奶欣赏书法绘画作品，跟我看电影，学摄影、摄像，品美食，学烹饪。因此，我们会经常交流电影观后感，他看电影十分专心致志，因而谈论电影时很有"个人观赏能力"。

《入殓师》由日本泷田洋二郎导演，久石让配乐，本木雅弘、山崎努、广末凉子等主演，拍摄于 2008 年。演员广末凉子在影片中饰演男主角小林大悟的妻子美香。这位 1980 年出生的演员，曾在 1999 年参演过高仓健主演的电影《铁道员》，在电影背景音乐中采用的《田纳西华尔兹》是根据高仓健提议，用来怀念 45 岁时便去世的妻子江利智惠美的，当年江利智惠美用《田纳西华尔兹》灌制的唱片享誉极高，歌声深深打动了高仓健并与她成婚。"人之一生有许多的无常之常，也就存在许多的不确定性，所以，生命对于每一个人来说，都是弥足珍贵的！"这是我对电影《入殓师》的观后感。

《入殓师》看片名有些"不太适应"，但看过影片所讲述的故事，便会有一种"人生的大彻大悟之感，感到生命是那么的美好而珍贵"。这是我对导演、演员和著名音乐家久石让的赞美语。久石让在这部片子中的配乐，简直是"可以让心弦为之颤动啊"！随着他的大提琴主旋律，"观众从死亡中看到了一种生的美妙"！久石让曾应邀为姜文导演的中国影片《太阳照常升起》配乐，所配乐章很有意境。曾看过一段"久石让与宫崎骏动画一起走过 25 年音乐会"的视频，宫崎骏真诚地为合作者久石让献上鲜花，场面令人回味和感动不已！这是"**高山流水遇知音**"的艺术结合。他们的合作，让电影音乐和动画，富有了新的生命意向！

我们来看电影《入殓师》的故事：大提琴演奏员小林大悟所在的乐团解体了，小林大悟从此不得不放下心爱的大提琴，寻找新的生活之路。大悟有一位貌美贤惠的妻子叫美香，他瞒住美香四处寻找工作，发现一则语言艺术化的招聘广告，他在接谈中发现是一项为亡故之人化妆送别的工作，从心理上感到不能接受，然而，就在他反复纠结之中，妻子美香发现了他的"新工作"，她不能接受丈夫从事大提琴艺术的双手去从事为亡故之人化妆送别的工作，于是离开了他。孤身一人的大悟，在工作和现实中，感到入殓师工作是一个安抚生者并体会人生多样性的重要工作。他所接触的工作者都很庄重善良，对生命充满敬畏之情。当大悟看到产卵的鱼逆流而上，拼死也要游到河流的上游才肯产卵时，他大惑不解，一位长者告诉他：**这就是鱼儿与生俱来的命运之旅，就像人类一样，明明知道生命会有结束的一天，却总是在争取生的希望**。大悟似乎明白了人生的道理，后来他才知道，这位告诉他鱼儿产卵的老者，正是一位殡葬员工，每天他都负责亲手送走亡故者，深受人们的敬重。他曾说：**每个生命都有这一天的到来，当他们从这个门穿过，走向另一个门的时候，或许就是在那里相逢啦**！大悟认真细致地工作着，他从内心敬畏着各种状态的生命，有正在生存着的，也有他用拉大提琴的双手亲自化妆送走的每一位亡故人,人们对他心存感念。大悟的妻子美香后来在观察中也渐渐理解并尊重大悟的选择,从而帮助大悟解开了一段与父亲之间多年的情感纠结,父亲临终握着的一块石子,让大悟明白父爱的深沉!原野之上,大提琴声悠扬回荡,如泣如诉,震撼心灵。

《入殓师》之所以在 2008 年获得 13 项国际大奖,原因在于其故事编剧感人,演员演绎精彩,导演、音乐、美术、摄影、音效等综合电影艺术效果颇佳,更重要的是让观众在观影后,会不自觉地陷入生命这一主题意境的反思之中,恰如上了一堂众人时常回避却在现实生活中不得不去面对的"生死观"的教育课程。每个人一生"无一例外"的结局,"**只有面对它,才能获得通透感悟,才能安安稳稳地走下去,好好活下去**",这是这部影片带给我的最深刻的感悟!

2022 年 11 月 26 日凌晨 2 点 46 分
子实创作于青岛逍遥轩东窗书屋

《樱桃的滋味》（伊朗）

人之一生，生不容易，死有时也不容易。伊朗著名导演阿巴斯的影片《樱桃的滋味》就是讲述一个人如何寻死的故事，这是一部真正意义上的"人生哲学影片"。

伊朗影片《樱桃的滋味》拍摄于 1997 年，导演、编剧、剪辑、制片人都是阿巴斯·基亚洛斯塔米，他是一位勤奋多才的艺术家。不仅仅是电影，他的诗歌集《随风而行》也很独特，仿佛诗歌的创作"信手拈来"一般。

风起时，

轮到哪片叶子，

飘落呢？

这就是电影导演阿巴斯的诗句，好像在问天地，也像是在问众生，更像是在问自己。2016年7月4日，阿巴斯罹患重疾，不幸客逝于异国他乡，享年76岁。患病前，他正在筹拍一部讲述中国故事的影片《杭州之恋》，终成遗憾！

阿巴斯导演的影片《樱桃的滋味》，是我2011年在青岛书城购买光盘后观看的。当初看到光盘的封面设计很独特，是一部获得第50届戛纳电影节金棕榈大奖的伊朗影片，我觉得非常好奇，因为在此之前，并没有观赏过伊朗电影。

观看这部影片时，正值儿子长骏准备去美国学习的前夕，距离购买这部影片光盘有很长一段时间了，因为忙碌没有顾得上看，恰好邀约长骏一同观看了这部大片。

影片讲述的是一位中年人巴迪，寻找一个可以在他死后埋葬自己的人的故事，情节很简单，影片拍摄运用了大量的长镜头和主观镜头，展现了日常生活环境和普通人的样貌。巴迪开着一辆"路虎"车，看上去像是"中产阶级"，他先后遇到士兵、学生、博物馆工作人员。巴迪在一棵樱桃树下挖好自己的洞穴想要自杀，但自杀后掩埋他的人选是个问题，他就这样开着"路虎"从城市一路走来，前面遇到的士兵、学生等人，知道他的动机后，都不答应帮助他，最后遇到自然博物馆的工作人员巴德瑞，为了生病的孩子勉强答应他的请求，但是一路上总是不停地劝导巴迪应当珍爱生命，他用许多平凡的道理抚慰和启发巴迪的心灵。

影片是一个开放式的结局，巴迪听了巴德瑞的劝解后，来到挖好的樱桃树下的洞穴前,在黄昏的夕阳下,他陷入一天来自己遭遇的各种人和事的沉思中,直到夜晚来临,他自己静静地躺在洞穴里边,仰望着满天星光,脸上露出了对生命美好向往的微笑。

阿巴斯的这部《樱桃的滋味》,带给不同观众不同的品味。我与长骏交流时,似乎还沉浸在主人公巴迪"生与死"的选择中,这何尝不是我们每个人都要面临的生命状态呢!从出生开始,每一个生命就已经开始向死亡迈进,这就是"向死而生"的"哲学含义"。面对人生,每一个生命,哪一天不是在面临着"这样或那样的选择呢!"

所以,阿巴斯的这部《樱桃的滋味》并不是一部简单的关于"自杀"题材的影片,而是一部启迪人生、启迪心灵的电影大作。能够开得起"路虎",可以"花钱雇人掩埋他",本身就说明巴迪"不是一个物质上贫穷的人",而在物质上可以满足自己的巴迪,为何呈现出这样一种"生而不幸"的精神状态呢?这就是阿巴斯对于"什么是人生?"或"什么是幸福人生?"在影片中向所有观众的设问!

同样面对生命的困境,自然博物馆的工作人员巴瑞德,因孩子生病急需用钱治病而奔走不息,而巴迪却"开着路虎想自杀",钱对于人们不重要吗?回答是肯定的:没有钱的人生是饥寒交迫的,没有钱的人们是无法生存的!但是,有钱的人,日子就一定会过得好吗?回答也是肯定的:世界上许许多多有钱的人,日子过得也未必好!这就是一个"三观问题",具体地讲,是一个"人生哲学问题"。所以,中国的古典名著《红楼梦》中的《好了歌注》这样说道:"因嫌纱帽小,致使锁枷扛,昨怜破袄寒,今嫌紫蟒长!"人生不知足,永无宁日!

关于伊朗著名导演阿巴斯·基亚洛斯塔米的影片,在《樱桃的滋味》观影后，我又看过他的许多部电影作品，比如他与比诺什合作并荣获大奖的《合作副本》（又称《原样复制》），比如《十段生命的律动》《随风而逝》《西林公主》。阿巴斯导演的影片有两个显著的特点，一个是"长镜头"的运用，一个是"纪实性电影创作"，构成了阿巴斯与众不同的电影风格。这样的影片，往往在观看者积聚了各种各样的情绪后，随着影片结束，不仅没有"蓦然释怀"的感觉，反而加强了观影后诸多现实问题的思考。这样的导演，这样的影片，才是真正观察生活、了解生活的人，他借用电影艺术的手段，看似简单的纪录日常形态，但蕴藏着丰富的内涵，以至于观众在相当长一段时间的观影后，总是思考影片设问的内容，这就是阿巴斯电影导演的高明之处。

2019 年，我为纪念父亲逝世一周年，创作了一本《无一例外》，此书获得"2019 青岛好书榜"。2021 年为庆祝中国共产党"建党百年"，也为了纪念父亲这位"党的地下工作者"逝世三周年，我又再次整理，正式由中国海洋大学出版社出版《无一例外·纪念版》。在这两本书中，我曾特别撰写了《长镜头之魅——对国际著名导演阿巴斯的长镜头电影作品的感悟》一文，详细介绍了阿巴斯导演的电影特征，充满对阿巴斯电影事业所取得"无与伦比"的巨大成就的由衷敬意和缅怀！我也曾专门购买了一本阿巴斯的诗集《随风而逝》，我在《无一例外》《实言微语》书中的一些诗句创作，也深受阿巴斯诗歌的影响。他的电影和诗歌作品，看似不经意间的一些生活描述，却蕴涵了人生深刻的哲学意境、美学意境和思辨意识！

2022 年 11 月 26 日深夜 11 点 39 分

子实创作于青岛逍遥轩东窗书屋

《流浪者》（印度）

　　每当中午和傍晚准备做饭、吃饭的时刻，总是可以透过窗户与凉台的几层玻璃门窗，清晰地听到多种扯着嗓子的叫卖声，特别是一个"花腔女高音"，在不停地高声叫喊：猪头肉昂，八折啦，八折啦。这是一种生活形态，她可能也不想叫卖，可是不叫卖又能怎么样呢？疫情之下，她要生活呀，我很理解，尽管不喜欢她与同样的"生意人"如此的喧嚣叫嚷。

　　今天，再次传来消息：有的医院已经没有钱发"烤火费"了，月奖金也停发。报业集团开始"进军多媒体",平面纸媒已经与广播电视台"争抢饭碗",这样的"越界竞争""争抢饭食"可能未来还会在更多行业出现……所以,人们的"心理恐惧"并非"无缘无故",况且还有婚姻、孩子、车子、房子以及各种消费贷款,拿什么来偿还? 有句话说的实在:"出来混,总是要还的!"于是,我想到了拉兹,是一部电影的男主人公,这部电影很著名,叫《流浪者》,是 20 世纪 50 年代从印度引进中国,由长春电影制片厂译制上映。我是 1979 年这部影片复映后首次观看的,那时我在青岛第 26 中学上高中。

这是一部很耐人寻味的著名影片,社会与地位、贫富与分化造就了不同的人生环境和成长经历。拉兹从小与母亲生活在贫民窟里,他很懂事、很乖巧,像一位羞涩的小姑娘,母亲很善良,但家境很贫穷。一个叫扎卡的坏人,为了报复法官拉贡纳特,设计诱骗拉兹走上了偷窃的邪路。这位道貌岸然的法官,不是别人,正是小偷拉兹的亲生父亲。拉贡纳特曾将拉兹的母亲赶出家门,母亲只能贫病交加地生活在贫民窟中。为了生病的母亲,拉兹违心干了自己不愿意干的事情,却被扎卡利用,从此学会了偷窃。"贼的儿子是贼,法官的儿子是法官!"这是法官拉贡纳特的"一厢情愿"和"偏执妄念",现实给了他一记响亮的耳光。拉兹站在"被告席"上受审,而"坐在高高法官席上,手持法槌,追求所谓正义与尊严的法官大人拉贡纳特"恰恰就是受审者拉兹的亲生父亲,这是巧合吗,还是一场人生的讽刺剧? 拉兹家境的变迁和人生的巨大变化,给拉兹从小喜欢并与之情投意合的丽达姑娘带来无尽的忧伤和烦恼,她选择勇敢地站出来为拉兹辩护,也为自己应有的爱情辩护!

影片富有印度宝莱坞电影的独特风格,剧情与歌舞相伴,台词犀利,直抵人心。著名的《拉兹之歌》《丽达之歌》《爱情来到了我心间》等电影《流浪者》中的插曲,优美动听,富有诗情画意,令观众为之刻骨铭心,成为难忘的旋律。这部影片的导演、主演、制片人都是拉兹·卡普尔,足见这位著名印度电影艺术家的表演和执导功力。著名演员纳尔吉丝扮演女主人公丽达,她所饰演的角色聪明伶俐、真诚善良、美丽多情,从小是拉兹的玩伴,长大后钟情于拉兹,她运用所学的法律知识为拉兹辩护,赢得观众的喜爱。

从电影《流浪者》名称延展而来,我想到了萨拉萨蒂与穆特演奏的著名乐章《流浪者之歌》,进而想到了胡慧中主演的电影《欢颜》里的插曲《橄榄树》。这首由三毛作词、李泰祥作曲的《橄榄树》我非常喜欢。

> 不要问我从哪里来,
> 我的故乡在远方,
> 为什么流浪?
> ………
> 为了我梦中的橄榄树,
> 流浪远方,流浪!

2022 年 11 月 28 日凌晨 0 点 53 分
子实创作于青岛逍遥轩东窗书屋

《百万英镑》（英国）

The £1,000,000 Bank Note

拍摄于 20 世纪 50 年代的著名影片《百万英镑》，是一部与金钱有关的故事，很耐人寻味。

影片根据著名作家马克·吐温的小说《一张百万英镑的钞票》改编拍摄而成。著名电影艺术家格里高利·派克饰演影片中的主角亨利·亚当斯，一个流浪在伦敦街头的美国小伙儿，他原来是一家美国造船厂的工人，业余爱好是航海，但在一次驾驶小船时遇上风浪，失去方向，随风飘向了英格兰。

他对伦敦一无所知,而且身无分文,举目无亲。正当他穷困潦倒、饥肠辘辘之时,一对百万富翁兄弟正站在豪华别墅的凉台上为金钱而打赌,哥哥认为这一张百万英镑的钞票对于穷人改变不了什么!弟弟则认为这一张百万英镑的钞票一定会让穷人摆脱困境,过上富裕的生活。

于是,他们让佣人把亚当斯叫进别墅,当面交给他一个信封,告诉他在规定时间才可以打开看,随后富翁弟兄俩不辞而别。留下发蒙的亚当斯,他饥饿难耐,来到一家餐厅,叫下双份的餐饮,餐厅的人们以貌取人,见他穿着邋遢,怎能吃得起这样奢华的餐饮,于是催促他结账走人。眼看着时钟到了预定的时间,亚当斯迫不及待地打开信封,瞬间他愣住了,这是一张百万英镑的钞票,接过钞票的餐厅人员,在请现场的“行家”验真之后,也愣住了,连忙向他不断示好:先生,您的光临是本店的荣幸!拜金者的嘴脸一览无余。

亚当斯急忙赶回别墅,他要把这张百万英镑的钞票交还主人,但佣人告诉他主人们已经出国走了,要等一个月的时间再来找他们。走在大街上的亚当斯,面对手里的百万英镑,不知如何是好,他读了百万英镑主人留给他的信,明白了“金钱游戏”的“规则”。一阵风吹过,卷跑他手中的百万钞票,他像疯了一样拼命追赶,钞票像有魔法一般戏耍他,但最终还是让他“逮到了”,于是,亚当斯揣好钞票,来到服装店,他再一次遭到如餐饮店般的冷落态度,当亚当斯再次拿出百万英镑付款时,服装店拜金者们的一幕又重演了。金钱面前的“VIP 待遇”,让他立刻改变了“穷困样貌”,改头换面后,服装店老板已经通话给宾馆的老板,为他准备了高级套房。于是,百万英镑带来了美食餐饮、高档服装、高贵的宾馆服务,而且还令他交上了漂亮的女朋友。当他按期交还这张百万英镑钞票时，还得到了三万英镑的利息。**显然，百万英镑富豪弟弟是这场打赌的赢家，而马克•吐温以其幽默的笔锋，无情嘲讽了拜金主义的昨天和今天。**

当年观看《百万英镑》这部影片，是在现在八大关黄海路上山东省青岛疗养院"锦绣园"对面的"在水一方"位置，原来这里是青岛疗养院的汽车队大院子，青疗俱乐部的工作人员在这里放映《百万英镑》。那次观看给我留下了极其深刻的印象，当晚的放映还加映了一部匈牙利故事短片《废品的报复》。《百万英镑》和《废品的报复》这两部影片，都是轻松幽默的讽刺喜剧片，但是，两部影片的深层次含义却非同一般。

于是，我不仅记住了这两部影片的名称，记住了剧情，也第一次记住了著名演员格里高利•派克。后来，当我再一次看到他的影片时，是他与奥黛丽•赫本精彩演绎的《罗马假日》。更重要的是，我记住了著名作家马克•吐温的创作风格。影片的音乐非常独特，诙谐幽默，只要音乐响起，就会想到《百万英镑》电影中一段段精彩的画面、台词。这部 20 世纪 50 年代由长春电影制片厂译制的影片，已经深深地留在我人生的记忆中，让我在"金钱的功能里"反思人生的境遇和人性的复杂多样性。

2022 年 11 月 29 日凌晨 0 点 09 分
子实创作于青岛逍遥轩东窗书屋

《摩登时代》(美国)

今天是 2022 年 11 月 26 日,按照预定计划,今晚 23 时许中国将发射"神舟十五号"飞向遥远的太空。人类世界对宇宙空间的向往与探秘,一直都在"发明与探索"中,智慧的人类想看看自己居住的星球之外的模样,解析未知的现象,寻找未来的路径。

恰似从原始时代、农业时代走向工业化时代一样,如今又走进了科技智能化时代、探索宇宙空间时代。至于将来的人类是否可以长生不老，或是移居什么"别的地方"来安身立命，这样的命题，无从回答，只能"想象"，正如我们这些现在依旧活着的人们，"**身后拖着刚刚温饱的农业时代，却一脚踏入工业化的飞速运转时代，另一只脚则已踏入智能化科技的摩登时代**"。**前后不过 200 年时间，其变化之大，变速之快，还没等人回过神来，已经开始了新的时代**。难怪人们笑话我用老手机，而非使用智能化手机，疫情防控期间险些被"拒之上班"，并非滑稽，也不可笑，是我"不跟随潮流而落伍"，还是"智能化有些强人所难"呢？

今天，看到极度降温中"美女小姐姐们，依旧穿着漂亮的裙子，在寒冬的风中冻得瑟瑟发抖"，不禁让我想到了一部很久以前看过多遍的卓别林先生的著名无声影片，名字叫《摩登时代》，片名与看到的现实很符合。

查理·卓别林先生是世界级的幽默艺术大师。《摩登时代》这部影片拍摄于 1936 年，是卓别林先生集主演、导演、编剧、配乐、制片于一身的杰作。这部影片虽然是"无声电影"，但是，卓别林先生形象生动的"镜头语言"还是引发了众多"资本掌控者"的强烈不满！因为《摩登时代》展示了 20 世纪 20 年代工业化大萧条时期的民生，卓别林饰演的"拧螺丝帽的技术工人"，被资本家和工业流水线上的操作折腾的筋疲力尽，不仅自己被卷进了急速旋转的运输带，而且拧螺丝帽的手已经失控并成为习惯动作，甚至见到人的鼻子也要拧，于是，他被解雇，送进精神病院，失去工作收入，流离失所。在艰难的人生中，他与宝莲·高黛饰演的孤女生活在一起，相互给予对方关怀和温暖，困境中相濡以沫，体现了经济危机中的工业化带给人们巨大物质压力的同时，贫困者相互依存、抚慰，闪现着人性的温馨和希望

的光辉。

资本掌控者之所以对这部影片大加讨伐，甚至是恨之入骨，关键在于卓别林先生通过"无声电影"的形式，对资本掌控者在经济危机大工业化生产方式中对工人的压榨剥削，进行了"声泪俱下的控诉"。马克思曾在《资本论》中这样说道："当利润达到100%时，就有人敢于铤而走险；当利润达到200%时，他们就敢于冒上断头台的危险；而当利润达到300%时，他们就会践踏人间的一切法律！"

卓别林先生通过电影的形式，深刻揭露了资本掌控者的残暴，怎能不引起他们的愤怒和痛恨，而卓别林先生之所以赢得大众的喜爱，不仅仅是他在演出中运用"独特的鸭子步和滑稽夸张的表情符号"，更为深刻的是"他对现实和剥削本相以及真相的无情揭露与鞭挞"。

卓别林先生创作的影片，不仅有揭露经济危机之下的资本压榨与剥削，也有反对战争侵略、反法西斯的影片《大独裁者》《大兵日记》，以及反映各种生活状态的《淘金记》《凡尔杜先生》《马戏团》《城市之光》《寻子遇仙记》。他在《大独裁者》中饰演独裁者掌控玩弄"气球制作的地球"瞬间爆炸化为乌有时的镜头，震撼人心，发人深思！

我从青岛书城购买并珍藏了卓别林先生的整套电影光盘。他的影片在我人生中留下了极其深刻的印象和启示。

卓别林先生曾经一度遭遇迫害，在避难时，我国负责外交事务的领导人在日内瓦会议期间，曾专门邀请会见并宴请卓别林先生及其夫人，请他喝中国的茅台酒，品尝中国的烤鸭，并称赞他是反对战争、反对侵略的伟大战士，是维护人类和平、友爱、文化进步的坚强卫士。

　　卓别林先生编剧、导演、制作和主演的影片角度新颖,立意深刻,具有历史与现实的考量和思想意识深度,记录了人生的悲欢离合,揭露了资本掌控者的剥削与压迫,抗议了侵略者的残暴心境,揭示了人性的丑恶与善良,使观众在欢笑和泪水中,品味了人世间的苦乐年华。他是世界影坛当之无愧的艺术大师。

　　　　　　　　　　2022 年 11 月 29 日深夜 11 点 16 分
　　　　　　　　　　子实创作于青岛逍遥轩东窗书屋

《佐罗》(法国、意大利)

　　著名影片《佐罗》由法国明星阿兰·德龙主演,1976年中国引进后,由上海电影译制厂译制。童自荣一人为阿兰·德龙饰演的"假总督"和"佐罗"两个角色配音创作,深得阿兰·德龙的肯定。这部影片的配音,也成了童自荣先生电影配音的代表作,无论是阿兰·德龙饰演的"佐罗",还是童自荣先生"配音创作的佐罗",至今依旧深受中国观众的喜爱和赞誉。

　　为什么一个"外国的侠客角色"如此深受中国观众的喜爱

呢？在我个人看来,关键在于阿兰·德龙塑造的"佐罗"是一个"替穷人代言""主持公平正义""不畏强暴,敢于斗争"的人,是一位为民除害、机智勇敢的善行之人。

就在前几天,曾看到过一段视频,感到无比的愤怒。一个城管执法人员,从一位卖"冰糖葫芦"为生的老人手中抢夺"一把冰糖葫芦"后,居然就手扔进了路边的绿化带中,这种极其野蛮的执法行为,不仅损坏了老人的"一把冰糖葫芦",也伤害了城管的形象和老百姓的心。他们不曾想到,他们的执法为了谁?他们的形象又代表了谁?

《佐罗》中曾有这样一段画面:不法商人偷换了好皮子,却买通法官,硬说老百姓卖给他们的是坏皮子,当街"法官"披上"长发","一本正经的胡说八道",却由不得老百姓申辩,而且老百姓惨遭鞭刑毒打。在那座城市"执法者犯法","法律是为法官而制定的""法官就代表了法律"。这些与不法商贩沆瀣一气的"当权者",处处借用"法律的尊严"干着伤害百姓的事情,这就是"佐罗"为什么要"替天行道,行侠仗义"的缘由所在。《佐罗》在影片的开头已经有所交代:新阿拉贡这个地方有个上校叫威尔塔,他在当地为所欲为,人们恨之入骨,"剑客"蒂亚戈的好友,在去新阿拉贡担任总督的路上,被上校威尔塔派人截杀,蒂亚戈于是装扮成好友米格尔,上任新阿拉贡"总督"一职,他与佣人配合,乔装打扮,深入民众和城乡之中,掌握上校威尔塔祸害民众的罪行。于是,他开始有计划的一面佯装新任总督"花天酒地"的奢华生活,采取不思进取的"懒政",一面却借用"佐罗"的"Z形标识"驱马扬鞭,除暴安良。最后,他与威尔塔上校展开殊死决斗,为的是替逝去的好友米格尔和新阿拉贡区域的百姓惩恶扬善。在战胜顽敌之后,蒂亚戈"佐罗"策马而去,成为民众永恒的纪念和传说。

《佐罗》这部影片，可谓百看不厌的经典之作。阿兰·德龙英俊帅气的外在形象，是我心目中继高仓健、格里高利·派克之后的又一位优秀译制片著名演员。阿兰·德龙气质绝佳，他所扮演的"佐罗"形象，即正义者的化身深入人心，为大众所喜爱。

阿兰·德龙曾来中国访问，并有一张骑自行车在天安门广场上的历史留影。2021 年的清明节突然传出有关他的信息：虽然已经 86 岁高龄，过着锦衣玉食的生活，但阿兰·德龙并没有幸福感，这主要源于他从小原生家庭造成的心理影响，他已在 2017 年为自己准备好了墓地，打算"想办法"一死了之。这样的信息，对于喜爱他的观众来讲是极其残酷的。我曾在 2021 年出版的专著《实言微语》中专门为此写下了一篇文章《潜在的心理创伤》，介绍"佐罗"的扮演者阿兰·德龙和"横路敬二"的扮演者田中邦卫。

无论怎样，每一个人的生命是有限的，每一个人的职业、家庭以及一切经历都是独特而不可复制的，为此，我们还是应当珍惜生命，珍惜人生的过程，好好活在当下。

阿兰·德龙之所以在中国观众心目中留下如此深刻的印象，还是源于他的作品《佐罗》中的"佐罗"这样一个具有正义感的人物形象，加之童自荣先生"配音艺术上的再度创作"。因而，来到人世间"走一趟"的人们，最好留下"美好善行的足迹"。电影也好，现实也好，邪恶歹人总是被人们所唾弃，善良正义的人总是被大家所铭记和喜爱，这就是著名影片《佐罗》留给我的一些观后感。

2022 年 12 月 1 日凌晨 1 点 11 分
子实创作于青岛逍遥轩东窗书屋

《廊桥遗梦》（美国）

　　面对当今世界人类的种种状态，面对每一个生命也不过"百年的经历"，使我不觉从心头发出感慨："人生到死方可知，一个一个挨着来。"父亲在世的时候，经常给我说起他的一位老朋友崔介先生赠书的诗句："风云雷电寻常事，乐观放眼即神仙。"今天想来，确实没错。"一切有为法，如梦幻泡影，如露亦如电，应作如是观。"人生其实就是一场梦，而且是一场极其短暂的梦，我想，大概这也是译制片《廊桥遗梦》这个"梦境"的解释吧，没有人可以永垂不朽，哪里有什么"金刚不坏之身"，一切肉身，随着时间的推移，终将化为灰烬，对任何人都是这般的自然规律。所以，当你仰望夜空，几颗闪烁的星星，仿佛在眨着眼睛与你对话，或许可以令你想到《三国演义》中的主题曲《历史的天空》。

> 暗淡了刀光剑影，
> 远去了鼓角铮鸣，
> 眼前飞扬着一个个，
> 鲜活的面孔。
> …………
> 兴亡谁人定啊？
> 盛衰岂无凭？
> 担当生前事，
> 何计身后评。
> …………
> 历史的天空闪烁几颗星，
> 人间一股英雄气在驰骋纵横！

生与死，其实每天都摆在我们的面前，饰演关羽和张飞的演员，就在不久前相继离世。有的人猝然离去，有的人久卧病榻，但终其一生，都在行走"无数人"曾经走过的路，所以王勃的《滕王阁序》和王羲之的《兰亭集序》都讲到了这一点。王勃说："阁中帝子今何在，槛外长江空自流。"王羲之则讲："仰观宇宙之大，俯察品类之盛""一死生为虚诞，齐彭殇为妄作。"后代的人看我们的今天，就如同我们现在看古人的历史一样，一代又一代，就这样前赴后继！

著名导演伊斯特伍德执导的这部《廊桥遗梦》，大致就是这个意思，要不怎么能是"一个遗留的梦想呢"？ 1995年，克林特·伊斯特伍德与梅丽尔·斯特里普，共同演绎了这部"大逆不道"的影片,幸亏结尾"留下了遗憾",否则,根本是一部不能上映的译制片。

有趣的是,这部译制影片上映的 1995 年,正好是我从事电视新闻一线记者的时候。那时为拍摄一部"全国百佳医院"的专题片,我与青岛市立医院宣传科科长张岩,一起在胶州路市立医院急诊室门前,等待拍摄"救护车"的镜头,结果还真是"怪了",那天晚上就是不见救护车的影子,一直等到凌晨 2 点,我们就搬来凳子,在医院的院子里等。张岩是一位女医生,原先在羽毛球队,身材很高大,后来学习心电图,再后来又从事宣传工作,她长得与斯特里普"太像了"。正好我们都看了《廊桥遗梦》,就一面等待拍摄救护车,一面聊起了电影《廊桥遗梦》。张岩是一个性格幽默开朗的人,还真就像影片中的"弗朗西斯卡",恰好我是记者,又带着摄像机,所以她就直接调侃我为"罗伯特",做新闻记者很辛苦,我们却依旧保持乐观。这件事已经过去快 30 年了,张岩退休已经若干年了,退休后她也拿起照相机,去过"北极"等许多地方,拍摄的作品还真不错呢。每逢我们谈起过往的人生,总免不了讲一讲那天晚上等救护车时,谈电影《廊桥遗梦》。

其实,在我看来,许多人把这部影片看"反了"。我觉得这是一部关于"人生梦想"的影片。为什么这么说呢?影片的女主角弗朗西斯卡一直辛苦的照料一家老小,丈夫、孩子、农场、田地、牛羊,成了她生活中的全部,所以,当丈夫和孩子带上牲畜参加比赛时,空无一人的农场,让她感觉很失落。然而,她的心中始终有她自己的人生梦想,那是童年时期就"已经植根心底的生活梦想"!现实却在无情的忙碌中,打碎了她梦想的"理想主义和浪漫主义"。所以,当她闲暇之时,又巧遇地理摄影记者罗伯特时,再一次激活了她心灵深处被现实人生"磨灭的梦想",于是,她"不可遏制地逾越了鸿沟"。而罗伯特整年四处采风摄影,他缺少了"家的温馨和温暖",这样的际遇,不可避免的"点燃了人性欲望的篝火"。导演伊斯特伍德深谙"人性的欲望"将会燃起熊熊烈火,进而摧毁一个家庭,于是,便有了大雨中的小镇岔路口,急速的雨刷,现实的目光,背道而驰的方向,因为,这样的结局,完全符合"大众价值观"。导演伊斯特伍德,将影片中深埋的感情,凝结在"廊桥"和"骨灰"上,两个肉身化作的灵魂,在"廊桥"的周边继续激荡,这是一种"理想"与"现实"交错的激荡,导演把"大众的人性抉择"重组后"再打碎","再整合"却"再一次打碎",这就是所谓"悲剧艺术之美",很残酷,也很现实。如果按照"生在一起,死要同穴"的理念,弗朗西斯卡最终遗嘱的选择,将骨灰撒在"廊桥"旁,岂不是一种在死后"对丈夫的再一次背叛吗"? 弗朗西斯卡活着的时候,已经"心有所属"了,是"这个家把她给拖住了",这还是真爱吗? 爱是什么? 是给予,是奉献,是牺牲自己,成全别人。如今的人生现实中,还有这样的"真爱"吗?

所以,《廊桥遗梦》的著作和影片,对于人性的揭示是相当深刻的,并不是单纯的一次"鸿沟逾越"所能解释清楚的,因而"梦"这个字,用得恰到好处。

人生如梦,梦似人生。中国的经典名著《红楼梦》早已阐释的非常深刻了。正因为"人生如梦",所以梦醒时分,回首往事的时候,不要因虚度年华而悔恨,也不要因碌碌无为而羞愧。人生总要做点什么,总要留点痕迹,哪怕是"雪泥鸿爪""踏蹄归印",也算不枉此生。"损人利己"和"损人不利己"的所谓"人生梦想"皆为虚妄之举,不可为之也!

2022 年 12 月 1 日深夜 11 点 50 分

子实创作于青岛逍遥轩东窗书屋

《泰坦尼克号》（美国）

　　天气没有回暖的迹象，冬季的景象越来越加凸显，枫叶跌落已尽，零星的枝头上尚有几个叶子在寒风中顽强地挺立着，显示着生命的不屈。

　　这让我想起卡梅隆导演的一部著名影片《泰坦尼克号》，1912 年 4 月 14 日夜，当巨大的豪华客轮撞向冰山时，人们滑下倾斜的船体，飘落冰冷的海中，每一个生命体就如同冬季里飘落的枫叶，在苍茫的大海上，显得是那么的无能为力，**此刻，再有钱**

也没用了，生命不是金钱可以换来的，这一点是我观影时最深刻的感受！

我的人生中，有过多次海上航行的经历。大船如豪华邮轮、滚装客轮，小船如轮渡、游艇乃至小舢板，这些人类创造的海上运输工具，在波涛滚滚的海浪中，真的是"微不足道"，再"高级"的人类在辽阔的大海上，也不过是"沧海一粟"罢了。刹那间，"好像一下子都平等了似的"，可以说"人的生命最终跟枯树没有什么两样"，于是才有了庾信的《枯树赋》。

> 昔年种柳，
>
> 依依汉南。
>
> 今看摇落，
>
> 凄怆江潭。
>
> 树犹如此，
>
> 人何以堪！

这是一种生命的深刻意向，谁领悟到了"其中的真谛"，谁的心胸就会豁然辽阔，谁就会对"生命的意义"有所渐悟或顿悟了！

《泰坦尼克号》是一部获得多项奥斯卡大奖的影片，也是一部投入了巨大的拍摄经费的大制作。导演卡梅隆是好莱坞的知名导演，《终结者》也是他的代表作之一，这位身高 1 米 88，狮子座，O 型血，蓄着胡须，眼光透着凶悍的导演，惯常执导的是科幻类影片。《泰坦尼克号》影片中的两位主角，一位叫杰克，由莱昂纳多•迪卡普里奥主演；一位叫露丝，由凯特•温丝莱特主演。

记得 1998 年观看这部影片时，是带着骏骏一起，当时他才 6 岁，这部影片着实"惊吓到"他了，其实，不仅是他，可以说是"场场观众"都被惊吓到了，观影现场不时地发出惊呼声，有的观众甚至后来因为这部影片再不敢到海上乘坐轮船,可见这部影片现场效果之逼真,引发"观众的投入感"是多么的强大,这就是电影艺术的效果,卡梅隆真的做到了"极致"!

其实,卡梅隆在《泰坦尼克号》这部影片中,真正要表达的不是"人祸"之后的大场面"炫技",而是通过大场面的灾难来揭示细节中的人性。所以,这部影片,不仅仅是一次"人祸灾难的重复",更是"灾难面前不同人的嘴脸",很现实,当人世间各种"天灾人祸"频频袭来的时候,是最能考验人性的时候,人与人看似肉身"相似",但是人的灵魂,特别是在关键时刻的灵魂表现差异太大,乃至惊人!

《泰坦尼克号》影片的故事并不复杂,一艘"巨大的豪华邮轮"于 1912 年 4 月 10 日,从英国第一次启航去美国,只经历了 4 天短暂的"欢悦"后,4 月 14 日夜,便撞上冰山一角而沉没了。这艘巨轮的建造,在当时工业时代号称是一个"奇迹",然而,就是"妄自尊大"的"得意忘形",让这艘号称"永不沉没"的巨轮,顷刻之间真的沉没了,让整个世界为之震惊不已。110 多年过去了,这一"猝然临之"的事件,至今仍旧是人们不时谈论到的话题。其实,人类在大自然的生存环境中,还是"谨小慎微"的好,人类未知的东西,还有很多很多。世间万事万物都有着某种特殊的关系,可能我们还没有发现而已,凡事都有"因和果"!

再来看电影《泰坦尼克号》,杰克打赌赢了"泰坦尼克号首航"的船票,于是他兴高采烈地踏上了"生命的旅途",他是一个穷困的青年画家,住在船的底舱。露丝是富家小姐,随家人和未婚夫旅行,住在豪华船舱,但是她感到了未来的"了然无趣",就在"百无聊赖"的时候,遇到了杰克。

露丝与杰克的相识,正在改变着一场人生命运。随着影片的倒叙和插叙,我们看到了一种命运的交错。于是,便有了那首著名的电影插曲《我心永恒》。但是,谁也不曾想到,玩忽职守导致的"人祸"就这样发生了,号称"永不沉没"的泰坦尼克号撞上了冰山,**面对突如其来的灾难,我们看到了"人性与金钱""生命与金钱""人性与生命"的一次又一次搏战。**

正是因为这次船上的"意外邂逅",才使得杰克在关键时刻"把生的希望"留给了露丝,这让我们看到了一线人性的光辉。活下来的露丝,每每想到这一切,都是"痛彻心扉"的,于是,在她年迈之际,把那颗"海洋之心"沉入海底,或许是一种思念,或许是一种"命运的决定",她要追随而去的,不是"物"而是"心灵"。

100 多年后,当年事件的经历者,或当即离世,或得救后陆续离世,总之,都以不同的时间和方式,一个个逐一离开了这个世界。"从出生就在走向死亡的人们"不过都在经历着或长或短的"一个过程而已",所谓的高贵、地位与所谓的卑微、低下,都是人为制造出来的"人性和人生的虚妄",故而,做人"不可妄自尊大"也不必"妄自菲薄"。"生于忧患死于安乐",是一种精神世界的"慎始敬终",往往精神世界比物质世界的东西要丰富得多,追求"巨大的物质",到头来就像"泰坦尼克号",瞬间可能就是一场灾难。所以,《泰坦尼克号》这部影片,让人们更多铭刻心中的并非豪华客舱的金光闪耀与富丽堂皇,而是杰克与露丝"生命中的偶遇"以及危难之中"生与死"的谦让,这才是人性善良的存在与值得怀念的地方!

2022 年 12 月 3 日凌晨 0 点 21 分
子实创作于青岛逍遥轩东窗书屋

《卡桑德拉大桥》
（英国、意大利、联邦德国）

　　傍晚，大姐打来电话，想趁着散步见面，把大姐夫钓的鳗鳞鱼送给我吃，他们总是关心我这个小弟弟，知道我特别喜欢吃鳗鳞鱼，宁肯自己舍不得吃，钓上鱼来一定会给我留着，这份纯真的姐弟情谊，让我感动不已。我们约好等我休年假时，我们见见面，父母不在了，也不再有给父母陪床的机会了，所以现在要见上一面不容易，特别是在疫情防控期间。

　　今晚，再度观看了一部由上海电影译制厂译制的著名经典影片《卡桑德拉大桥》。这部影片让人感到很恐怖,也让人在灾难面前思辨人性。影片由英国、意大利、联邦德国于 1976 年联合摄制,导演是乔治•科斯马图斯,国际著名影星索菲亚•罗兰饰演女作家詹妮弗,理查德•哈里斯饰演神经外科医生张伯伦,波特•兰卡斯特饰演冷血的上校军官麦肯齐。影片中还汇集了各种角色,有军火商的夫人,有乔装打扮成牧师的警察,有毒品贩子,也有未成年的小姑娘,还有沾染鼠疫病毒潜藏在火车上的恐怖分子。这样的一群人,在火车上狭小的"社会空间里"上演着一幕幕关于人性的镜头画面,在紧张激烈的故事情节中,引发观众强烈的共鸣和深思。

《卡桑德拉大桥》这部灾难片的开片,便是日内瓦全景别摇镜头,进而推向日内瓦的国际卫生组织总部大楼,一辆救护车鸣笛驶来,两名穿白大褂的"医务人员"推着一辆担架车,急匆匆地闯进总部大楼,就在值班警察告诉他们走错方位时,"医务人员"和"急救病人"瞬间拔枪向警察射击,原来这 3 个人是化装的恐怖分子,袭击任务是炸毁细菌实验室,他们迅速安装了爆炸装置,但值班警察在身负枪伤之际坚持按下红色电钮,将两名已经躲进实验室的恐怖分子锁在其中,接警后赶来支援的警察,与锁在实验室的恐怖分子进行枪战时,将实验室的玻璃器皿击碎,两名恐怖分子沾染了鼠疫病毒,一个在紧急救治中身亡,另一个则跳窗逃跑后潜入一辆准备驶向斯德哥尔摩的国际列车行李车厢里躲藏。

日内瓦国际卫生总部是有"国际规定的",曾有决议明确规定:不允许超剂量的病毒带入实验室。然而美国却置若罔闻,超剂量的鼠疫病毒标本就是他们存放在此的,于是,在美国上校麦肯齐的操纵下,谎言与现实并存,人性的邪恶与医者仁心的情节轮番上演着。

冷血的麦肯齐上校自造谎言说,这辆通往斯德哥尔摩的国际列车沿线,有恐怖分子埋设的炸弹,为保证旅客安全,必须改道行驶,而事实真相是,他想利用国际列车改道的机会,让整列火车经过一座年久失修位于深山峡谷中的大桥,这座桥的名称就叫"卡桑德拉大桥"。于是,这部影片沿用了这座桥的名称,取片名《卡桑德拉大桥》,寓意其中潜藏着巨大的阴谋和危机。通过在列车经过时制造"桥毁人亡"的真实事件,来掩盖其国家违规存放超剂量病毒事件造成的"公共疫情危机",以达到"掩人耳目"的目的。这种罔顾生命的冷血决定,让人不寒而栗,对于许多无辜者来说是"草菅人命"。

列车上的神经外科张伯伦医生与女作家詹妮弗等想尽一切办法救治感染者,按照张伯伦医生的分析,这种传染病毒的死亡率是 60%,整个列车有乘客上千人,也就意味着至少会有 600人死亡。潜伏在列车里的恐怖分子,在携带病毒的时刻,四处寻觅食物和水源,并与豪华车厢的旅客"密切接触",病毒随之在列车上散播并导致发病。张伯伦医生和作家詹妮弗,在毫无防疫设施和药品及医疗救助的前提下,认真履行医生和公民的责任,其实,他们内心很清楚,也并非不恐惧,而是在尽自己力所能及的力量,这种行为的本身,让我们看到了危难之中闪耀的人性光辉。

一方是想方设法制造谎言,封锁车厢,制造"次生灾害"的冷血残暴的麦肯齐上校,一方是缺医少药仍不放弃救治生命的张伯伦医生和詹妮弗等人,对比之下,人性的丑恶与善良昭然若揭。有道是:"事非经过不知难"啊,只有经历过"险情"的人们,才能更加深刻地体会到,此时此刻列车上的人们是多么的

艰难！

　　索菲亚·罗兰饰演的女作家詹妮弗,把她的"第六感"演绎得淋漓尽致。正是《卡桑德拉大桥》的译制片,让观众认识了这位当之无愧的国际电影明星,欣赏到她与众不同的精彩表演。她与饰演张伯伦医生的理查德·哈里斯,把理性与正义的气质,尽情释放在电影画面中,获得观众的一致认同。这恰恰说明了一个问题,那就是善良的人们,总是喜爱光明与正义！运用权力草菅人命之恶行者,永远会被人们所唾弃、所厌恶、所痛恨！

2022 年 12 月 4 日凌晨 0 点 21 分
子实创作于青岛逍遥轩东窗书屋

《尼罗河上的惨案》（英国）

　　昨夜至今日,好消息和坏消息纷至沓来,好消息是中国的"神舟十四回收舱"成功着陆,返回地面,"神舟十五"接续在太空中探索。不好的消息是一则新闻报道:乌克兰推倒列宁塑像之后,又拆除了奥斯特洛夫斯基的塑像。这种"意识形态的行径"着实令人震惊不已。

　　奥斯特洛夫斯基是我们从小耳熟能详的著名作家,他在卫国战争中身负重伤,继而双目失明,但仍然顽强地创作了《钢铁是怎样炼成的》这部影响了几代人的名著,塑造了保尔·柯察金的英雄形象。这部作品的结尾曾有保尔·柯察金的一段独白:"人,最宝贵的东西是生命。生命对每个人只有一次。人的一生应该这样度过:当他回首往事的时候,不因虚度年华而悔恨,也不因碌碌无为而羞愧;这样,在临死的时候,他就能够说,我的整个生命和全部精力,都献给了世界上最壮丽的事业——为人类的解放而斗争。"保尔的这些名言名句,至今依旧在耳畔回响,他的事迹曾激励无数人为了事业与理想而努力奋斗,这不是人生的虚无和历史的虚无,而是实实在在的文学作品所带给我们的精神力量。难道世界的今天,是金钱或精致的利己主义在操纵着所谓的"人生幸福与自由"吗?

于是,我想到了疫情中某些核酸检测操控者的丑态,为了金钱,造假报告害惨了多少人?使国家蒙受了巨大的经济损失!由此也使我想到一部著名影片,关于一桩与金钱密切相关的谋杀案件——《尼罗河上的惨案》。

经典影片《尼罗河上的惨案》是根据著名作家阿加莎·克里斯蒂的同名小说改编拍摄的一部侦探推理电影。影片是由英国导演约翰·古勒米于 1978 年执导拍摄的,主演大侦探波罗的演员是彼得·乌斯迪诺夫。影片由上海电影制片厂译制,汇集了毕克、于鼎、李梓、邱岳峰等一大批著名的译制片配音演员。我个人特别喜欢毕克老师和邱岳峰老师的精彩配音。毕克在影片中为著名大侦探波罗先生配音,这是毕克老师的代表作之一,还有一部代表作就是为《追捕》一片中的检察官杜丘配音。毕克老师是山东人,他所配音的侦探波罗和检察官杜丘,都是勇敢正义者的化身,在我的心目中,毕克老师的为人"正如其声",充满着端庄、刚毅与正义。这样的配音角色,在观看中具有一种美的享受和品德的熏陶。我曾经拜读过童自荣老师在报纸上发表纪念毕克老师的文章，读来感人肺腑。童自荣老师如今依旧不时出现在舞台上，他所配音的著名译制片《佐罗》中行侠仗义的"佐罗"一角，使阿兰·德龙饰演的佐罗，更加令观众喜爱。所以，一部经典的译制片，往往凝聚着译制组导演和演员以及各个分工岗位上电影工作者的共同努力。配音演员的嗓音都是非常独特的，有的磁性，有的温婉，有的激昂，有的阴郁。邱岳峰老师用他独特的音质，在影片《尼罗河上的惨案》中为雷斯上校配音，效果非常出彩。

记得小时候，在邻居王阿姨家里听建生哥讲《福尔摩斯探案集》，这是柯南·道尔的作品，描写了大侦探福尔摩斯出神入化的推理分析侦破"奇案"的经历。那时候还没有电视机，建生哥每天讲一段《福尔摩斯探案集》，令我记忆深刻。至今我还保存从书城购买的《福尔摩斯》电影集。再后来看了《尼罗河上的惨案》电影译制片之后，又观看了《东方快车谋杀案》的书籍和电影，这两部作品均出自阿加莎·克里斯蒂的创作。与此同时，还阅读了著名作家松本清张的一系列"推理小说作品"。所以，我喜欢《尼罗河上的惨案》这样精彩的译制影片，是有人生渊源的。这样的推理，我用于日常的新闻记者视角，来分析和观察社会万象，也是非常受益的事情。后来我所看的电视剧《天道》中就有许多的推理情节。

影片《尼罗河上的惨案》，讲述的是大侦探波罗先生和雷斯上校，登上一艘开往埃及的游轮，随之展开了一系列出人意料、神秘离奇的枪杀死亡案件的侦破。这艘豪华的游轮上，汇集着巨额家产的继承人、医生、小说家、佣人、侦探、军官等各种各样的人们，他们一起用餐，一起出游，看上去似乎很悠闲，然而却蕴藏着巨大的危险。旅程不久巨额财产的继承人林内特便被枪杀了，似乎每一个人都有"似是而非"的"动机和嫌疑"。大侦探波罗先生，在雷斯上校的协助下，终于"拨云见日"挖出了真凶，即那个看似是受害者，实际上是案件"始作俑"的道尔和他的同行者。案件的目的，是为了攫取继承人林内特的巨额财产，看看吧，又是"金钱惹的祸"！

人性的弱点在此凸显，为了金钱图财害命，为了金钱自食其果。这也是这部经典译制片所要表达的主要内容。历史、过往、现实一次又一次地证明了贪婪人性与金钱的关系，可是地球上的"智人们"一次又一次地"彰显自己的聪明"，自以为"天衣无缝""不留痕迹"，但是，现实毫不留情地给他们的贪欲之心做出了强有力的回击。**"苟非吾之所有，虽一毫而莫取"**方可保佑**"有身无患"**。《尼罗河上的惨案》译制片和现实社会，再次证明了这样的道理！

本片的主题正如波罗先生与雷斯上校在案情结束后的一段对白那样："女人最大的心愿，是叫人爱她！"正是为了达成这样的心愿，杰奎琳与道尔不惜策划残害了若干人的生命以满足他们所谓"爱的心愿"，但最终也当众结束了他们自己的生命，这也是本片揭示的人性所在。

2022 年 12 月 4 日深夜 11 点 51 分
子实创作于青岛逍遥轩东窗书屋

《教父》（美国）

　　今天是 2022 年 12 月 5 日，世界依旧发生着这样或那样的新闻事件，令人目不暇接。朋友刘杰出国赴美已经快一个月了，她在 11 月 17 日临行前与我互通了信息，我祝愿她此次赴美一切顺达愉快。她希望疫情尽快结束，一切正常起来，才能见面聊天。我很理解她的心情，今年上海疫情封控之时，我曾多次发短信慰问她。10 年前的 2012 年 12 月，路经上海赴泰国休假，她曾给予过热情关照！

讲到 2012 年,仿佛一切就在眼前,那一年长骏读大学期间,6 月份准备赴美国宾夕法尼亚州(Pennsylvania)哈里斯堡市(Harrisburg)进行在校学生的交流互访活动。临行前我为他购买了手提电脑和微型单反相机,希望他能够拍摄下自己人生行程的首次出访资料。那一年他刚好 20 周岁,一个人远行,我不太放心,毕竟从小没有离开家,第一次去那么远的地方,而且是"一个资本运作形态下的国家"。我想还是能提前做点什么准备为好,于是,便决定陪他一起观看影片《教父》,目的很明确,想让他通过影片了解外国的生存状况和社会制度,毕竟他是我国体制下培养起来的青年学生,与美国有着本质的区别和认知的不同。

那次看《教父》这部获得奥斯卡大奖的影片,我也是第一次。我平日里受原生家庭的影响,不喜欢看暴力影片,喜欢看温馨生活、舒展人性之情的影片。所以,这次与长骏一起看《教父》影片,是带有"目的性"的一次观影。

《教父》影片看过后不久,长骏便独自出发去了哈里斯堡市。我们只能通过 QQ 定时联系,他的 QQ 号在此期间被盗,骗子假冒他的口气,企图通过网络诈骗我的钱财,幸亏被我及时察觉,并及时与学校外事处取得联系,周莉处长通过国家机关查证,系一次跨国诈骗活动,长骏此时还全然不知情,可见国际上并不缺少"智能化犯罪",社会形态之复杂,远非社会制度所能制约的。后来我与周莉处长交流,幸亏她及时处理,再就是我在长骏出国前,已经事先约定了我们"特殊情况时的联络暗号"。这次事件的发生,让我切实经历了一次不同国籍和不同制度下的社会生存法则。

长骏结束"互访学习活动"回来时,给我买了一部"原版"

的《教父》光碟，其实，他并没有完全理解，当初我陪他看《教父》电影的实际用意。

坦率地讲，从电影艺术角度来看，10年前首次观看的《教父》影片，还是给我留下了一些深刻印象的。这部影片的梗概是第一代和第二代黑社会家族的发展与交接，展示了所谓文明、自由掩盖之下的资本势力所导致的社会各种形态。看看如今这个世界，资本运作下的社会就是这样的，"黑吃黑"，以"合理手段攫取不合理的资产和地位"，总是"以人治人，借法律和非法手段治人，堂而皇之，自称老大，妄图称霸全球"，这是资本运作国家意识形态的常态化。所以，二战之后，那些运用资本运作的国家，借他国领土，干自己的勾当，抑或是研究生化武器和病毒。这并不是什么新鲜事，他们总是用钱和资产来衡量人的地位，如果要讲人权，他们早就侵权了，哪来的什么自由与平等！

但《教父》这部影片，从电影艺术的角度来看主演马龙·白兰度，还是"可圈可点"的，他为自己设计了一个"独特的社会形象"，不同于以往的影片角色塑造。作为一个演员，能够潜心研究角色，塑造电影所要表达的视觉形象，这一点确实是他的"演艺生涯中"值得赞同的一面。这种表现基于对电影角色的深刻把握和认识，并不是什么人"胡乱一演"就能成功的。在《教父》这部电影中，马龙·白兰度以他外在"谦卑"的形象，塑造了第一代"黑老大"这样的"资本时代角色"，对"普通人的态度"和"社会人的态度"有着截然不同之处。他塑造形象的功力，远超其第二代的"继承者"。无疑，提起马龙·白兰度这位"国际范儿的电影明星"，除了成名作电影《欲望号街车》，代表作就是这部《教父》1972年，好莱坞导演弗朗西斯·科波拉执导的这部《教父》，让马龙·白兰度幸运地夺得了奥斯卡大奖的最佳男

主角奖。

　　从电影艺术角度来看，再一点值得肯定的就是这部影片的主题曲《柔声倾诉》。这部主题曲如泣如诉，直抵人的心灵深处，可以说是用音乐深化了"人性的另一个层面"，以柔情似水的旋律，激荡着现实中"钢铁般的残酷人生"！

2022 年 12 月 5 日深夜 11 点 51 分
子实创作于青岛逍遥轩东窗书屋

《悲惨世界》（法国）

入夜写作的时候，突然觉得这个世界异常的安静，地球依旧按照自己的规律在转动，但是我们却丝毫感觉不到。这个人类赖以生存的星球，缺了谁也是照常运行，没有一丝一毫要停下来的意思，在大自然面前，人类显得是多么的渺小！

下班前遇到广电文创部的老师们在忙春节晚会，关心我还有多久退休？我告诉他们还有 8 个月，他们露出羡慕的表情，异口同声地说：啊，多好啊，可以即将开始新的生活了！我有同感！

安静的世界看似安静，今天的消息也是不断传来，比如从现在开始即将全面放开的"疫情防控局面",使大量的人们开始订购飞机和火车票,"被疫情憋坏了的人们"即将旋风般的聚集一起玩乐,至于后果"是否自负"不得而知。今天上午收到山东省委政法委的"公益短信":我省依法打击"沙霸""矿霸"等黑恶犯罪,今年一审审结非法采矿黑恶势力犯罪案件 6 件 62 人,开展行业专项整治,整改问题 200 余个。看来,今天的世界也并非那么安静,即将到来的 2023 年生活还要继续下去,我们在等待之中期待着!

维克多·雨果是世界级的著名作家,他的作品《巴黎圣母院》和《悲惨世界》名噪一时,如雷贯耳。雨果曾经在他的有关作品中,强烈谴责 1860 年"英法联军"疯狂侵略中国北京城,火烧圆明园,盗抢中国 150 万件国宝中饱私囊的罪恶行径,他把入侵中国的人比作登堂入室的强盗,侵略他国如入无人之境。关于他的这段记述和谴责言行,我记忆犹新,因而,对雨果这位作家心生敬意,对他的作品也就格外喜欢,他是一位浪漫主义和现实主义的作家,他敢于在作品中真诚地记录社会的真相。2009年,我曾与青岛广电的同事和中国摄影家协会的老师专程去圆明园遗址拍摄了大量资料。

1958 年,法国导演让·保罗·勒沙努瓦执导了经典影片《悲惨世界》,影片中主要角色冉·阿让的饰演者是让·加本。1978年上海电影译制厂汇集了众多著名演员胡庆汉、刘广宁、邱岳峰、毕克、童自荣等进行译制配音。

这部译制片当初在中国上映的时候,我没有看过,我是在若干年后,从书城买来的电影译制经典光盘观看的。2013 年,在青岛百丽广场的百老汇电影院里,我观看了由休·杰克曼饰演冉·阿让,罗素·克劳饰演沙威警长,安妮·海瑟薇饰演芳汀的一场气势壮观的歌剧电影《悲惨世界》。雨果先生在 150 多年前的流亡生涯中,竟然创作出如此精彩的现实题材文学作品,令我感到深深地震撼！雨果先生在人生悲惨的世界里，锻造和铸就了与众不同的灵魂，使他更加清楚和明白，来自人生的苦难，是另外一种方式的"人生锤炼"。苏轼、海明威、高尔基、奥斯特洛夫斯基，无一不是这样的作家，他们同雨果先生一样，饱尝人世间的艰辛，凝练成了一部又一部经典传世之作，因而**"苦难是最好的人生导师"**！

《悲惨世界》讲述了 19 世纪的巴黎，贫苦的冉·阿让为了饥饿的孩子偷了一块面包，结果被饱食终日的法官判处了 19 年的苦役。出狱后，走投无路的冉·阿让被一位好心的主教留宿，他却偷了主教的银器，警察抓住他后，主教说是主动送给他的，这让他免受再一次的牢狱之灾，冉·阿让对主教心存感激，决心洗心革面。10 年过去了，用了化名马德兰的冉·阿让，通过自己的努力，成了一名成功的商人，并且当上了市长，他开始采用各种方式接济穷人，当得知妓女芳汀的悲惨遭遇后，便主动照顾起芳汀的私生女珂赛特。影片汇集了当时社会的众多人物，不仅有冉·阿让、沙威警长、妓女芳汀，还有主教、管家、医院护士、政府官员、神父、街头路人、街头流氓、起义者、警察总监、管家太太、主教妹妹等，让观众通过影片了解到从农业社会走向工业社会的时代变化中，不同地位、不同层级的人们所展现的社会和人性的多面性。善良与伪善交织，内心与利益驱使，社会的复杂多面性与要求社会变革的迫切性，以及贪婪与谦卑的品行在影片中展现。雨果先生在他的经典作品和由此改编的电影《悲惨世界》中，带给观众一些很好的反思性问题，那就是"该如何去理解时代中人生的变化""该如何看待一个人是所谓的坏人，还是一个好人"？

2022 年 12 月 7 日凌晨 0 点 28 分
子实创作于青岛逍遥轩东窗书屋

《血钻》（美国、德国）

　　杨振宁有一次问邓稼先：你研究出来了原子弹和氢弹，国家给你多少奖金啊？

　　邓稼先平静地回答：原子弹 10 元，氢弹 10 元。

　　当时的杨振宁无法理解，觉得不可思议。

　　在金钱面前，人性和欲望彰显一个人的品行和人格魅力。皇冠上熠熠生辉的钻石，价值昂贵，或许是挖掘者和贩卖者用鲜血浸染过的"血腥钻石"。这就不禁使我想到《泰坦尼克号》杰克的主演莱昂纳多主演的另外一部影片《血钻》。

《血钻》拍摄于 2006 年，导演是爱德华·兹维克，主演是莱昂纳多·迪卡普里奥和詹妮弗·康纳利等。

这部影片的光盘，在青岛的音像店购于 2012 年 12 月，也就是 10 年前的这个时候，观影后让我"深感震惊"！我确实不曾想到，那些美丽耀眼的钻石背后，竟是如此的血腥残暴，因而，这样的钻石被称为"血腥钻石"一点不为过，因为这些钻石的获取，确实是用人的生命鲜血浸染过的，充满悲伤，更充满金钱的肮脏。

我曾经说过，我是不喜欢恐怖片、血腥片、暴力片的，当时之所以购买这部名为《血钻》的影片观看，主要是想看莱昂纳多的表演。当时，莱昂纳多因《泰坦尼克号》"走红"国际影坛，他所饰演的杰克一角，在巨轮遇险的关键时刻，对露丝表现出的"温情关照"很有"人情味"，给我留下了好印象。但是，出乎我的意料，他在《血钻》影片中饰演的角色为了获取极品钻石，竟然表现得如此"极端"。不法之徒的嘴脸，让他的"人设"在我心目之中瞬间崩塌了。这种血腥钻石的走私之徒，令人厌恶无比！

影片《血钻》曾获得奥斯卡大奖和金球奖在内的七项大奖。影片描述了 1999 年非洲塞拉利昂战争混乱之际，莱昂纳多饰演的钻石走私者，为了获得在狱中悉知的一块珍贵钻石，与当地一位渔民合作的经历，此间他还利用詹妮弗·康纳利饰演的女记者的工作之便采取行动。在与女记者的交往中，他的思想发生重大转变，最终领悟到爱和生活的真谛与意义。

《血钻》这部影片，是对"人性贪婪无度"的血的控诉，这部影片令人"不寒而栗"，直抵人性最薄弱的地方，不看不知什么叫"利益的残酷""人性的暴虐"。导演如此敢于揭露"血腥钻石"的获取和贩卖真相,无异于为"穷奢极欲者""当头浇下一盆冰凌的冬之雪水",这不禁让我想起 2017 年创作的《生死尊严——与在天国母亲的七次对话》一书中所提到的"沙图什",一种用可可西里藏羚羊的生绒编织的围巾。这一条"沙图什"就需要至少 3 头藏羚羊的生命换取,人类是多么的血腥残暴,为了他们"昂贵的地位和身躯",为了显示他们的豪华与富有,不惜戕害大自然珍贵的野生动物。还有 2019 年我创作的《无一例外》一书的《纪录片电影与电影纪录片》一文中,纪录片《重返狼群》有一个镜头,拍摄了保护区的小县城里,一张用几百个狼头缝制的"狼头袍",实在是"骇人听闻"的罪证。

疯狂攫取钻石珍宝,掠夺和屠杀大自然生灵,来满足自己**"填不满的欲望之坑"**,**"人性的欲望"**通过电影这个载体一览无余,触目惊心。《血钻》背后所隐藏的是"私欲与金钱","沙图什""狼头袍"背后所隐藏的也是**"私欲与金钱"**。有什么样的市场需求,人类就会制造出什么样**"灭绝人性的残暴行径"**,当一切物质或灵魂与金钱挂钩的时候,《老子》里的话就会得到印证。

五色令人目盲,
五音令人耳聋,
五味令人口爽,
驰骋畋猎令人心发狂,
难得之货令人行妨。

2022 年 12 月 7 日深夜 11 点 21 分
子实创作于青岛逍遥轩东窗书屋

《闻香识女人》（美国）

　　《闻香识女人》，起初我还真被这部影片的片名给"唬住了"，只是觉得影片光盘的封面很有故事，一个年轻小伙子陪着一位持着手杖的长者并肩前行，就从音像店买了下来。那是2012年的事情，随后搁置了很长一段时间才打开来看，这个时候，距离这部影片的男主角弗兰克的扮演者阿尔·帕西诺，因这部影片获得1993年第65届奥斯卡最佳男主角奖，已经过去快20年了。阿尔·帕西诺曾参演过《教父》《教父2》，他擅长用面部的张弛，表达自己的内心世界。《闻香识女人》影片的导演是马丁·布莱斯。

每个人都有自己独特的"味道"，一如每个演员阐释影片角色的不同，带给观众的感觉也就不同。或许"真水无香"，或许是"薰衣草的味道""香奈儿的味道""魅力毒药的味道"，抑或是"幽兰般王者芬芳的味道"，但是《闻香识女人》这部影片并没有把观众带入上述"狭窄的视角"之中。这部影片的片名"误导了很多人"，当然包括我这个观众在内。其实，这部影片是写一位双目失明的退役军官，"用感官来理解人生世界"的故事，所以，这个"闻"字，让他"嗅出了人生的况味"，故事就显得更加"耐人寻味"了。

故事看上去很简单，在校生查理目睹了一场恶作剧，学校追查处理，但是他不想出卖自己的同学，于是内心很苦闷不知所措。他来到双目失明的校级军官弗兰克家里帮助其生活，弗兰克因意外事故导致失明而深感生活没有意义。于是，在查理的协助下，他租下法拉利豪华汽车，在狭窄的街道上疯狂飙车；他吃美味大餐，住豪华宾舍，与香味漫溢的漂亮女人跳探戈。尽管他什么也看不见，但是，他的感官异常灵敏，真实再现了人生中种种不可思议的游戏，"关上一扇门，又恰好打开一扇窗"。他轻挽舞伴，步伐麻利，用探戈来展示他的生命活力，甚至比"睁眼瞎们"跳的都要好，因为他是在用心灵与命运搏战中。

阿尔·帕西诺确实是当之无愧的奥斯卡最佳男主角得主，他把双目失明，用心灵寻找人生感觉的弗兰克演绎的精湛无比。尽管他中等身材，相貌平平，但是气质超群，不得不令人赞叹他超高的表演技巧。他在《闻香识女人》影片中的演出水平，远远超过他在《教父》中的水平，简直不可同日而语。

然而，出人意料的是，这位潇洒的探戈舞者，回到宾舍后，却准备用枪结束自己的生命。查理的发现，及时阻止了弗兰克的轻生，原来他让查理陪伴他所做的一切，只是生命在厌世终结前的"快活一下"而已。在查理的劝导下，曾经的中校军官弗兰克，鼓起了活下去的勇气，查理诉说了自己内心的纠结，他们成为"忘年之交"，情同父子。

重新"活过来"的弗兰克来到学校的讲台，慷慨激昂地演说，嘲讽了学校的伪善，也挽回了查理继续学习的机会，他们在相互激励与友好交往中，共同走向新的人生。

看过电影《闻香识女人》后，我把这部佳作推荐给了长骏观看。这次创作《五十部》，他说猜我一定会写这部电影的观感，还真是让他猜对了。这部片子显然不仅仅是激励了我在现实世界中遇到困难时，不怕挫折，敢于面对，妥善化解，及时处置，做一个有担当、有责任感的人；而且对于长骏理解"人生困境如何破解"，有着深刻和深远的意义，所产生的影响不可小觑。

2022 年 12 月 8 日深夜 11 点 45 分
子实创作于青岛逍遥轩东窗书屋

《天堂电影院》（意大利）

今天的电影译制片，来看看意大利著名导演托纳多雷的电影三部曲之一的《天堂电影院》，这也是我非常感动的一部影片，这部影片很好地"还原了人生的往昔岁月"。2021 年我正式出版的散文集《实言微语》中，曾专门写作在青岛百丽广场的百老汇电影院看电影的故事，其中《电影天堂》这篇文章的来历，就是以《天堂电影院》这部译制影片的电影意象来完成的文章创作。

从 2011 年到 2021 年,青岛百老汇电影院经历了从创建到衰亡的过程,很现实,也很残酷。

至少从 2011 年这家影院创建到 2019 年底前,这 8 年间,我所观看的银幕上的故事,大多是在这里完成的。

在此期间的 2016 年,我还拍摄了张艺谋导演的女儿张末和青年演员倪妮,携片来此举行观众见面会的场景,并观看了当晚放映的张末导演的第一部影片,这部影片是由倪妮主演的。倪妮曾参演过张艺谋导演的影片《金陵十三钗》,这也是倪妮的第一部电影作品。

在青岛百老汇"天堂电影院"看电影,经常会遇到熟识的面孔,毕竟这里是位于青岛奥帆中心最好的一家影院。

在这里曾经多次遇到著名影星赵娜前来观影,她是青岛人,20 世纪 80 年代曾是八一电影制片厂的演员,参演过《元帅之死》《天山行》《许茂和他的女儿们》等影片,她的表演给观众留下了深刻印象。我们青岛广播电视台的"明星大厅"曾悬挂过青岛籍文艺界明星的照片,其中就有赵娜。

在青岛百老汇观影,有熟识的面孔看完影片后没过几天,就被"双规"判刑的,也有熟识的影院工作人员的家人遭遇车祸或重大疾病手术……这样或那样不幸的事件,让我感到电影院完全就是一个**"社会的缩影"**,现实中与银幕上轮番上演着一幕幕**"人世间的故事片"**。回想起来,至今历历在目。岁月就是这样不经意间的印刻下**"时光印记"**,令人感慨良多。

托纳多雷执导的《天堂电影院》《西西里的美丽传说》《海上钢琴师》这"三部曲",每一部都很精彩,都是很有故事的影片。我将一部一部地进行记录和述说。

《天堂电影院》拍摄于 1988 年,我是在 2012 年用音像店购买的影片光盘完成观看的。而《西西里的美丽传说》是我与长骏在青岛"不是书店"二楼看的"投影银幕",后来又购买了电影光盘。《海上钢琴师》是先购买光盘观看,2019 年又在青岛百老汇电影院观看银幕上的电影。

《天堂电影院》讲述的是在意大利的一个小镇上,有一家电影院,聪慧的小男孩托托特别喜欢看电影,于是他与放映师艾佛特逐渐熟识起来,无形中他仔细观察放映过程,也渐渐掌握了放映技术。一次放映师艾佛特热心地给镇上的人们放映露天电影时,不慎失火,托托把艾佛特从放映室救了出来,但他不幸双目失明,于是,托托成为这个小镇上唯一会放电影的人,他接替了艾佛特的放映工作。

小托托渐渐长大,爱上了一位银行家的女儿爱莲娜,但是这对心爱的恋人,却被银行家硬生生地拆散。托托去服兵役,爱莲娜去上大学。放映师艾佛特给予了托托许多的人生激励。

转眼 30 年过去了,当年的放映师艾佛特已去世,此时的托托也已经成长为著名导演,他回到家乡,来到残破不堪的老电影院,却意外遇到了他曾经的恋人爱莲娜,人生的往日时光,如电影般一幕幕闪回!

我与所有观众一样,被托纳多雷导演的这部精彩而又"耐人寻味"的影片《天堂电影院》所吸引,不时沉浸在人生过往的岁月中,闪回着近 60 年来观看电影的情感经历,这其中包含了多少苦乐年华和刻骨铭心的故事,以及人生、人性、心灵、精神、品质被"电影岁月锤炼与磨砺"的积累和沉淀。个中的滋味,只有"吃过樱桃的人们"才能够深切体会到!

2022 年 12 月 10 日凌晨 0 点 36 分
子实创作于青岛逍遥轩东窗书屋

《罗马假日》（美国）

　　著名影片《罗马假日》拍摄于 1953 年，影片的导演是威廉·惠勒，主演是奥黛丽·赫本和格里高利·派克。这是我非常喜欢的两位国际电影明星。派克曾主演过《百万英镑》，表演技巧高超娴熟，是一位很有范儿的演员。赫本不仅长相端庄俊俏，而且她本人非常善良和真诚，除了演艺生涯获得巨大成功之外，她还非常关心战争与灾难中一些国家的贫困儿童和妇女。她与纪梵希一生中的真挚友情，也为外界广泛认可和称赞。赫本对于人生的把握,拿捏得非常精准到位,素质之高,令众人难以望其项背。

正是《罗马假日》这部影片的引进译制,让我们从银幕上认识了奥黛丽•赫本与格里高利•派克两位世界级的影星。同时,长春电影制片厂对这部片子的成功译制,是功不可没的。1987年,长春电影制片厂把《罗马假日》中赫本和派克扮演的两位主角的配音工作,分别让金毅和陆建艺来担任,金毅配音赫本饰演的安妮公主,陆建艺配音派克饰演的新闻记者乔•布莱特利。

曾经读过长春电影制片厂配音演员陆建艺老师的一篇文章,专门讲述他是如何参加配音译制《罗马假日》这部影片的,当时陆建艺大学刚毕业,才 27 岁,还不是长春电影制片厂的正式职工,接受厂里的影片配音任务后压力很大。但他很自信,觉得能把这项工作做好。正是这样的自信,让他不仅很好地完成了《罗马假日》影片的配音,而且在影片成功译制放映后,他挑起了长春电影制片厂译制配音工作的"大梁"。

为《罗马假日》中安妮公主配音的金毅老师,我曾于 1977年在青岛多次见过她的现场拍摄,她随长春电影制片厂《暗礁》摄制组下榻在太平角一路 11 号,与我们家的"赤松小舍"为邻。金毅老师在《暗礁》中饰演高英,一位身着警服且扮相俊美的公安人员。金毅老师是那个时代的电影明星,经常会出现在电影杂志的封面上,给我留下深刻印象。后来她专门在长春电影制片厂负责译制片工作。2006 年,我从青岛飞往长春,曾专程去长春电影制片厂参访,这时的厂区,已经开辟成为长春的"旅游专区",我们在此模拟配音录制,观看拍摄现场和拟音操作,很有情调。在长春电影制片厂参访期间,我还专门购买收藏了其当年"工农兵"片头图案制作的纪念徽章和纪念雕塑。长春电影制片厂是新中国第一家电影制片厂，曾经拍摄了许多脍炙人口的电影作品，比如《刘三姐》《英雄儿女》《创业》《金光大道》《艳阳天》《人到中年》等，许许多多的经典影片，为我们的童年和青年时代留下宝贵的精神财富！

讲到《罗马假日》，就会讲到一首著名的插曲《昨日重现》，卡伦·卡朋特曾倾情演绎这首《昨日重现》。其实有一个误区，人们总是用卡朋特的歌声配上奥黛丽·赫本与格里高利·派克出演的《罗马假日》镜头，实际上这首著名的电影插曲，并非属于《罗马假日》，而是影片《生命因你而动听》中的插曲，这首插曲已被列入奥斯卡百年金曲之中。

作为一部经典影片，《罗马假日》早已被观众所熟知。影片讲述了安妮公主出访罗马，因厌倦宫廷生活和烦琐的外交事务，而悄悄出走在街头，因催眠药物的作用，她不知不觉中躺在大街的长凳上睡着了，记者乔路过发现后，善意地保护了她。但后来无意中发现她就是要采访的公主安妮，于是约请摄影师欧文，拍摄了大量安妮公主的新闻图片，准备发布"一篇独家新闻"。然而，一天之中愉快的交往经历，浪漫的罗马街头，留下了许多彼此难以忘怀的浪漫故事。安妮深知自己的身世与国家的责任，她用特有的方式与记者乔告别，把这一生中片刻美好的时光，留在了各自的生命之中！

赫本和派克，因为《罗马假日》这样一部精彩的电影，被中国观众所熟知和喜爱，他们的名字和在这部经典影片中的形象，永远地被载入世界百年电影的历史长卷中，让观众心中充满着许多对往日岁月的回味。

2022 年 12 月 11 日凌晨 0 点 51 分
子实创作于青岛逍遥轩东窗书屋

《海上钢琴师》（意大利）

　　今天来看著名导演托纳多雷"电影三部曲"之一的《海上钢琴师》。我对托纳多雷导演的影片所产生的深刻印象是，"他是一位非常会讲故事的电影导演"。每一位导演所涉猎的电影体裁不同，因而"风格迥异"，有的擅长文艺片，有的擅长故事片。"托纳多雷讲故事的方式令人耳目一新"，可以说是每一个影片的故事都很"奇特新颖""出人意料"，《海上钢琴师》就是一部出人意料的故事片。

在一艘航行在大海之上的豪华邮轮头等舱的大堂,船工捡到一个"被遗弃的婴儿",当时正值 1900 年,于是,船工给这个小男孩取名"1900"。随船漂泊海上的弃儿"1900",在穿梭般的日月之中渐渐长大,然而,在一次意外的事故中,老船工不幸殒命,"1900"再度沦为"孤儿"。

突然有一天,豪华邮轮的大堂里传来悦耳的钢琴之声,人们惊讶地发现,"1900"竟然无师自通地弹奏着钢琴曲,而且弹奏技巧精湛娴熟,这真是"一个奇迹"。然而这样的演奏却招来"爵士乐之王"杰尼的嫉妒,他来到船上与"1900"打擂比赛,想一举击败"1900"从而扬名立万,而现实将他的幻想击得粉碎,"1900"不仅指法娴熟,而且从容不迫,高难度的曲目弹奏起来如行云流水一般,让现场所有的宾客为之欣喜若狂,"1900"用急速弹热的琴弦,为杰尼点燃了一支烟——杰尼甘拜下风!

"1900"自在豪华邮轮上出生且被遗弃后,一直生活在船上,他从未感受过陆地的生活。然而,就在船舱玻璃上一个女孩儿的身影出现后,他为此创作了一首钢琴曲,内心曾强烈产生过与她一同登上陆地的遐想与情愫,但是,当他收拾好行装,走下舷梯的一半时,他犹豫了,继而将帽子飞旋向大海,折身再次回到了船上。

岁月总是这般的无情,豪华邮轮随着岁月的更替,像人一样的渐渐老去了。这艘曾经豪华的船"报废"后,即将炸掉,但是,"1900"却无论如何也不愿意离开这个与之生命长久相伴的"家"。他那首为小女孩儿创作的钢琴曲再次奏响——余音绕梁,跌宕起伏,激情荡漾,缓缓流淌,恰如生命的交响,回荡在老旧的船体里,飘荡在大海之上。

托纳多雷的电影《海上钢琴师》,曾让我每看一遍都饱含热泪。这热泪是为托纳多雷的不朽杰作,也为蒂姆·罗斯饰演的

"1900"与辽阔深邃的海洋之间紧紧相连的命运而洒落！

这不禁让我想起了高尔基的著名作品《海燕》："在苍茫的大海上,狂风卷集着乌云。在乌云与大海之间,海燕像黑色的闪电,在高傲地飞翔。"

"1900"这个不知是谁"带到人世间"的生命,通过豪华邮轮这样一个"载体",完成了一次顽强的命运旅程的"救赎"。没有人可以了解他的内心深处,对待生命的看法究竟是怎样的,也没有人会真正理解他与邮轮这个"家"以及辽阔海洋这样一个"家乡"之间的真实情感所在。

这也让我尝试着理解三毛创作的《橄榄树》:不要问我从哪里来,我的故乡在远方,为什么流浪,为什么流浪远方,为了我梦中的橄榄树。

当我们把自己带入影片之中的时候,我们的心灵等同于在"做一次洗礼",影片会让你不知不觉中感慨命运的多舛,这就是"电影带给我们的熏陶",所以,一部好影片,往往会教给我们对于人生的思考。

我感到托纳多雷总是在"用心拍摄影片",这一点是难能可贵的,尽管他的一些影片有些人会感到"很小众",即使小众也比沾染上"金钱至上"的铜臭味要强上百倍千倍。

托纳多雷导演的作品《海上钢琴师》,我曾经看过数遍,并向许多人推荐。我不仅购买了电影光盘,2019 年在青岛百老汇也观看过大银幕放映。这部影片是由意大利于 1998 年摄制出品的,是一部值得珍藏的电影佳作。

2022 年 12 月 12 日凌晨 0 点 18 分
子实创作于青岛逍遥轩东窗书屋

《广岛之恋》（法国）

国际社会形势纷繁复杂，俄乌战争在"西方的干预之下"，由原本想象中"速战速决"的"冲突"，演变成了"旷日持久的战争"，而且"大有越演越烈之势"。在联合国会议上，中国强烈发声：一些国家"援助乌克兰的武器"通过"国际黑市交易"，流入武装团伙和恐怖组织之手，引发不安全因素，实在令人担忧。阿富汗、伊拉克、索马里等国家在此方面都有过"前车之鉴"

战争，从来就没有什么"赢家"，只能"生灵涂炭"。事后战争的"始作俑者"，必将付出各种难以想象的"血的代价"。这是被历史见证过的，是毋庸置疑的历史事实。

这让我想起了 2019 年 12 月 12 日，也就是 3 年前的今天，我曾在长崎看到的"历史遗迹"，可谓"触目惊心"，我曾在这一处"震惊世界的现场"拍摄下大量的新闻资料图片。

其实，早在 1959 年，法国导演阿伦·雷乃曾执导拍摄过一部影片，名为《广岛之恋》，讲述了有关战争给人类带来的精神创伤将是伴随一生的，如同"噩梦般缠绕"。

法国著名演员埃玛妞·丽娃和日本著名演员冈田英次，分别出演该影片中的女主角和男主角。这部影片是我于 2012 年在青岛书城采购的上海电影译制厂的珍藏影片中看到的。影片中，采用大量的"历史新闻图片"镜头，具有"历史的真实感"，这也是对于我这个从事新闻记者职业的人来说，所"希望看到的历史资料"画面，这些新闻图片的现场感很强。再一点就是，这部影片的其他场景，比如女主角回忆过往居住的地方，骑着自行车约会时，独自行进在乡野小路上的"长镜头"，既构图唯美，又内涵深邃。导演把战争环境下，小姑娘不顾一切地喜欢上一名入侵敌人的一种"人性的心态"完整地表现出来，这个场景具象化的展示，让我不禁想到影片《人证》中八衫恭子与乔尼以及乔尼的父亲在草坪上嬉戏玩耍的场景，但故事的结局，"不出所料的以悲剧告终"，再一次深刻阐释了"人性的证明"！

法国著名演员埃玛妞·丽娃，曾凭借《广岛之恋》这部影片获得过许多大奖。而这部影片中男主角的扮演者冈田英次，则正是我们通过著名影片《追捕》所熟知的精神病医院院长唐塔的扮演者。他所扮演的唐塔，是一个披着"白大褂"人面兽心的恶魔，他用研制的 AX 中枢神经阻断药物，企图谋害杜丘，诱导杜丘写下绝命书，将他带上楼顶，试图造成杜丘自杀身亡的假象。"杜丘，你看多么蓝的天呢！一直往前走，你会融化在这蓝天里，一直走，不要往两边看，怎么了杜丘？"这段《追捕》中的著名台词,想必看过这部影片的人是不会忘记的吧!冈田英次把戴着金丝边眼镜,身着白大褂,表里不一,狡猾奸诈,凶恶残暴的"唐塔院长"刻画的惟妙惟肖,入木三分。这样的歹毒之人,结局必然很惨,他在矢村警长和细江下令实施拘捕的瞬间自行了断,跳楼身亡了!冈田英次在《广岛之恋》和《追捕》中的表演,实属过硬的"演技派"。

我曾经读过一些关于拍摄《广岛之恋》的文字资料,介绍导演阿伦•雷乃与法国演员埃玛妞•丽娃的合作以及这部影片的拍摄创意。

我个人感觉,这部影片采用一段短暂的"异国恋情"为"线性结构",实际上是用他们之间不同的性别、国家、社会职务、人生过往,串联起不同时段的"历史记录",从而阐述了战争与和平环境下的不同人生遭际,以及反对战争、期待和平的愿望。

埃玛妞•丽娃在影片中饰演了一位到异国拍摄历史题材影片的演员,冈田英次饰演了一位建筑工程师,本无机遇交际的他们,却在一次反对战争的集会游行中不期而遇了,在拥挤的人群中,他们似乎有一种不可思议的人生"量子纠缠"。

故事就在他们之间短暂的相聚与分离以及各自的人生回忆中展开,这其中有战争,有生活,也有战后的讨伐!导演阿伦•雷乃运用"出人意料"又在"情理之中"的电影手法,巧妙且大胆地揭示"人性的证明"和"人性的真相",不露痕迹地让观众随着他想要表达的"意识流动回旋",引导观众回溯过往的历史,反思人生的往昔岁月与情感寄托,以期达到一种共识:人类世界理应友好相处!

2022 年 12 月 13 日凌晨 1 点 16 分
子实创作于青岛逍遥轩东窗书屋

《日瓦戈医生》（美国）

　　今晚的休假时间，再次观看了著名影片《日瓦戈医生》，这是计划之中的观影。记得早在2009年，敬君兄在青岛海情大酒店做东答谢抢救老人的医护人员，我负责联系后，林玫、海兰等出席。席间，我第一次听说《日瓦戈医生》这部影片的名字，随后从敬君兄那里借来电影光盘观看，还有一本厚厚的同名小说，作者是帕斯捷尔纳克。影片是根据这部同名小说改编的，1965年由大卫·里恩执导，这部影片导演的命运与这部小说作者的命运"差不多"。影片一经上映便遭到诟病，大卫·里恩险些为此中断导演生涯，然而，这部影片却像是"一出反转片"，不仅票房收入颇丰，日后还赢得多项大奖。而《日瓦戈医生》这部小说的作者帕斯捷尔纳克，因这部作品获得了诺贝尔文学奖，但他却放弃了出国参加颁奖仪式。

《日瓦戈医生》这部影片分为上、下集，片长达3个多小时，叙事细腻，场景宏大，特别是日瓦戈医生与护士拉娜再次相逢时，冰雪原野上，一片银装素裹，有一座冰雕一般的小别墅，音乐奏响我们耳熟能详的《拉拉》乐章，简直如童话世界般的拍摄场景，美得不可方物。可想而知，这样的场景会是怎样的一种"情景交融"呢。我曾在一次飞往广西桂林的飞机上，看到银色机翼下漂浮的云层，让我不自觉地联想到《日瓦戈医生》影片中的这段场景，可见这部影片所带来的"美学意向上的结构画面"该有多么的美。特别是那段名为《拉拉》的影片主题旋律，令人难以忘怀。

最初，这部影片我是上、下集分开观看的，因为影片太长，而且历史性场面繁多，有十月革命，也有第一次世界大战的背景，有时代下形形色色的人生与人性，作者和导演阐述和揭示得很深刻。

日瓦戈医生从小寄生在唐娜家里，因而长大后，唐娜就成了他的妻子。后来，日瓦戈医生在战场的医院里，遇到了出生于裁缝之家的女儿，她就是护士拉娜，两人互生情愫。但战争的变化，还是将他们分开了。经历世事变迁的日瓦戈医生回到过去生活的地方与妻子一起生活时，却意外地再一次与拉娜相遇。最终，又经历多次命运交错的日瓦戈医生，生命也渐渐流逝！影片的故事在奥马尔·沙里夫饰演的日瓦戈医生，朱莉·克里斯蒂饰演的拉娜和杰拉丁·卓别林饰演的唐娜等众多人物之间展开,带给我们许多关于人生命运和复杂人性的思考。抛开意识形态的内容,从故事的叙事、影片的摄制艺术、导演的思想以及演员的表演技巧来看,《日瓦戈医生》属于上乘的大片佳作,非常值得一看。行进中的车厢,茫茫雪原,冰雕一般的别墅,还有那段旋律《拉拉》,或是《情归何处》,抑或是《伊人何方》,一定会给观赏者留下挥之不去的留恋与回味!

2022 年 12 月 14 日凌晨 2 点 16 分
子实创作于青岛逍遥轩东窗书屋

《西西里的美丽传说》
（意大利）

　　托纳多雷的"三部曲"之一的《西西里的美丽传说》上映于
2000年。这部电影是2013年，我与长骏在青岛的"不是书店"
一起通过投影方式观看的。"不是书店"其实就是一个"地标式
的概念书店"，我曾在书店购买过许多书，当时的店长李珊姑娘，
还专门送给我一本周振甫先生的《诗经译注》。

　　《西西里的美丽传说》《海上钢琴师》《天堂电影院》是托纳
多雷"独有的电影故事"，托纳多雷出生于意大利西西里岛上，

他是导演,也是编剧。岛上的一切,对于在西西里岛上出生和生长的他来说,是再也熟悉不过的。他从事过摄影专业,后来又转向电影导演行业。所以,《西西里的美丽传说》和《天堂电影院》这两部影片,都有托纳多雷在西西里岛上生活和对生命认知的痕迹。作家、摄影家、编剧、导演,都应从自己熟悉的生活和生命的轨迹中,攫取作品的素材和创作灵感,这样的作品才是有生命力的,这是我个人十几年来的一种创作感受。所以,看托纳多雷的电影作品,你会感受到一个人的内心世界、眼界以及成长经历。

《西西里的美丽传说》中,演员莫妮卡·贝鲁奇,很好地演绎了西西里岛上美丽姑娘玛丽安娜在战争和人性中的生存状况,以及一群朦胧中的孩子对于玛丽安娜"美丽的理解与追求"。托纳多雷把这个故事讲得"很奇葩",玛丽安娜的美貌,带给她"人生的优势"和"生存的资本",也带给她"人性对美丽的羡慕、愤怒、企图和毁灭性的打击",这绝非一场"人生的闹剧",而是一场"人性的反思"。电影用战争前后,人们"正反两个方面的表现"把"对美的追求"与"对美的愤恨"淋漓尽致地展现在银幕之上。这部影片尽管台词不是很多,但是,"银幕视觉形象非常鲜明",把战争前后"人性的突变"毫不掩饰地进行了揭露和批判,这是在此以前我看过的影片中很难见到的"导演独特的电影表现手法"和"演员不露声色的意向表达方式"。通过孩子们对美丽身影的频繁追逐,通过岛上老人、妇女、军人等各色人物"跨时段""跨历史"的"审美与审丑"表象,揭示了"人性的多面性",让我在观看之中,感到一种"莫名的惊诧"。所以,电影"可以教会一个人的认知和成长",作品的影响力正在于此。

　　著名影片《西西里的美丽传说》曾获得许多大奖。但是此片绝不像《天堂电影院》和《海上钢琴师》那样可以用语言来描述,这部影片"只能自己观看"却"无法具体讲述",因为,"人生的视觉错层"导致了"认知的高度不同",每一个人都会对这部影片产生不同的观后感。正如阿巴斯导演的影片《樱桃的滋味》,是一个"开放式"的编导方式,所以,每一个观众的心中都有自己的感想和答案,这就是阿巴斯和托纳多雷导演的影片所带给人们的"与众不同的地方"!

　　这部影片上映于 2000 年,我已珍藏这部影片的电影光盘。

2022 年 12 月 15 日凌晨 0 点 46 分
子实创作于青岛逍遥轩东窗书屋

《魂断蓝桥》（美国）

　　著名演员费雯·丽和罗伯特·泰勒，于 1940 年主演了经典影片《魂断蓝桥》，尽管这部影片距今已有 80 多年的历史，但是，经典永远是经典。特别是《魂断蓝桥》电影主题曲《友谊地久天长》，直到今天也不过时，在人类的世界中，我们需要和平，需要友谊，需要相互的团结协作，需要彼此间的珍重与尊重。动物尚且有温情，"智慧的人类"更加应当守望相助，彼此关爱，共渡难关，分享欢乐，这才是人类应该有的面貌。

上海电影译制厂于 20 世纪 70 年代译制了这部经典影片，著名配音演员刘广宁、乔榛分别为费雯·丽饰演的女主角玛拉和罗伯特·泰勒饰演的男主角罗伊配音，还有一大批著名配音演员为影片中的各种角色配音。这样的再度创作，让我们看到了"中文版"的《魂断蓝桥》有着"与众不同的电影韵味"，成为上海电影译制厂的经典译制影片之一。我曾经专门购置了一套精装版本的上海电影译制厂的经典译制影片光盘，珍藏至今，其中就有《魂断蓝桥》。

《魂断蓝桥》电影的开场，是画外音的"战争准备宣传广播"，直接交代了世界大战是这部影片故事发生的时代背景。一位军官让司机把车子开往滑铁卢大桥，他开始漫步，继而掏出一个"吉祥符"深情凝望，回忆往昔的声音在大桥与夜空中回荡，这是一段短暂且耐人回味的情感故事。这位沉浸在回忆中的军官就是影片的男主角罗依，而女主角玛拉此时早已魂断蓝桥了。

罗依是步兵团的上尉军官，他与芭蕾舞演员玛拉，偶然相识于眼前的这座滑铁卢大桥上，空袭警报把他们与众人逼进防空洞，罗依在拥挤的人群中，为玛拉掩护出一点点可以喘息的空间，就是这短暂的一瞬间，彼此交流的眼神和举止，足以让玛拉感受到一个男人在危难之际的一种关爱……随后，他们相恋了。芭蕾舞演出现场的惊喜发现，大雨滂沱中的热情期待，雨落窗前的迫切思念，不顾一切的急切相拥，火车站上脚步匆匆的寻觅身影，共同对未来生活的期盼，相聚时的甜蜜喜悦，寻觅对方下落的焦急，甚或为了生存的出卖自身，直至最后恍惚之间的汽车照明，悲剧的突然发生……这一场场、一幕幕人生碎片式的闪回，无不昭示着罗依与玛拉之间，从相识、相恋、相知、相聚，到残酷的战争现实，把美好的梦境无情地摧毁，悲剧就是这样的，"总是把美好的理想与梦境,用现实的残酷撕毁给人们来看"。罗依饰演者罗伯特·泰勒的"英俊帅气",加上玛拉饰演者费雯·丽"无与伦比的美丽",再与这样的情感故事叠加在一起,想让影片"不好看都是不可能的事情"。导演茂文·勒鲁瓦,根据百老汇舞台剧《滑铁卢桥》执导了这部著名的影片《魂断蓝桥》,无论是演员费雯·丽和罗伯特·泰勒,还是影片本身,均已载入世界百年经典电影的史册中。

在影片《魂断蓝桥》的主题曲《友谊地久天长》那优美舒缓、耐人寻味的曲调中,我们感受到一种人类相处的美好愿望,是一种真挚的、友爱的、长久连绵的情谊所在。但愿这份美好,**通过影片这一载体和媒介的传播,让我们的心情与性情受到一种"电影艺术的熏陶",让我们相对短暂的人生都释放出美好的善意!**

2022 年 12 月 15 日深夜 11 点 09 分

子实创作于青岛逍遥轩东窗书屋

《卡萨布兰卡》（美国）

电影《北非谍影》又名《卡萨布兰卡》，是 1942 年由华纳兄弟影片公司出品，迈克尔·柯蒂斯执导，亨弗莱·鲍嘉、英格丽·褒曼、克劳德·雷恩斯、保罗·亨雷德等主演的一部经典影片。

我多次观看这部经典影片，珍藏着电影光盘。我特别喜欢影片中的音乐《时光飞逝》，夜总会酒吧里的故事，加上抒情曼妙的音乐，闪回的往昔岁月镜头，真挚美好。

《卡萨布兰卡》讲述的是二战时期，发生在摩洛哥一座名叫卡萨布兰卡的城市里的故事。那时,战争将恐慌的人们遣散逃亡,但是想出逃,必须要经卡萨布兰卡中转,于是,飞机票一票难求。

亨弗莱·鲍嘉饰演的里克,是一位带有神秘色彩的商人,他在卡萨布兰卡开办了一家夜总会,酒吧里汇聚了许多想借此地离开的各色人物。但是,令里克没有想到的是,与他当年有情之人,英格丽·褒曼饰演的伊尔莎,同她的丈夫维克多也一起出现在他的面前。

在这之前,里克与伊尔莎相识并浪漫地相爱着,伊尔莎告诉里克,她的丈夫死了。在一个风雨交加的日子里,他们相约共同离开,然而,里克却等来伊尔莎的一封信件,告诉他不能随他一起出走,这令里克大感不解,愤然离去。

时光飞逝,他们俩却意外地在卡萨布兰卡再次相遇。

伊尔莎告诉了里克真相:原来就在他们准备一起离开时,伊尔莎意外获悉她的丈夫并没有死,于是,她决定放弃里克,照料自己的丈夫,她的丈夫是一名反纳粹人士。

里克理解了伊尔莎的苦衷,他们再次相爱了。这一次伊尔莎决定,让里克把她的丈夫送走,她留下来陪里克一起生活。

但是,里克运用智慧和社会关系,终于将伊尔莎和她的丈夫维克多送上飞机,他自己留下来,并且开枪干掉了前来阻拦飞机缉捕伊尔莎和维克多的纳粹军官。看到自己心爱的人安全起飞,里克露出令人难以忘怀的欣慰之情。他把与伊尔莎那段真挚的感情,永远留在了以往的巴黎岁月中。

《卡萨布兰卡》这部影片,是一部荣获多项世界级大奖的影片。亨弗莱·鲍嘉和英格丽·褒曼饰演的主要角色,可谓是异彩纷呈,台词可圈可点,情意浓浓。尤其是夜总会酒吧里他们再次相遇后的回忆镜头,配上优美动听的旋律,与战争中四处逃亡的恐怖气氛形成"战争与和平对比之下,生活截然不同的人生感受"。无形之中,凸显出"感情""战争的困扰""人性的多样化""反战""期待安宁"等多层次多视角的世界观、价值观和人生观。**金钱在危难之中的用途与金钱在情感面前的"一文不值",形成现实矛盾的"统一和悖论"。**

这部影片尽管距今已经整整 80 年了,却仍是一部值得珍藏的经典,不仅让我们记住了亨弗莱·鲍嘉和英格丽·褒曼的精彩表演,更记住了那个叫"卡萨布兰卡"的地方,曾经发生过这样一段动人的故事。

2022 年 12 月 16 日深夜 11 点 28 分
子实创作于青岛逍遥轩东窗书屋

《放牛班的春天》（法国）

　　影片《放牛班的春天》拍摄于 2004 年，距今已经过去 18 年
的时间了。2004 年，法国文化部部长来中国进行文化交流时，
将这部影片推介给了中国。影片在一个炎热的夏天拍摄，周期
仅 3 个周，中途险些放弃拍摄。但是，电影导演克里斯托弗·巴
拉迪，根据法国 1945 年的电影《一笼夜莺》故事改编的处女作
《放牛班的春天》，一经公映便大获成功，并且获得第 77 届奥斯
卡金像奖等多项世界电影大奖。

热拉尔·朱尼奥主演的《放牛班的春天》，故事并不复杂，他在影片中饰演的音乐家克莱门特·马修，在人生失意之际，来到一所"池塘地"的学校任教，这所学校里寄宿着一批"问题学生"。这些学生时常会惹出一些"意想不到"的事端，常常遭到校长的严厉处罚，甚至是关禁闭。

马修老师的到来，起初也并不顺利，但是，他善于发现孩子们"独有的歌唱天赋"，于是，他一改教学方式，组织同学们用唱歌的形式进行交流活动。他这种"因人施教"的方式，极大地激励了孩子们歌唱的爱好和兴趣。生活和教学并行不悖，他用歌声改变着孩子们的人生。特别是后来成为指挥家的皮埃尔和贝比诺，对马修老师这位当年慧眼识得皮埃尔"这匹音乐千里马"的"伯乐"，深深地感怀。当初皮埃尔在私下里偷偷练唱，被马修老师发现后，让他担任合唱团的领唱，从而启蒙和锻造了他的音乐指挥才能。影片即是从皮埃尔与老同学贝比诺对马修老师的回忆开始的，而影片的结尾，让观众感动不已。

马修老师带领同学们进行校外活动，躲过了学校的一场大火，但是，校长却因此解聘了他，而且不准他与同学们见面告别。马修老师走到教室的窗下时，一架架纸飞机从班级的窗口鱼贯而出，漫天飞舞，马修老师俯身拾起纸飞机，一行行发自同学们真诚感恩与祝福的话语展现在他的面前。作为一名老师，还有什么比自己的学生们由衷的赞美之声更好的评语呢？这样的老师，确实也使我和同学们一样的感动不已！他是用自己的品行、宽容、真诚，赢得了同学们的信任。这一点实属不易，学生的潜能都是"循循善诱的老师们"有所发现而激发出来的。

这让我想到了青岛嘉峪关学校的郑方德老师，青岛第26中学的王秋老师，山东师范大学夜大学青岛分校的尹铁铮老师。

正是他们的鼓励和启迪,才使我更加爱上了写作,进一步学习了写作,继而创作出版自己的书。他们是我终生的老师,无论何时我也不会忘记他们给予我一生的恩德!

我看曾到一段视频,是关于《百家讲坛》的纪连海老师,亲自讲述他考大学的经历,很是感人。他当时在北京的昌平读书,有位林老师家访时,真诚地建议纪连海的父亲能为孩子配一副眼镜,于是,纪连海的父亲想尽一切办法借到100元钱,给纪连海配了一副眼镜。纪连海出生于1965年,要知道当时那个年代,100元钱对于一个普通家庭来说是一个不小的数字。我是1963年出生的,记得上学的时候,100元钱可以度过一个春节再加上交三个月的生活费,所以,纪连海老师说的一点没错,这100元配眼镜的费用,在当时确实是一个天文数字。正是这位林老师的家访和建议,才有了高考过线的纪连海,然而,他在高考后的体检时,由于视力问题还是被"挡在了大学门外",正当他心灰意冷的时候,他所就读的高中学校老师打来电话,让他连写了4份"保证书"后,竭尽全力保证和推荐他,使他终于如愿上了师范大学,当上了一名历史老师。纪连海老师在演出的现场,深深感恩人生转折的重要时机两位老师所给予的人生关照,是他们的关爱,才"不失时机"地"造就了"今天学有所成的纪连海老师。纪连海老师现在也依旧承接着恩师们的善言品行,继续从事着教育事业。

所以,电影《放牛班的春天》,带给我们的人生回忆与启示意义,是一种潜移默化的品质教育,是一种人性的善良与豁达、真诚与期望的融合回应。

2012年,我购买了这部影片的电影光盘,观后感动不已,并向多人推荐。马修老师的人格魅力,体现了一种人性的纯真与美好。我们的人生中,不应忘记那些曾经真诚帮助过、善意指导过、用人生美好品行影响过我们的人们。正是这样一些善良真诚的人们存在于我们的世界中,我们才有了前行的源泉和美好的希望!

2022 年 12 月 18 日凌晨 0 点 59 分
子实创作于青岛逍遥轩东窗书屋

《辛德勒的名单》（美国）

　　我给长骏发出短信:"**每个人的生命只有一次,不可复制,因其短暂而珍贵,好好保护生命安全!**"

　　世界并不安宁,世界卫生组织发出警告,霍乱疫情在 30 多个国家再次发生,而且疫苗短缺。疫情、地震、火山、海啸、战争,这些过去的人生岁月里听说过的名词,今天正在一幕幕地上演着,直逼地球上 80 亿人的安危,将历史过往的认知,变成许多正在发生的事件,简直不可想象。

今晚,我再次观看斯皮尔伯格导演的著名影片《辛德勒的名单》,再一次感受法西斯纳粹令人发指的暴行,再一次对当今的世界巨变有所警醒!

《辛德勒的名单》是一部获得7项奥斯卡大奖的影片,拍摄于1993年。这部影片是根据澳大利亚作家托马斯·基尼利的长篇小说《辛德勒名单》改编的,小说创作于1982年。

小说是根据真实历史事件创作的,小说中的主人公奥斯卡·辛德勒确有其人,他是于1974年去世的,如果活到现在的2022年,刚好是114周岁。在残酷的法西斯纳粹发动的战争中,他曾经设法挽救了上千位犹太人的生命,所以根据其生前愿望,去世后的辛德勒被安葬于耶路撒冷城外的锡安山上,墓基堆满石头,这是一种最高形式的葬仪。以此纪念和证明他为保全战争苦难中的生命所做出的巨大努力。

《辛德勒的名单》导演是史蒂芬·斯皮尔伯格,他的作品总是充满悬念,与导演希区柯克和卡梅隆创作的影片类似,总是给观众一种出乎意料的"大手笔"电影创作手法和视角。我观赏并收藏了他的部分影片光盘,比如《大白鲨》《拯救大兵瑞恩》《间谍之桥》《林肯》等,其中当然也有《辛德勒的名单》这部令人"震惊和震撼的影片"!在这部影片中,英国演员连姆·尼森饰演了主角奥斯卡·辛德勒,并由此获得多项大奖。

我再一次观看了由帕尔曼演奏的《辛德勒的名单》小提琴曲视频,音乐的旋律如泣如诉,催人泪下,电影中的镜头一幕幕在脑海中闪回,令我久久回味,反思"历史战争中的残酷暴虐与人性的善良举动"总是那么的"并行而相悖"!

"当你拯救了一条生命,就等于拯救了全世界。"当曾经被辛德勒拯救过的生命,用这样的语言赞美他的人道主义行为时,不仅仅是辛德勒触景生情,作为观众的我们也为之感动不已。

电影《辛德勒的名单》讲述了 1939 年第二次世界大战中,法西斯纳粹疯狂隔离并惨绝人寰地屠杀犹太人,就像日本军国主义在中国南京制造的大屠杀一样,导致哀鸿遍野,国破家亡。

辛德勒是一名德国商人,他在克拉科夫开办了一家工厂,曾亲眼看见法西斯纳粹的残酷屠杀行径,让他深感震惊。于是,他贿赂纳粹军官,将工厂变成法西斯集中营的附属劳役营,使在这里工作的劳工,变相地受到了保护。1944 年法西斯纳粹战败前夕,屠杀犹太人变得更加疯狂,于是,辛德勒开出一份 1 200 人的名单,用尽自己的全部财产,将这批人买下,将他们的生命保护了下来!

当年,《辛德勒名单》这部小说的创作者托马斯·基尼利,曾为获得创作素材遍访被辛德勒救下的历史见证人,到访过法西斯纳粹臭名昭著的奥斯维辛集中营,翻阅查证了大量的历史档案资料,终于使这部史料翔实的小说问世。

辛德勒在"二战"后,与被其保护下来的人们交流密切并成为朋友,他过着清贫的生活,但精神上却非常富足。他的善良之举感动了人们,挽救了免遭残暴杀戮的生命。人们永远期待和平的世界,反对一切侵略战争,反对一切残害人类生命的丑恶行径,铭记历史中善良的人性。

2022 年 12 月 19 日凌晨 1 点 06 分
子实创作于青岛逍遥轩东窗书屋

《肖申克的救赎》（美国）

　　"大片"《肖申克的救赎》曾荣获多项大奖，是 1994 年由弗兰克·德拉邦德自编自导的一部"出人预料"的影片，影片的主角安迪由蒂姆·罗宾斯饰演，瑞德由摩根·弗里曼饰演。

　　《肖申克的救赎》的主要演员蒂姆·罗宾斯，曾在 2012 年应邀参加过中国影片《一九四二》的演出，在影片中饰演梅甘，并且参演过《金钱帝国》，都没有给我留下什么印象。但是，他在《肖申克的救赎》中饰演被关押在"肖申克服刑"的银行家安迪这一角色,给我留下了极其深刻的印象。同时,通过这部影片,我特别喜欢和欣赏瑞德的饰演者摩根·弗里曼,他的样貌非常像南非总统曼德拉,他曾经与《廊桥遗梦》的导演兼主演罗伯特的伊斯特伍德,联合演出了《不可饶恕》,这些影片我都特意购买观看过并珍藏着电影光盘。摩根·弗里曼所饰演的角色具有正义、敦厚、纯朴的形象,总是给人一种很有力量且特别"靠谱"的感觉!

《肖申克的救赎》这部影片中的"肖申克",我起初把它当成"一个人名",其实"肖申克"是一座监狱的名称。而真正的"救赎者"是在肖申克监狱中服刑的银行家安迪和"狱中老大"瑞德。

故事起源于银行家安迪由于"无端指控"被投入"肖申克监狱服刑",于是,他"运用智慧",放宽自己的"眼界",与狱中的"难友"和贪婪的监狱长走近关系,不仅改善了自己的服刑环境和条件,而且坚持不懈地用了 19 年的时间挖通地下隧道,得以逃出监狱,为自己赢得"翻案的机会",使自身得到拯救。而腐败贪婪的监狱长及一干人自食其果,正义得到了伸张,"案件"大白于天下!

《肖申克的救赎》这部影片最大的成功,在于给"至暗时刻的人生"带来"启示性的意义"。那就是,无论何时,对于正义的伸张"决不放弃",这种"决不放弃"可以是"一种心境""一种眼界""一种隐忍""一种坚持""一种内心的笃定""一种智慧的体现""一种具体的行动""一种人生的回味与反思""一种人性的觉悟""一种人生的层次""一种大难不死必有后福的经历"。

总之,人生的苦难,未尝不是"上苍给予人生锤炼的机会","至暗时刻"我们还是应当仰望星空,获取"宇宙星河"赋予人生的博大胸怀，追逐期盼"一轮太阳照常升起"！

　　人生之中，顺境和逆境并存，痛苦和欢笑常在，"**否极泰来**"是中国文化中的一种理念，"福祸相依相随"是人生的常态。所以，《肖申克的救赎》这部影片所告诉观众至深的"道"就是："登高望远"，无论何时何地，凡是正气正义之事，即使困难重重，"也要坚持恪守坚强不屈的气节和能量"。这不仅仅是一部电影所带来的重要人生启示，古往今来多少历史故事，也告诉我们同样的"道"之所在："没有过不去的火焰山"。**我们每一个人，都是自己人生的"救赎者"。**

2022 年 12 月 20 日凌晨 0 点 56 分
子实创作于青岛逍遥轩东窗书屋

《猫鼠游戏》（美国）

Catch Me If You Can

今天是 2022 年 12 月 20 日，在 1999 年 12 月 20 日，中国人民解放军进驻澳门，终于使澳门回归祖国的怀抱，23 年过去了，一切仿佛近在眼前。

2023 年计划出版的《五十部——电影与 60 年人生随笔》新书创作，本周内即将如期完成。但是，许多记忆深刻的经典影片，因书稿的策划篇幅所限未能分享，深感遗憾。例如，苏菲·玛索 17 岁时拍摄的第一部影片《初吻》，罗素·克劳主演的《美丽心灵》，悬疑大师希区柯克的《后窗》，反映"二战"的《老枪》《虎口脱险》《钢琴师》，还有《诺丁山》《简·爱》《走出非洲》《静静地顿河》《敦刻尔克》等。众多电影题材，众多电影的表现手法，众多著名的导演和演员，反映了不同时期、不同年龄、不同背景下的人生与人性的方方面面，令人感慨不已。当然，经典影片是人类公认的艺术作品，或真实记录人生，或赞美心灵，或鞭挞社会丑恶，总是可以带给观众电影艺术的美感或人生的启示与反思！

我是在无意中看到了一部《猫鼠游戏》的电影。这部影片的导演是史蒂文·斯皮尔伯格，也就是《辛德勒的名单》的导演。影片拍摄于2002年，由莱昂纳多·迪卡普里奥和汤姆·汉克斯主演，这是两位中国观众非常熟悉的著名演员。1974年出生的小伙儿莱昂纳多，曾主演过《泰坦尼克号》《血钻》《飞行家》《荒野猎人》，这些影片光盘我都有购买收藏。1956年出生的汤姆·汉克斯，曾主演过《阿甘正传》《费城故事》《间谍之桥》《萨利机长》《荒岛余生》，这些影片，我有的是在影院观看过，但已经全部买下电影光盘收藏起来。无论是中国影片，还是引进的译制影片，凡是在中国上映和正式发行的电影光盘，观看并选择采购珍藏，是我人生中除了书籍、摄影之外的最大精神生活源泉所在。在电影的世界里，可以看到多种多样的人生和人性，极大地丰富眼界和意识层面，看电影是了解历史和人生形态直接或间接的视角，非比寻常。电影也可以更好地带给我摄影的光线、构图、故事、人物、蒙太奇、意识流的学习与借鉴，摄影艺术原本就是电影艺术的重要表现手段，没有摄影艺术，电影导演的思想是无法体现出来的。**读书、摄影、欣赏电影、写书创作，是丰富人生精神世界很好的方式，我将终身伴随，永不放弃。**

让我们继续来看看《猫鼠游戏》的电影故事吧,这是一部根据真人真事改编的电影。莱昂纳多·迪卡普里奥饰演了影片中年仅 16 岁的诈骗犯弗兰克,汤姆·汉克斯饰演了追踪弗兰克的美国联邦调查局(FBI)调查员乔·夏弗。

弗兰克的原生家庭带给他的影响是显而易见的,他从父母亲那里看到了许多事情,使他成长中的心灵发生了至关重要的变化。于是,他开始模仿老师、模仿飞行员、模仿医生、模仿律师……一次又一次地制造骇人听闻的伪造支票诈骗案,一次又一次地躲过 FBI 调查员乔·夏弗的追捕,直到他的父亲去世,母亲改嫁,他被判刑入监。最终弗兰克在 FBI 调查员乔·夏弗的极力挽救下,利用他的"造假技能",协助侦破了许多金融大案。

《猫鼠游戏》这部影片的故事背景,是 20 世纪 60 年代的西方国家,战争之后的社会经济萧条,民生凋敝,社会动荡。大批正在成长中的未成年人,呈现出一种茫然、随波逐流、游戏人生的姿态。青春期与现实社会的冲撞,传统文化与现实潮流的碰撞,造就了"社会的畸形儿",醉生梦死的状态,似乎让他们"过了今天没有明天",吸毒、披肩发、刺青等"流行文化"发展迅猛,以一种"奇幻般的人生状态"带给社会"另类的感受"。在这种背景下,诈骗等各种违法犯罪行为猖獗至极。电影中的主角弗兰克,便是这样一个时代的"产物",他似乎是在"继承与决裂中",再次走进父辈的"身影之中",而且是"有过之而无不及",于是,**社会造就了人,人改变着社会**。

《猫鼠游戏》这部影片,让我想到了一部泰国影片《天才枪手》。两部电影中的男女主角,有着近乎相同的年龄,都是成长中的 16 岁,同样是处于学生时代。唯一不同的是,第一个故事发生在 20 世纪 60 年代,而第二个故事发生在 21 世纪,他们最终犯罪的目的,就是一个字"钱"。为了钱,60年代弗兰克可以伪造支票诈骗世界上许多国家的银行,为了钱,21世纪两个优秀的泰国学生制造了横跨亚欧的"跨国际考试作弊大案"。这些孩子都很聪明,天赋极高,却选择犯罪,以身试法。

"金钱的诱惑""小聪明的不甘心""智能化的今天电信诈骗"依旧每天都在国际社会中上演,不劳而获者,贪图享乐者,图财害命者,贪赃枉法者,比比皆是,不可不见,也不可不鉴!

2022年12月21日凌晨2点36分
子实创作于青岛逍遥轩东窗书屋

《巴黎圣母院》（法国、意大利）

　　在距今接近 200 年前的 1831 年 1 月，法国文豪维克多·雨果，创作出版了他的第一部浪漫主义长篇文学作品《巴黎圣母院》。巴黎圣母院位于塞纳河畔，始建于 1163 年，到 2023 年已有 860 年的历史。2019 年 4 月 15 日傍晚时分，维修中的巴黎圣母院突发大火，世界为之震惊，巴黎圣母院标志性的塔尖被烧断坍塌。这一世界宝贵的历史文化遗产毁于一旦，令人痛惜感慨不已！

著名影片《巴黎圣母院》是根据维克多·雨果的同名长篇小说改编拍摄的,由让·德兰诺执导。1956 年,法国和意大利合作,由吉娜·罗洛布里吉达饰演艾斯米拉达,安东尼·奎恩饰演卡西莫多,阿兰·克尼饰演神父弗洛楼,让·德奈特饰演卫队长菲比思。

1972 年,上海电影译制片厂汇聚大批著名配音演员,进行了影片的译制工作,胡庆汉、李梓、时汉威、邱岳峰、伍经纬、尚华、苏秀、严崇德、富润生等担任了影片的译制配音。

影片中女主角艾斯米拉达的饰演者吉娜·罗洛布里吉达,1927 年出生于意大利,值得一提的是,她既是导演又是演员,不仅在电影和摄影界取得令人称赞的业绩,而且在人道主义活动中付出大量心血,非常受人尊敬。

《巴黎圣母院》讲述了若干年以前法国黑暗统治时期的故事,伪善丑恶的神父弗洛楼与美丽善良的吉卜赛舞女艾斯米拉达,"面部丑陋却心地善良的敲钟人"卡西莫多,以及卫队长菲比思之间展开一场"关于人性与灵魂的较量"。

伪善的神父弗洛楼表面上是"正人君子",暗地里却垂涎于美貌的吉卜赛舞女艾斯米拉达。卡西莫多长相奇特,是巴黎圣母院的"敲钟人",他起初听从神父的旨意,要为神父将艾斯米拉达抢回巴黎圣母院,但被巡逻此地的卫队长菲比思发现,并将他在巴黎圣母院前的广场上实施鞭刑。遭受酷刑的卡西莫多,口渴难耐想讨要水喝,但是"始作俑者"神父弗洛楼,却躲在巴黎圣母院的楼上暗自窥探,不肯相助。

心地善良的吉卜赛舞女艾斯米拉达,力排众议走到行刑台前,为卡西莫多喂水。在这样的场面中,虚伪、谎言、假相与真诚、善良、善行,形成了不言而喻的鲜明对比,将对丑恶神父的鞭挞和艾斯米拉达美貌与美好心灵的一致，彰显得淋漓尽致。

真是应了那句话：**世上没有无缘无故的爱，也没有无缘无故的恨！**

因而，被酷刑折磨的卡西莫多，记住了艾斯米拉达的"美丽和美好心灵"。当艾斯米拉达再次遭到神父的算计时，"面貌丑陋"的卡西莫多在巴黎圣母院伸出了"援助之手"，展现了他奋力保护艾斯米拉达的"善良美好的心灵"。所以，**"善良和美好"**都是**"息息相通"**的。

维克多·雨果在他的首部大型浪漫主义长篇小说《巴黎圣母院》中，将人世间的"美与丑"，展开强烈对比，用现实中的故事情节和细节展现的"一览无余"，这才是"大文豪的手笔""强烈的社会责任感"及"文学作品的意识流动性体现"，从而表达出雨果对社会现实的正义之声！**一个作者的爱憎分明，恰恰是他人性和人品本质的反映，所谓"文如其人"，体现的正是这样的深刻含义。**

电影和文学作品，总是记录着一个时代的面貌，即使是虚构的作品，也不缺乏阐述的依据，正所谓"艺术来源于生活"。当我们回首过往的岁月，翻开各类书刊，无不遗留着历史的痕迹，孰是孰非，随着时代岁月的流淌，自然会泾渭分明。批判也好，赞颂也好，岁月和历史过往的纪录，将是最好的评判者，无需夸耀，无需贬损，自有公论！这就是经典为什么会成为经典的重要原因，即使过去了百年千年，该是怎样的评价和结论，不言自明。**历史从来就不是虚无的，甚至一些人"挖空心思地想要虚无历史"也是没有用的。**就像《巴黎圣母院》中的艾斯米拉达和卡西莫多，人们会永远记住他们所遭受的苦难，也永远会记住他们的善言善行。像伪善、肮脏、无耻的神父弗洛楼，人们一提到他，就会唾弃他,他的神权,永远是一部分人为所欲为进行私利保护的权杖,贪婪、自私、阴暗是他的本质属性,尽管披着神权的外衣,"神圣之下却依旧肮脏不堪"。维克多·雨果的巨著《巴黎圣母院》剥下了这个丑行者的假面外衣,将他赤裸裸地曝光于"朗朗乾坤之下",让丑恶行径者无地自容!

2022 年 12 月 22 日凌晨 1 点 20 分
子实创作于青岛逍遥轩东窗书屋

《战时冬天》（荷兰）

今天是中国二十四节气之一的"冬至"，室外寒风凛冽，街头不见行人踪影，空空荡荡，安安静静，没有丝毫的烟火气息。晚上在与朋友们互通的信息中伤感地写道：今年，是人生中遇到的最凄凉的一个冬至！

今晚，给父母亲敬过茅台酒，算是过冬至了！

与大姐、二姐通了电话，短短几天时间里，亲朋好友们没有被新冠病毒传染的，是一个"极小的概率"，特别是许多医院的老同事和朋友们病倒,高烧之后的各种疼痛很是难受。听到这样的消息,会为他们处在"重灾区"里工作感到焦急不安,可又没有什么办法可以帮助到他们!

长骏从成都发来"冬至"信息,眨眼之间他已过了"而立"之年。回头想想2010年,他考大学那年正值18岁,作为"成人礼",他守着我,学着电影《战时冬天》里那个勇敢的小男孩米歇尔的做法,第一次刮了胡子。从那时起,他感觉自己长大了,独立了——这当然也是我所期待的他的样子!

今天是"冬至",又想到长骏人生第一次"刮胡子的样子",那么,再看一遍荷兰影片《战时冬天》,也算是一种对人生的纪念吧。

《战时冬天》这部影片,又叫《战时的冬天》,拍摄于2008年。马丁·拉克美尔饰演影片中的主角,一位尚在成年中的小男孩米歇尔。他的姐姐艾丽卡的饰演者是美乐蒂·克拉夫尔,在影片中饰演了一位护士。这部根据同名小说改编的影片,于拍摄后的第二年获得了多项大奖,影片的导演是马丁·科尔霍文。

临近"二战"结束,在荷兰的一个小城,小男孩米歇尔看到一架坠毁的飞机,他与同伴在飞机的废墟旁玩耍时,被法西斯纳粹抓住,米歇尔的父亲是这个小城的市长,纳粹随后释放了他。

米歇尔家里的叔叔来了,米歇尔与他一起玩得很高兴。

根据一封信的内容,米歇尔在树林里找到了负伤的飞行员杰克,他开始帮助杰克准备逃离此地,但是纳粹查寻得很紧密,飞行员又有伤情,米歇尔只好瞒住父亲,一面筹备食物,一面找他当护士的姐姐艾丽卡帮助治疗。

当时的战争时期,物品相当紧缺,即使是当市长的父亲也缺衣少食。米歇尔和姐姐想尽办法,从家里搜罗食品和医疗品,终于使飞行员的伤情得到了救治,飞行员杰克与米歇尔的姐姐也产生了感情。他们将飞行员藏匿在地窖里,成为他们三个人的秘密。

但是,有一天一名纳粹士兵被打死,恼怒的纳粹最终打死了米歇尔的父亲。

情急之下,米歇尔与姐姐一起,把转移受伤飞行员的事情告诉了住在家里的叔叔,叔叔答应帮助他们一起化装逃离。

就在米歇尔送走叔叔、姐姐和飞行员之后,他开始回顾这件事的前前后后,父亲被纳粹枪杀,叔叔的突然出现……一系列看似偶然的事情之中,他仿佛感觉有一些不对劲,于是,他的脑海之中,不断闪回叔叔的神秘言语和行踪,米歇尔连忙打开叔叔的皮箱,发现了衣物掩盖之下的纳粹间谍罪证。冰天雪地之中,米歇尔不顾一切地骑上自行车,拼命追赶飞行员和姐姐及叔叔一行,他当面揭穿了叔叔的谎言,在飞行员的配合下,利用飞行员的配枪夺取了叔叔的武器。

纳粹把必经的大桥通道封锁得非常严密,米歇尔一边看押着叔叔,一边用望远镜观察飞行员和姐姐的行踪。姐姐以护士身份掩护通过大桥的检查,飞行员则以顽强的毅力,徒手在大桥底部攀爬,虽然筋疲力尽掉落冰冷的河流之中,却依旧坚持不懈地游到对岸,被米歇尔的姐姐营救。

此刻,狡猾的叔叔,还是逃离了米歇尔的视线,米歇尔发现后紧追不舍,在纳粹步步紧逼地包围之下,米歇尔不再犹豫,果断举枪击毙了叔叔。纳粹铁蹄下的荷兰小城终于解放,重获新生。

《战时冬天》的影片光盘,我于 2009 年冬天采购,并且与长骏一起观看了这部影片。由于片中米歇尔第一次刮胡子,正是在他父亲的见证与帮助下完成的,于是,便有了长骏 2010 年 18

岁时刮胡子也让我来帮忙见证的一幕。不得不说,他和我都从这部影片中获得了人生中的重要信息符号。

　　电影之于人生,是一种潜移默化中就会带来巨大影响的艺术形式。它不仅带给人们一些人生的启示,人性的反思,而且还会将人生的一些过往融入影片之中,每当看到电影或电影的名称,总是会像一种信息符号一样,将往事在回忆中闪现!

2022 年 12 月 23 日凌晨 1 点 51 分
子实初稿创作于青岛逍遥轩东窗书屋
2023 年 3 月 1 日深夜 11 点 36 分
子实二稿修改于青岛逍遥轩东窗书屋

《美丽人生》（意大利）

　　今天是 2022 年 12 月 23 日，明天就是所谓的"平安夜"了，但是，种种迹象表明当前的人类世界和生活并非"平安"可谈。现实归现实，"美丽人生"只是一种向往。

　　今天的信息有来自官方的，也有来自朋友们之间的问候，结果大大出乎预料。官方消息说：青岛正以每天感染 50 万左右，疫情处于快速传播阶段。

　　许多朋友都被感染了，高烧、疼痛、不知所措的一声叹息……在感染的朋友中,有耄耋老人,有即将奔赴研究生考场的考生,有医疗专家,有刚刚从卡塔尔观看世界杯比赛归来的足球爱好者,有看护孩子的老人,也有看护老人的护工。并非夸张的现实是:下一趟楼倒垃圾,回家不久就开始了发烧。可见疫情传播是多么的凶猛,"空气中似乎弥漫着驱之不散的病毒气溶胶"。

无需夸张地说,地球上的人类社会,正在面临一场"生死存亡的殊死搏斗!"今天原打算在《五十部——电影与 60 年人生随笔》这本书的最后一部电影,写一写影片《传染病》,但是,看上去似乎有些悲观。因此,还是写一写这部获得许多大奖且口碑极佳的影片《美丽人生》吧,**毕竟"至暗时刻"的我们总是要看向光明,期待未来的人生曙光!**

中外各 50 部影片,共计 100 部影片的写作,在夜以继日的创作中,与影片中的故事、情节、演员、角色、音乐、编剧、摄影、导演、制片、灯光、化妆、音效、指挥、演唱等有着诸多"心领神会"的"银幕交流",带给我电影美学享受的同时,也翻开了60 年过往人生中与电影的日日夜夜。电影让我学习了许多东西——"辩证的人生"和"人性的善良与丑恶","历史的过往"和"未来的历史","你不观看,不去思辨,并不意味着历史和现实中不存在"。这是真实不虚的"道",时间终会给予我们答案,让我们拭目以待吧!

《美丽人生》这部著名影片于 1997 年由意大利拍摄上映,2001 在中国上映。影片的导演和男主角的饰演,都是由罗伯托·贝尼尼完成的。

在影片《美丽人生》中,罗伯托·贝尼尼饰演父亲圭多,尼可莱塔·布拉斯基饰演母亲多拉,乔治·坎塔里尼饰演儿子乔舒亚。

当今时代的"快节奏生活",总是给人们一种"来不及的感觉"，没有如从前长影厂、北影厂和上译厂等那样一种"从容不迫地进行译制影片二度创作的节奏感"。现在都是"快餐式的引进原片"，只是所谓的"字幕译制而已"，被称作"译制片"实在是"有些牵强了"！像毕克、邱岳峰、童自荣、乔榛、刘广宁、丁建华、苏秀、尚华、于鼎、孙道临、程晓桦、赵慎之、胡庆汉、富润生、李梓、孙渝烽、白玫、陈汝斌、孙敖、向隽殊、张玉昆、徐雁、金毅等我国优秀的译制片配音演员，在曾经的岁月里不胜枚举，他们用各自不同的音色，征服了无数的电影观众，也让译制影片里的各种角色更加熠熠生辉。寻着他们或她们独特的电影配音，我们就会知道是哪一部译制影片里的哪一个人物角色。现在的某些电影译制片，不如说是"引进片"更为恰当一些，作为"外语水平不高的观众"只能一边看电影一边看翻译的字幕，看完了字幕，影片中的人物形象和故事情节也就忘得差不多了，不多看几遍实在记不住影片的精彩内容。我只能通过购买电影光盘再来观看"喜欢的影片"！所以，我认为"译制片的精彩与辉煌"也是"译制配音二度创作的精彩与辉煌"——译制电影配音的魅力与成就，必将载入中国电影银幕史册，成为电影历史上永恒的经典篇章。

意大利演员和导演罗伯托·贝尼尼的这部《美丽人生》，我是直接在书城影像专柜购买的电影光盘。

罗伯托·贝尼尼饰演的圭多，一心想开一家书店，他与尼可莱塔·布拉斯基饰演的多拉，喜剧般相识、恋爱、结婚，并且有了一个可爱的儿子，那就是乔治·坎塔里尼饰演的乔舒亚。

然而，二战背景下的父亲圭多与儿子乔舒亚，因纳粹的"血统论"而被关进集中营，尽管母亲多拉"没有血统论"，但是为了离他们父子二人更近一些，也走进了集中营。

在人生的"至暗时刻",圭多依旧保持着"诙谐幽默的人生姿态",在纳粹的集中营里,他通过各种方式与妻子多拉联系,"互报平安"。同时,他告诉年幼的儿子乔舒雅"现在所经历的一切,不过是一种游戏!"等游戏结束的时候,乔舒雅会得到一辆真正的坦克车,儿子乔舒雅相信了父亲的话。

于是,电影中人们看到,当战争进行到最残酷的生命杀戮时,也预示着"一场苦难即将过去"!集中营最后疯狂夺命时,圭多将儿子乔舒雅藏在一个铁皮箱里,嘱咐他千万不要发出声响,要他安静"等待游戏的胜利"。然而,就在他寻找妻子多拉时,不幸被纳粹抓获并要处死,他在被押解行刑路过藏匿儿子的铁皮箱时,却依旧不忘朝儿子眨眨眼,"像是真的在做一场游戏似的"。

隆隆的坦克驶来,多拉与儿子乔舒雅幸存了下来,一位伟大的父亲,就这样保全了自己孩子的生命,"人性的善良与父亲的伟大形象"交织在圭多的生命轨迹中,彰显出熠熠生辉的人生光彩!

战争的残酷、纳粹的杀戮、违背人性的"血统论"与平凡生活的幸福甜蜜、父爱母爱的人性闪耀,形成鲜明对照!

2022 年 12 月 24 日凌晨 2 点 01 分
子实创作于青岛逍遥轩东窗书屋

作者小传

鄢敬诚，男，1963年7月28日（农历六月初八）出生于青岛市八大关太平角一路7号；父赐字"子实"；自取字"中直"，自取号"听涛之人"；笔名"子实""晓言"。

青岛市广播电视台资深电视新闻记者、主任编辑；中共党员。

系中共青岛市委、青岛市政府多次表彰的新闻先进工作者。

曾服役于中国人民解放军海军某特种兵部队。系《人民海军》报社特约通讯员。

曾从事过医疗行政（青岛市人民医院院长办公室）、科技、宣传工作。系《健康生活报》特约记者，《青岛时报》、青岛人民广播电台、青岛电视台优秀通讯员。

曾长期担任青岛电视台新闻中心《青岛新闻》节目及多个行业和部门的电视新闻时政记者。

曾长期担任驻"两会"专职电视新闻报道记者。

曾长期担任党和国家领导人、外国元首政要访青时的专职电视新闻记者。

1993年在青岛电视台新闻中心期间，赴北京广播学院（现中国传媒大学）电视系进修电视采编播专业。曾参与创办了青岛电视台历史上第一个电视新闻专栏节目《视新20分钟》，并担任栏目主摄像。

1996年赴西藏日喀则采访报道青岛市第一批援藏干部,并为中共青岛市委、青岛市政府援藏项目决策提供独自拍摄、编辑、制作完成的"内参资料片"。

1997年赴云、贵、川参加扶贫救灾采访报道。

1998年赴北京人民大会堂出席全国无偿献血表彰大会,并采访、报道新闻。

1999年参加青岛市首批赴中国台湾省新闻记者交流团,成为青岛电视台有史以来第一位赴中国台湾省采访交流的电视新闻记者;在中国台湾省参访期间,曾遭遇百年一遇的"9·21全台大地震",回青后,曾在多家新闻媒体和青岛出版社出版的教科书《祖国的宝岛台湾》一书中,率先报道中国宝岛台湾省。

2003年创办青岛电视台第一个新闻小记者学校,担任首任校长、首任小记者团团长;并创办《金童卡》和《金童世界》名牌少儿电视专栏节目。

2019年由中华全国新闻工作者协会授予"从事新闻工作三十年"新闻行业荣誉奖章和证书,以纪念和表彰为社会主义新闻事业所作出的积极贡献。

现任:
中国摄影家协会会员
山东省作家协会会员
山东省摄影家协会会员
山东省新闻美术家协会会员
青岛影视文化研究会会员
青岛市摄影家协会会员
青岛市老摄影家协会副秘书长

2011年，由九州出版社出版《大医精诚——与中西医药学名家刘镜如先生的人生漫谈》。

2017年，由山东画报出版社出版《生死尊严——与在天国母亲的七次对话》。该作品曾荣登青岛书城销售榜。

上述两部专著出版后，分别在青岛书城、青岛市图书馆举行多场次创作出版公益交流活动。

两部专著均已被青岛市图书馆、青岛文学馆、山东中医药大学图书馆、青岛政协文史馆收藏，被青岛市档案馆永久收藏。

2019年，由青岛出版社印制了专著《无一例外·内部交流版》，12月1日在青岛市图书馆举行读者交流活动后，荣获"2019青岛好书榜"；系2019年度评选出的青岛籍作者30本好书之一。

2021年，专著《无一例外·纪念版》由中国海洋大学出版社出版，已被青岛市图书馆、青岛文学馆、青岛政协文史馆收藏。

2021年，参与青岛市政协文化文史和学习委员会主编创作的《青岛文史资料》（第24辑）一书，由青岛出版社正式出版，并被青岛市图书馆、青岛文学馆收藏。

2021年，专著《实言微语》由中国海洋大学出版社出版，并被青岛市图书馆、青岛政协文史馆、青岛文学馆收藏。

2022年，专著《入镜还素》由中国海洋大学出版社出版，并被青岛市图书馆、青岛政协文史馆收藏。

2023年2月20日，由青岛市图书馆网络公众号《胶澳文荟》专栏第89期，推介《入镜还素》专著中的《人文篇》作品之一《生命的曙光》。

曾有多篇作品在《作家报》《青岛日报》《青岛生活导报》《大众消费者报》《青岛广播电视报》《大众日报》《青年记者》、中国广播影视出版社、解放军出版社和青岛出版社等发表。

专著《生死尊严——与在天国母亲的七次对话》被推荐为青岛市文学艺术创作重点工程项目,参评国家"五个一"奖。

多部电视作品曾参评国际电影电视艺术小单元作品比赛;曾荣获山东省电视艺术"牡丹奖"、山东省"泰山文艺奖"、电视公益作品和新闻作品一等奖、中国第七届"神农奖"新闻金奖。

2022 年 1 月和 2023 年 3 月,分别通过了中国作家协会和山东省作家协会关于申报加入中国作家协会会员的资质审核程序。

2023 年 3 月,通过山东省作家协会和中国作家协会创作联络部为文学前辈周立波先生的故乡湖南益阳清溪村筹建的"中国当代作家签名版图书珍藏馆"签章捐赠正式出版的《大医精诚》《生死尊严》《无一例外》《实言微语》《入镜还素》五部专著。

2022 年 6 月 13 日深夜 11 点 01 分
子实二稿修改于青岛逍遥轩东窗书屋
2023 年 3 月 5 日凌晨
子实三稿修改于青岛逍遥轩东窗书屋

后 记

记得产生《五十部——电影与 60 年人生随笔》这本书的创作想法，是在 2017 年，当时正在为纪念母亲逝世三周年创作出版《生死尊严——与在天国母亲的七次对话》一书。有一天，我与办公室邻桌的一位主持人兼记者的李昭骏老师说：我打算写作出版一本有关电影的书，书名就叫《五十部——电影与 60 年人生随笔》。她听后很赞成，并称很期待看到这本书，当时还没有"疫情之事"，我们会时常探讨新近上映的影片，也就有了上述话题。

时间"真的不经混"，"眨眼之间"6 年过去了，我的"花甲之年"将至。按照计划，《五十部——电影与 60 年人生随笔》这本书的创作，经过许多次的推敲、酝酿、推翻，再架构、再思考，再重温经典影片，终于在 2022 年 7 月开始了"序言"的写作，继而，于 2022 年 9 月至 10 月间，我完成了"中国电影篇"的创作。但凡出版过专著的作者们都曾饱尝过"创作出版的艰辛与快乐"，写书这件事，对于我来说，有一种充分酝酿架构，多次"敲打腹稿"的"痛苦过程"，不贴切的比喻好像"十月怀胎"一般的"孕育"经历过程。等到一旦开始创作，便仿佛有了一种"喷涌而出，欲罢不能"的"情感或是情绪宣泄"，继而便是夜以继日，废寝忘食，停笔抬头方知"东方日晓"的"激情投入式"创作意境。

这种创作方式，也许"活出了效果"，却严重伤害了身体健康，但我依旧无怨无悔！因为，我已明显感受到身边许多人和事的"无常"状态,时间对于每一个来说"都是公平的",没有"投入"不可能有"回报",人生太过于短暂了,正所谓:"今日复明日,明日何其多。"人的一生要想做成一点点事情,非"自律"而不可为,这是我自 2010 年以来创作出版 9 个版本专著的直接而深刻的体会。

昨天晚上我在青岛奥帆中心外的小花园散步,正在漫步中"打腹稿",巧遇一位久违的战友。他谈到两件事,一是又有一位同年入伍的青岛籍战友几天前病故了,都才刚刚将要到达 60 岁的年龄,身边的同事和战友们却一个个"毫无征象"地猝然离世了,"人生无常之感"再次袭来;另一个是他问我说:你是不是写作"上瘾"啊? 对于这样的问题,我不好回答。怎么说呢? 对于纸制版写书创作和出版,在这个快速发展的"数字化""快餐化""电子化""手机刷屏"的时代,人们显然大多"嗤之以鼻"啦,认为写书和读书(在此专指纸制版作品)是一件"跟不上时代"的很"土老帽"似的事情。因此,当我高中班时的团支书邵振琴同学发来阅读我赠书后的感言时,我是何等欣欣然! 所以,我无法回答"写书创作是不是上瘾"的问题,而是一种"视觉错层"的问题。每个人都有自己的爱好,是否"上瘾",这个真的不好说,并非矫情,吸烟、喝酒等若干事情都是"可以上瘾的",但是写作我认为"无法上瘾"。因为,写书创作的过程和创作完成后出版及其后来的许多过程,太过"繁重与烦琐",可以说"无瘾可言"。"夏虫语冰"吧,只能是一种爱好或为了"特定的纪念而作",否则,指望出版书籍赚钱或养家糊口,那是不可能的事情,只能是"子非鱼焉知鱼之乐"。"欲戴皇冠,必受其重",何来上瘾啊! 2022 年度诺贝尔文学奖获得者安妮·埃尔诺的一本书或许可以回答这个问题,这本书叫作《悠悠岁月》。

那么，为什么在 2022 年我创作出版《入镜还素》纪念母亲"百年诞辰"的同时，又在夜以继日地为 2023 年创作出版《五十部——电影与 60 年人生随笔》一书呢？这是因为，此书是我创作出版计划的一部分，是我在 2023 年 60 岁退休时，为自己的记者人生，为自己与电影的缘分而写作纪念的。

回首走过的人生 60 年，细细想来，除了父母之爱，亲情友情，我最好的人生"伴侣"是读书、写书、摄影和电影。曾经出版的几本专著，包括最新出版的《入镜还素》，几乎都是专门写给父母双亲的。《五十部——电影与 60 年人生随笔》这本书，我想用电影观感的方式，来记录和纪念自己所经历的人生岁月与时代。

我将《五十部——电影与 60 年人生随笔》分为"中国电影篇"和"译制电影篇"两个部分。其中，"中国电影篇"分为"故事片""新闻纪录片与科教片""美术片""舞台艺术片"四个小章节，故事片中包括中国工农红军时期的影片，抗日战争时期的影片，解放战争时期的影片，抗美援朝战争时期的影片，新中国特色社会主义建设时期的影片等。"译制电影篇"则按照自己人生中先后观看的年代次序，以不同国家的电影艺术创作进行选择分类，比如苏联的《列宁在十月》《列宁在一九一八》，朝鲜的《看不见的战线》《摘苹果的时候》《卖花姑娘》，阿尔巴尼亚的《地下游击队》《宁死不屈》，日本的《追捕》《人证》《入殓师》，南斯拉夫的《瓦尔特保卫萨拉热窝》《桥》，伊朗的《樱桃的滋味》等。

这些电影主要来自从小的记忆，人生的况味，自己与电影艺术家们在生活中的接触和精神世界的交流。

青岛是一座"电影自然摄影棚"的独特景观城市，自 1905

年中国电影历史开篇,许多著名的电影制片厂摄制组和著名的电影演员们,便纷至沓来,留下许多人生的足迹和电影音像。我曾经居住了30年的青岛八大关太平角一路7号和13号院落,与各电影摄制组下榻的太平角一路11号、湛山一路3号、湛山二路1号别墅相邻,因而,也就看到许多当年的电影明星及其在青岛期间拍摄电影的现场,使我对电影有了更加深厚的独特情感,以致影响我日后的选择,让我爱好摄影、摄像,选择并深爱电视台的工作。从1981年服役,到1991年去青岛电视台工作,再到2023年60周岁退休,我"工龄"的42年间,有32年时间是在青岛电视台度过的。所以,我用《五十部——电影与60年人生随笔》作为自己人生经历的纪念,是酝酿已久的事情了,也是创作出版的最佳"切入点"。

为了本书的创作,我一遍遍地重温经典影片,深感亲切,沉浸在往日时光。由于创作篇幅所限,不允许把所有看过的电影列入创作之中,只能有所保留,有所选择,这让我感到非常遗憾。本书粗粗写来,挂一漏万,不是"电影发展史",只是自己人生的一种纪念形式而已。

创作本书,感慨万千,人生如戏,戏如人生,电影承载了许多往事。"陋室空堂,当年笏满床;衰草枯杨,曾为歌舞场……"在我心中,《好了歌》与《好了歌注》,是人生最好的描述。

不再多言,感恩大家的指导和帮助,期待读者提出宝贵的意见和建议。

衷心感谢青岛市广播电视台台长办公室王东老师、阎文老师,多年来在新书出版样稿和中国作家协会会员网络申报等诸多创作事项和日常工作方面所给予我的鼎力相助!

鄢长骏在严峻的疫情防控期间和艰苦创业的百忙之中,如期圆满完成了此书的 100 幅压题插画的精心创作,这是我们距首部出版的《大医精诚——与中西医药学名家刘镜如先生的人生漫谈》专著合作 12 年之后的又一次新书出版合作经历,我想必将会载入我们共同的创作记忆与人生历史中,值得记录,值得回味。

我将按照创作计划,慢慢写来,如期完成《再经历》《时间·事件》《恍然若梦》《逍遥街》等多部作品,等待时日,奉献给读者朋友。谢谢大家的关爱!

2022 年 10 月 31 日凌晨 2 点 06 分
子实初稿创作于青岛逍遥轩东窗书屋
2023 年 3 月 1 日深夜 11 点 56 分
子实二稿修改于青岛逍遥轩东窗书屋
2023 年 3 月 3 日深夜 11 点 09 分
子实三稿修改于青岛逍遥轩东窗书屋